Nicole S. Valentin

Bad Boy

Blues

Liebesroman

Playlist: Spotify - Nicole S. Valentin – Bad Boy Blues

Impressum

Der Autor ist unter der folgenden Adresse zu erreichen. Es handelt sich bei der Adresse um einen postalischen Weiterleitungsservice, da der Autor seine private Adresse nicht bekannt geben möchte.

Nicole S. Valentin

V.i.S.d.P.
Autorencentrum.de
Ein Projekt der BlueCat Publishing GbR
Gneisenaustraße 64
10961 Berlin
E-Mail: bluecatmedia@web.de
Tel- 030/61671496

- **PAKETE WERDEN GRUNDSÄTZLICH NICHT ANGENOMMEN!** -

Nicoles.valentin@aol.de

Bibliografische Information der Deutschen Nationalbibliothek:
Die Deutsche Nationalbibliothek verzeichnet diese Publikation in der
Deutschen Nationalbibliografie; detaillierte bibliografische Daten sind
im Internet über http://dnb.dnb.de abrufbar.

Umschlaggestaltung: Casandra Krammer – www.casandrakrammer.de
Umschlagmotiv: istockphoto 186834511; 539357913
Korrektorat: Jeanine Ziebarth – http://kreativkorrektur.de
1.Auflage, Juli 2020

Herstellung und Verlag: BoD – Books on Demand, Norderstedt

ISBN: 978-3-7504-2106-6

Für André

Ich hätte auf dich aufpassen sollen – heute leuchtest du mir den Weg

Prolog

„Hier, mitten am Baum?" Sie zieht ihre Unterlippe zwischen die Zähne, klimpert mit den Wimpern. Die Frage war rhetorisch - sie würde sich überall von ihm vögeln lassen. Als wenn er das nicht sofort gewusst hätte. All diese Weiber, die sich auf Konzerten in die erste Reihe schieben, ihre Telefonnummern auf die Bühne werfen ... und noch einiges anderes Zeugs.

Er ist schließlich auch nur ein Mann.

Den ganzen Abend über hat er sie nicht aus den Augen gelassen und sie hat seinen Blick sofort eingefangen. Hat sich anzüglich über ihre Lippen geleckt und ihm mit einer ziemlich eindeutigen Geste zu verstehen gegeben, dass sie durchaus für mehr bereit ist.

Ihr Vorteil, dass sie auch noch ganz nett anzusehen ist.

Und er? Wer wäre er denn, dass er sich die Gelegenheit entgehen ließe?

„Ein einmaliges Erlebnis, glaub es mir." Er grinst halbseitig.

Für nichts in der Welt würde er sie freiwillig auf sein Zimmer mitnehmen.

Der Fehler ist ihm einmal passiert, und dieses verdammte Miststück hat ihm damals ziemlich viel persönlichen Kram geklaut, den er anschließend im Netz wiedergefunden hat.

Frauen auf seinem Zimmer, geschweige denn in seiner Wohnung gehen gar nicht.

Also nimmt er den Baum – oder die Häuserwand, die Garderobe oder was auch immer –, um ihnen Freude zu bereiten.

Tobias drückt das brünette Püppchen gegen den Stamm und öffnet sich die Hose. Mühe geben braucht er sich nicht mehr. Die Frauen sind schon glücklich, wenn er sie mit seiner Aufmerksamkeit beglückt. Das ist genügend Glück.

Es erleichtert den Druck seiner Eier und Tobias erweitert seine Souvenirsammlung, indem er sich einen Teil ihrer Wäsche einsteckt.

Dieses Schätzchen trägt einen Mini, also muss er sich noch nicht mal hierfür nennenswert anstrengen. Seine Hand gleitet über ihren Oberschenkel, bis er die Spitze ihres Strings ertastet, und dank seiner geübten Finger ist sie das gute Stück auch schon los.

Überrascht quietscht sie auf, löst sich von ihm. „Willst du nicht mal meinen Namen wissen?"

Ihr Blick ist leicht entsetzt, als er sich ihr Höschen in die Hintertasche seiner Hose steckt. „Nicht doch. Namen sind Schall und Rauch. *Prinzessin* ist hübsch, das passt zu dir."

Er schenkt ihr ein unwiderstehliches Lächeln, das er genau für diese Gelegenheiten in petto hat.

Sie schmilzt regelrecht in seinen Händen, ebenso wie er es erwartet hat. Tobias hebt ihren Rock und schiebt sie in Position.

Die Jeans hängt lediglich über seinem Hintern und sie schlingt bereits ihre Beine um seine Hüften. So geht es selbstverständlich auch.

Er vögelt sie schnell und hart. Im Takt der Musik aus dem Club, die zu ihnen dringt.

Kapitel 1

„Kommst du noch mit uns auf einen Absacker in die Bar?"
Frieda sieht mich fragend an. Ich schüttele verneinend
meinen Kopf, suche nach meiner Schlüsselkarte.
„Nein. Alles wonach ich mich sehne, ist eine Dusche und
das Bett. Wir sehen uns später."
Ich schenke ihr ein müdes Lächeln und sie küsst meine
Wange. „Ich weiß bald nicht mehr, was ich mit dir noch
machen soll, Leni. Es ist schon so lange her. Manchmal
habe ich das Gefühl, du möchtest dich am liebsten neben
Johannes legen."
Mein Herz krampft sich bei diesen Worten zusammen. *Es
sind erst drei Jahre ...* Ich presse meine Lippen aufeinander
und atme tief ein. Frieda sieht mich fast mitleidig an.
„Sobald wir wieder zu Hause sind, werde ich andere Seiten
aufziehen, das schwöre ich dir. Dann ist Schluss mit deiner
Schonzeit."
„Wir sind aber noch nicht zu Hause und ich bin wirklich
erledigt." Fast trotzig schultere ich meine Handtasche.
Mein Mann ist tot, wie kann sie es wagen, über mich zu urteilen.
Dieser Gedanke ist ungerecht, denn Johannes war
Friedas Bruder. Sie trauert ebenfalls um ihn.
Ich war mit ihm verheiratet. Er war meine große Liebe.
Frieda zieht ihre hübsche Stirn kraus. Sie war schon
meine beste Freundin, als ich ihren, um drei Jahre älteren
Bruder Johannes noch heimlich und aus der Ferne

angehimmelt habe. Johannes schien für mich unerreichbar zu sein. Als er mich später gefragt hat, ob ich mit ihm ins Kino gehen würde, dachte ich, mich trifft der Schlag.

Tja, der Rest ist Geschichte. Ich habe Johannes fünf Jahre später geheiratet. Alle haben uns für verrückt erklärt. Immerhin war ich erst 21. Wer heiratet in der heutigen Zeit schon mit 21 Jahren? Und dann noch die erste große Liebe?

Für mich war es ein Geschenk.

Johannes war ein Geschenk.

Heute bin ich 29 Jahre alt und Witwe.

„Schon gut. Bis gleich." Meine Schwägerin drückt noch einmal meine Hand und geht mit dem Rest unseres Orchesters in Richtung Hotelbar.

Unser Gastspiel in der hiesigen Philharmonie ist beendet und ich bin mir bewusst, dass ich die Einzige bin, die diesen gelungenen Abschied unserer Konzerttournee nicht mitfeiern wird.

Es hat seine Gründe, warum ich von den anderen immer seltener gefragt werde, ob ich an privaten Treffen teilnehmen möchte. Sie wissen alle, dass ich dankend ablehnen werde.

Ich bin einfach noch nicht so weit. Warum will Frieda das nicht verstehen? Dabei sollte sie am meisten Verständnis für meine Situation haben.

Mit einem Seufzen nehme ich den Aufzug in die vierte Etage, streife die Schuhe ab, sobald ich das Zimmer betreten habe, und ziehe die Nadeln auf dem Weg ins Bad aus meinem Haar.

Die letzten Wochen waren anstrengend und fordern ihren Tribut. Aus dem Spiegel sieht mir eine Frau entgegen, die mir niemals fremder erschien. Meine Augenringe lassen sich noch nicht mal mehr mit Concealer abdecken und ein bitterer Zug liegt um meinen Mund. Die letzten Jahre haben mich sehr verändert und das gefällt mir absolut nicht.

Es ist nicht zu ändern.

Mit gerümpfter Nase ziehe ich mich aus und stelle mich unter die Dusche.

~oOo~

Er hat wohl ein wenig zu viel getrunken, sonst wäre er nicht über seine eigenen Schuhe … *Hat er seine Schuhe wirklich mitten im Weg stehen lassen?*

Beim besten Willen … er war ja noch nicht mal in diesem Zimmer. Das Hotelpersonal hat seine Klamotten hier abgestellt.

Vielleicht sollte er das Licht anmachen?

Dafür müsste er die Karte in diesen blöden Schlitz … *Nein, definitiv zu betrunken.*

Er sollte sich wirklich einfach ins Bett legen, um seinen Rausch auszuschlafen. Langsam tastet sich Tobias in der Dunkelheit des Zimmers vor, stößt sich das Knie.

„Verfluchte Scheiße, Mist verdammter."

Plötzlich wird es hell und er kneift die Lider zusammen.

„Was, in Gottes Namen …?" Zwei erschrockene graue Augen blicken ihn an.

Tobias sieht zur Tür, entdeckt die eingeschobene Karte, die die Stromversorgung des Zimmers regelt, dann wieder aufs Bett. „Prinzessin, das ist ja wirklich süß, ich bin allerdings zu fertig, um mich mit dir zu vergnügen. Ich wäre dir wirklich sehr dankbar, wenn du mein Bett freimachen würdest. Ich muss schlafen. Allein." Er zieht eine Augenbraue in die Höhe und beginnt, sich auszuziehen. Er hasst Weiber auf seinem Zimmer. *Wie, verflucht, hat sie das nur angestellt?*

„Was wird das, wenn es fertig ist?" Prinzesschens Stimme klingt etwas schrill.

Er dreht den Kopf über seine Schulter, sieht sie an. „Ich gehe jetzt schlafen. Und du gehst nach Hause. Ich bin sicher, wir beide hätten eine Menge Spaß miteinander. Vielleicht beim nächsten Mal."

„Wenn Sie nicht augenblicklich hier verschwinden, werde ich um Hilfe schreien." Sie quiekt ein bisschen und Tobias verspürt leichte Kopfschmerzen.

Das letzte Bier war wahrscheinlich keine so gute Idee.

„Du wirst sogar ganz bestimmt schreien, allerdings nicht mehr heute Nacht. Es ist mein Zimmer, Prinzessin, und du hast dich hier reingeschlichen. Der Rockstar braucht jedoch seinen Schönheitsschlaf." Er zwinkert ihr zu und öffnet den Gürtel seiner Jeans.

Sie atmet laut ein. „Hören Sie auf damit!"

Tobias dreht sich zu ihr, präsentiert ihr seinen nackten Oberkörper. „Womit soll ich aufhören? Du bist doch aus einem bestimmten Grund hier. Wenn ich es dir schon nicht besorge, kann ich dich auf andere Weise glücklich machen." Offensiv schiebt er seine Hose über die Oberschenkel, steigt aus ihr heraus.

„Mich glücklich …?" Das Häschen springt aus dem Bett, ohne den Satz zu beenden, greift nach seiner Jeans und wedelt ihm damit vor der Nase herum. „Ziehen Sie sich augenblicklich wieder an. Was denken Sie sich eigentlich dabei, hier mitten in der Nacht ins Zimmer zu kommen und sich vor mir auszuziehen?"

„Das hast du doch von mir erwartet, oder nicht?" Er sieht auf ihre Hand mit seiner Hose darin und zieht einen Mundwinkel nach oben. „Das wollt ihr doch alle."

Ihr Gesichtsausdruck entgleist. „Bitte was?"

„Sei nicht enttäuscht, ich mach es wieder gut." Dann beugt er sich herab und küsst sie.

Selbst wenn er in diesem Zustand bestimmt keinen mehr hochbekommt, wenigstens das kann er für sie tun, oder?

~oOo~

Ich bin viel zu perplex, um angemessen auf diese Unverschämtheit zu reagieren. Allein die Tatsache, dass ein Mann – ein fremder Mann – sich Zutritt zu diesem Zimmer verschafft, behauptet, es sei seines und beginnt, sich vor meinen Augen auszuziehen ... Mein Blick kann gar nicht anders, als auf seinem muskulösen Rücken hängen zu bleiben, während er sich sein Shirt über den Kopf zieht und es achtlos zu Boden wirft.

Mein Herzschlag überschlägt sich regelrecht. Aus dem Schlaf gerissen von einem Poltern und Fluchen. Zudem der Anblick dieses offensichtlich angetrunkenen Mannes im Raum ... Ich schiele auf das noch immer leere Bett von Frieda. *Typisch.* Irgendwas läuft hier mächtig schief.

Als der Kerl auch noch seine Hose öffnet und sie abstreift, geht er mir eindeutig zu weit. *Das kann doch nicht sein Ernst sein!*

„Hören Sie auf damit!" Ich schlage die Decke zurück, fische seine Hose vom Boden und wedle damit vor seinem Gesicht hin und her. Völlig unschlüssig, wo ich hinsehen soll. Überall nackte Haut. Tätowierte, viel zu muskulöse, sonnengebräunte Haut.

Mein Atem kommt noch immer stoßweise. Nichts und niemand hätte mich auf eine derartige Situation vorbereiten können. *Für wen oder was hält mich dieser Mensch eigentlich?*

Und dann beugt er sich tatsächlich zu mir herab und wagt es, mich zu küssen!

Ich keuche entrüstet in seinen Mund, was ihn anscheinend animiert, mir seine Zunge zwischen die

Zähne zu schieben. Er schmeckt nach Bier, Nikotin und ...
Pfefferminz?

Meine Fäuste bohren sich in seinen Brustkorb, doch seine starken Arme umfangen mich und ich spüre seine Hände auf ... *meinem Hintern?*

Ich lehne meinen Kopf zurück und hoffe, dass meine Blicke es schaffen, ihn auf der Stelle tot umfallen zu lassen, denn meine Hände sind irgendwo zwischen uns gefangen und ich bin nicht in der Lage, mich zu wehren. „Was fällt Ihnen ein, mich ungefragt ...?"

Da fehlen mir glatt die Worte! Zitternd hole ich Luft. „Wenn Sie mich nicht augenblicklich loslassen und hier verschwinden ..."

„Ja? Was passiert dann, du kleine Kratzbürste?"

„Kratz...?" Ich zerre an meinen Armen und er gibt sie tatsächlich frei.

Meine Handinnenfläche landet auf seiner Wange, in etwa zum gleichen Zeitpunkt, als sich die Zimmertür öffnet und Frieda endlich die Zeit findet, hier zu erscheinen.

„Leni, du bist ja noch wach. Stell dir mal vor, irgendjemand hat in der Bar meine Zimmerkarte ... genommen." Sie sieht verwundert zwischen mir und dem halb nackten Mann hin und her. „Er war das." Ihr Finger deutet auf unseren tätowierten Gast, dessen Gesichtszüge etwas entgleisen, als er meine Freundin entdeckt.

Schau an, er hat's kapiert.

„Anscheinend hat er soeben begriffen, dass er sich in der Tür geirrt hat." Ich verschränke meine Arme vor der Brust und starre den Eindringling auffordernd an, der sich tatsächlich dazu herablässt, wieder in seine Hose zu steigen. Ein wirklich hübscher Abdruck meiner Finger ziert seine Wange.

Ich sollte ein Herzchen drum herum malen.

Vorzugsweise mit einem Edding.

„Hat er dir was getan?" Frieda macht einen Hechtsprung in meine Richtung und mir wird bewusst, was für ein Bild wir abgeben müssen. Ich trage lediglich ein altes, ausgeleiertes T-Shirt von Johannes und er … na ja, irgendwie zumindest wieder eine Hose.

„Nichts habe ich ihr getan. Ich bin doch kein Triebtäter." Er zieht bedrohlich seine Augenbrauen zusammen und ich nehme mit Genugtuung zur Kenntnis, dass er augenscheinlich Schwierigkeiten mit seinem Gleichgewichtssinn zu haben scheint.

„Eher ein aufgeblasener, angetrunkener Möchtegern-Casanova, der fest im Glauben war, ich wäre ein Groupie oder so was."

Mit einer Hand umfasst er seinen Nacken, sieht ein wenig zerknirscht aus. „Sorry, es wäre nicht das erste Mal, dass sich eine Frau nach einem Gig in mein Zimmer schleicht."

„Oh, dass das hier nicht Ihr Zimmer ist, wissen Sie ja jetzt und Sie können sich sicher sein, dass ich mich niemals in Ihr Bett schleichen würde."

Sein Blick wandert abschätzend über meinen Körper und ich greife nach dem Morgenmantel, der über dem Sessel hängt, und hülle mich in den weichen Frottee. Gehe lieber einen weiteren Schritt auf Abstand.

„Sag niemals nie, Kratzbürste." Er wirft die fälschlicherweise eingesteckte Zimmerkarte in Richtung des kleinen Beistelltisches, doch sie landet – völlig uncool – auf dem Teppich. Er fixiert sie einen Augenblick ungläubig. „Nichts für ungut, Ladys."

Barfuß und mit nacktem Oberkörper tritt er in den Hotelflur und verschwindet, wohin auch immer.

Kapitel 2

Frieda schiebt mich tiefer in den Raum. „Weißt du, wer das war, Leni?"

Ich ziehe die Augenbrauen in die Höhe und liebäugle mit meinem Bett. An Schlaf ist wohl erst mal nicht zu denken.

„Wie ich schon sagte, ein aufgeblasener, angetrunkener Möchtegern-Casanova."

Frieda umfasst aufgeregt meinen Oberarm. „Ein Casanova vielleicht, ein Möchtegern auf gar keinen Fall." Sie reißt ihre Augen auf und lässt ihre Lippen ploppen. „Er gehört zu *Beyond*. Die Band ist anscheinend ebenfalls hier im Hotel abgestiegen. Sie saßen nur einige Tische von uns entfernt in der Bar."

„Das ist ja schön für *Beyond* und er hat ganz offensichtlich auch nicht ins Bier gespuckt." Ich seufze, wünschte mir, ich könnte diese kleine Episode so schnell wie möglich vergessen.

„Warst du ihm etwa nah genug, um das Bier in seinem Atem zu riechen?" Sie spitzt ihre Lippen.

Ja, sogar nah genug, um es zu schmecken. Ein Schauer läuft mir über den Rücken.

„Trinken Rockstars nicht alle Bier?", versuche ich abzulenken, doch sie sieht mich zweifelnd an.

„Bestimmt tun sie das. Aber dieser hier ist eine Augenweide, Leni, das kann selbst dir nicht entgangen sein."

„Dann hättest du nicht so lang zögern sollen. Er hat sich dir regelrecht auf einem Silbertablett präsentiert."

„Mir? Ich denke, du warst das Objekt seiner Begierde."

„Nein. Es war eher so, dass er dachte, er wäre meines." Ich schüttle noch immer entrüstet den Kopf.

Friedas Blick hingegen wirkt plötzlich leicht verklärt. „Himmel, wenn Susanne wüsste, dass er sich ausgerechnet in unser Zimmer verirrt hat! Sie hat sich unten so um ihn bemüht." Sie beginnt zu lachen und ich muss gegen meinen Willen grinsen. *Ja, das kann ich mir vorstellen. Er ist genau ihr Typ.*

„Darf ich es ihr morgen erzählen? Ich brenne auf ihren Gesichtsausdruck, wenn ich ihr stecke, dass er ausgerechnet bei der eisernen Jungfrau sein Glück versucht hat." Sie hält kurz inne, sieht mich entschuldigend an. „Das habe ich nicht so gemeint, Leni."

„Doch, das hast du und ich sehe darüber hinweg, also entspann dich." Ich ziehe den Morgenmantel wieder aus.

Frieda nimmt mich in die Arme. „Vielleicht hättest du nicht gleich so abweisend sein sollen."

„Sag mal, geht's noch? Er ist einfach hier aufgetaucht und hat sich ausgezogen!"

„Er war auch ganz fürchterlich anzusehen. Überall diese Muskeln …" Sie formt mit den Händen den Umriss eines starken Körpers. „Du hast recht. Das ist dir wirklich nicht zuzumuten."

Ich verdrehe die Augen und lege mich ins Bett. „Was ist, können wir endlich schlafen? Er kann froh sein, wenn ich ihn nicht wegen sexueller Belästigung drankriege, diesen *Rockstar!"*

„Jaja, schon gut. Ich geh meine Zähne putzen." Sie marschiert ins anliegende Bad und ich boxe mein Kissen zurecht, knipse das Licht aus.

Als ich die Augen schließe, verfolgt mich das Bild eines muskulösen, tätowierten, aufgeblasenen Casanovas, der die Frechheit besitzt, mich zu küssen, und zu meiner Schande spüre ich seine warmen Hände noch immer auf meinem Hintern. *Hervorragend!*

„Möchtest du noch Kaffee?"

„Ja, bitte! Irgendwie habe ich schlecht geschlafen." Ich unterdrücke ein Gähnen und halte Frieda meinen Kaffeebecher hin, den sie nimmt und von dannen zieht, um Nachschub zu besorgen.

„Hey, Kratzbürste."

Mir bleibt fast das Endstück meines Croissants im Hals stecken.

Ein dunkles Paar Augen funkelt mich frech an und seine Mundwinkel sind leicht spöttisch nach oben verzogen.

„Wenn das nicht der Rockstar ist?" Ich schiebe meine Haare hinter die Ohren, völlig überrumpelt von seinem Auftauchen.

„Du weißt also, wer ich bin. Das ist gut."

„Das werde ich sicher so schnell nicht vergessen, aber ob das gut ist? Ich hoffe, Sie haben nicht vor, sich hier im Frühstücksraum auszuziehen." Ich hebe eine Augenbraue und nehme einen Schluck Orangensaft.

Er lacht, setzt sich ungebeten auf Friedas Stuhl. „Das war nicht gerade ein Glanzstück meiner Erziehung. Wir sollten noch mal von vorn beginnen. Ich bin Tobias."

„Ich weiß."

„Wenn ich mich noch richtig erinnere, ist dein Name Leni."

„Ja, Sie erinnern sich richtig."

„Ich denke, ich sollte mich entschuldigen für gestern Abend." Er fängt meinen Blick ein.

Was für wunderschöne Augen er hat. *Ernsthaft, Leni Eggers? Ich muss mich doch sehr über dich wundern.*

Bestürzt über diesen Gedanken suche ich ungeduldig den Raum nach Frieda und meinem Kaffee ab.

„Hey, wenn das nicht der schöne Mann von gestern Abend ist." Statt Frieda steht unvermittelt Susanne an unserem Tisch. Sie zieht den Rockstar regelrecht mit ihren Augen aus und ich empfinde Fremdscham für unser zweites Cello.

Jeder bekommt, was er verdient. Susanne ist eine solche Plage.

Auch wenn davon auszugehen ist, dass das Ego des Rockstars dieser Plage durchaus gewachsen ist.

„Susanne, möchtest du dich nicht setzen? Ich bin mir sicher, dass ihr beiden euch eine Menge zu erzählen habt. Ich sehe mal nach, wo Frieda mit meinem Kaffee bleibt." Doch der Rockstar greift nach meiner Hand, hindert mich am Aufstehen. Seine Berührung trifft mich unvorbereitet. Mein Nacken beginnt zu prickeln.

Ich spüre die Schwielen an den Fingerkuppen, als sein Daumen über meinen Handrücken streicht. Ein leichtes Flirren macht sich in meinem Bauch breit, von dem ich nicht dachte, dass ich es jemals wieder fühlen würde. Irritiert entziehe ich ihm meine Hand und erhebe mich dennoch von meinem Stuhl. Atme durch hohle Wangen ein. Was immer das zu bedeuten hat, ich bin nicht bereit, mich dem zu stellen.

„Leni, wo möchtest du hin? Ich habe deinen Kaffee."

Frieda läuft mich fast über den Haufen und ich stehle mich an ihr vorbei, nehme ihr die Tasse ab. „Es ist Zeit zu packen."

„Leni, warte doch mal ..."

Ich beachte sie nicht weiter, eile zum Fahrstuhl. Verschütte den Kaffee. „Verdammt noch mal. Was ist denn nur los mit mir?"

„Ja, das wüsste ich auch gern."

Seine Stimme lässt die Tasse schlussendlich aus meiner Hand gleiten. Das zarte Porzellan zerspringt und ich stampfe ungehalten mit dem Fuß auf. „Müssen Sie mich so erschrecken?"

„Könntest du nicht aufhören, mich zu siezen?" Er bückt sich, um die Scherben aufzuheben. „Immerhin habe ich mich vor dir ausgezogen und du hast dich von mir küssen lassen."

Ja, das habe ich wohl.

„Dafür haben Sie sich eine Ohrfeige eingefangen." „Die ich nicht so schnell vergessen werde." Er steht auf und macht einen Schritt auf mich zu. Fast kann ich seinen Atem auf meinen Lippen spüren. „Ich würde dich gern wiedersehen."

„Ich denke nicht, dass das möglich ist." Mein Herz klopft gegen meinen Brustkorb und ich habe keinen Schimmer, warum.

„Ich bin nicht deiner Meinung, Leni. Doch für den Moment belasse ich es dabei." Er wirft die kläglichen Überreste meiner Tasse in einen Mülleimer neben dem Fahrstuhl, reibt seine Hände gegeneinander. „Ich hinterlege etwas an der Rezeption für dich. Vergiss nicht, danach zu fragen, wenn du auscheckst." Mit einem Lächeln dreht er sich um und geht zurück in den Frühstücksraum.

Und ich stehe wie vom Donner gerührt am Lift und versuche, meinen rasenden Puls zu beruhigen.

So was Blödes.

Tobias unterdrückt den Impuls, seine Augenbrauen mit den Fingern nachzuzeichnen und sich selbst auf die Schulter zu klopfen. Diese kleine Kratzbürste ist genau nach seinem Geschmack und er freut sich schon, sie auf dem Konzert wiederzusehen. Die Backstagekarten hat er längst an der Lobby für sie hinterlegt.

Eine Hand schnappt nach seinem Arm. „Du warst so schnell verschwunden, dabei war offensichtlich, dass Leni kein Interesse an dir hat." Susanne oder Karola oder wie auch immer sie heißt, spitzt ihre Lippen und schenkt ihm einen Augenaufschlag, der ihm zu anderer Zeit, an einem anderen Ort sicherlich gefallen hätte. Heute berührt es ihn nicht im Geringsten. Im Gegenteil. Seit gestern Nacht verfolgen ihn diese riesigen grauen Augen der kleinen Kratzbürste. *Merkwürdig.*

„Sie hat an keinem Mann Interesse, musst du wissen", fügt sie noch hinzu.

„Entschuldige, ich habe es eilig. Wir fahren gleich ab." Damit lässt er sie stehen. *Diese Weiber sind wirklich alle gleich.*

Mit einem Mal spürt er die Hand der Kratzbürste wieder auf seiner Wange. *Oh nein, nicht alle.*

~oOo~

„Frau Eggers, es wurde etwas für sie hinterlegt." Die nette Frau hinter der Rezeption mustert mich neugierig, hält mir einen Umschlag entgegen. „Herr Bruckner hat mir ans Herz gelegt, es Ihnen unbedingt zukommen zu lassen."

„Herr Bruckner?" Ich runzle die Stirn und die Rezeptionistin beugt sich leicht vor, senkt die Stimme. „Der Bassist der Band, die ebenfalls hier wohnt … wohnte."

Der Rockstar also.

Ihre Nasenflügel beginnen leicht zu beben, daher nehme ich ihr den Umschlag dankend aus der Hand, ehe sie noch das Bewusstsein verliert, die Gute.

Frieda schnappt ihn mir jedoch direkt wieder aus den Fingern. „Da bin ich aber gespannt, was hier drin ist! Was könnte ein Vorstadtcasanova für dich hinterlegen?" Ehe ich sie daran hindern kann, ist er auch schon geöffnet.

„Frieda, bitte. Wahrscheinlich sind es Konzertkarten oder so etwas." Ich rümpfe die Nase, nehme meinen Trolley und laufe zum Ausgang.

Soll sie doch ihren Spaß damit haben.

„Leni, das sind nicht nur Konzertkarten." Sie reißt ihre Augen auf und zieht breit grinsend etwas Laminiertes hervor. „Das, meine liebste Freundin, sind Backstagekarten und die Einladung zur After-Show-Party."

„Ich hatte gestern wirklich genug After-Show-Party, mein Bedarf ist gedeckt."

Frieda hält mich fest, zwingt mich, stehen zu bleiben. „Leni, jetzt hörst du mal zu. Das hier", sie wedelt mit den glänzenden Karten vor meinem Gesicht herum, „ist eine ausgesprochen nette Geste der Entschuldigung, und du hast noch zwei Wochen Zeit, dich an den Gedanken zu gewöhnen. Sie sind für das Abschlusskonzert ihrer Tour in Hamburg." Ihre Wimpern klimpern mich an und ich stöhne.

„Vergiss es, ich werde nicht dorthin gehen. Du kannst Susanne fragen. Sie brennt bestimmt darauf, ihn aus erster Reihe sehen zu können."

„Er hat Susanne eiskalt abserviert." Ihr Kopf kommt meinem etwas näher. „Dass sie kein Lagerfeuer angezündet hat, um drum herum zu tanzen, war wirklich alles."

„Sie könnte direkt die Backstagekarten darin verbrennen, während sie ihren Liebeszauber vor sich hinmurmelt."

Meine Schwägerin schiebt die Karten wieder zurück. „Nichts da. Das wirst du hübsch mit mir durchstehen."

Gott bewahre!

„Kommt überhaupt nicht infrage, Frieda Eggers. Und wer sagt, dass ich dich mitnehmen würde?"

„Wen denn sonst, Leni Eggers?" Sie verstaut den Umschlag in ihrer Handtasche.

Ich seufze dramatisch. Es hätte wohl keinen Sinn, sie daran zu erinnern, dass ich diese Karten bekommen habe und nicht sie.

Ich bin wirklich nicht zu beneiden.

Mir bleibt zumindest die Hoffnung, dass sie es in den nächsten zwei Wochen einfach vergisst und ich die Karten verschwinden lassen kann.

Kapitel 3

Ein letzter Zug an der Zigarette, ehe ich sie in dem weichen Untergrund versenke und mit Erde bedecke. „Teil sie dir ein, ich komme erst in zwei Tagen wieder." Mit einem Seufzen erhebe ich mich.

Auf irgendein Zeichen zu hoffen, dass er mich verstanden hat, wäre sinnlos. Das habe ich bereits vor Jahren begriffen.

Mein Zeigefinger streicht über den kalten Stein, in dem sein Name gemeißelt steht, und ich kuschele mich fröstelnd in meine Strickjacke.

Mein Mann wird nicht mit mir, geschweige denn zu mir sprechen.

Nicht mehr, seit uns vor drei Jahren ein betrunkener Autofahrer die Vorfahrt genommen hat.

Manchmal frage ich mich, ob dieser Verlustschmerz jemals nachlassen wird.

Zumindest bin ich im letzten Jahr dazu übergegangen, nur noch ein über den anderen Tag hierherzukommen.

Einen weiteren Tag zwischen meine Besuche an seinem Grab zu schieben, habe ich noch nicht übers Herz gebracht.

Ich sehne mich so sehr nach Johannes' Nähe. Mir fehlen unsere Gespräche, sein Lachen. Seine Berührungen.

Und ich würde alles für einen weiteren Moment mit ihm geben.

Dass mir diese Chance verwehrt bleiben wird, macht mich wütend.

Es macht mich wütend auf den Mann, der trotz seiner Trunkenheit sein Leben weiterleben darf. Während ich dazu verdammt bin, ohne meinen Mann weiterzuleben. Johannes war mein Seelenverwandter. Meine zweite Hälfte. Der Mensch, der mich vervollständigt hat.

Ich schlucke schwer, als die Erinnerungen über mich hereinbrechen und mir die Tränen der Trauer in die Augen treiben. Ich kämpfe sie zurück, denn ich habe genug geweint.

Mein Leben geht weiter. Irgendwie.

Und doch laufe ich seit drei Jahren durch meine eigene Dunkelheit. Sitze an Johannes' Grab. Teile meinen Tag mit ihm und rauche eine Zigarette, obwohl ich eigentlich Nichtraucherin bin.

Ich habe seine dämliche Angewohnheit zu rauchen gehasst. Wie oft habe ich ihn ermahnt, endlich damit aufzuhören? Wie oft hat er mir versprochen, es wäre seine allerletzte Zigarette?

Wer hätte denn ahnen können, dass es nicht der Tabak sein wird, der sein Leben beendet?

Heute würde ich ihn mit Zigaretten überhäufen.

„Mach keine Dummheiten, hörst du? Ich muss zu dieser dämlichen Sponsorenveranstaltung ins Theater. Wir sehen uns übermorgen." Ich klopfe auf den grau melierten Granit und mache mich auf den Weg zum Parkplatz. Eine ältere Dame grüßt mich lächelnd. Wir haben uns bereits des Öfteren hier getroffen. Ich nicke ihr zu und höre mein Handy schon schellen, ehe ich überhaupt die Tür zu meinem Wagen geöffnet habe. Das Bild meiner Mutter leuchtet auf dem Display und ich nehme das Gespräch entgegen.

„Himmel, Leni, wo treibst du dich wieder herum? Und wofür hast du überhaupt ein Handy, wenn du nicht zu erreichen bist?"

„Danke, mir geht es gut, Mama. Wie lieb, dass du fragst. Wo soll ich schon gewesen sein? Ich war bei Johannes."

„Du meinst wohl auf dem Friedhof. Kind, wann wirst du endlich verstehen, dass er nicht mehr da ist?"

Ich schließe die Augen. Diese Litanei höre ich mir nicht zum ersten Mal an und ich bin es mehr als müde, mich zu rechtfertigen.

„Ich muss ins Theater, Mama. Was möchtest du?"

„Ich wollte mich mit dir zum Essen verabreden, doch wenn du keine Zeit hast …" Der eingeschnappte Unterton meiner Mutter entlockt mir ein Augenrollen.

„Weißt du was? Wir gehen morgen etwas essen. Ich bin wirklich in Eile und ruf dich an, wenn …"

Vor lauter Unmut trete ich zu fest aufs Gas und hätte meinen Mini fast vor einen Begrenzungsstein gesetzt. Wild fluchend klemme ich das Handy zwischen Ohr und Schulter und lege den Rückwärtsgang ein, um auf dem Parkplatz wenden zu können.

„Ich merke schon, du bist nicht in der Stimmung für ein Gespräch mit deiner Mutter. Das macht überhaupt nichts. Ich warte auf deinen Anruf. Viel Spaß auf deiner Party."

Mein „*Das ist keine Party, Mama*" verhallt ungehört, denn meine Mutter hat das Gespräch bereits beendet. Ich pfeffere das Smartphone auf den Beifahrersitz, blicke mir selbst durch den Spiegel entgegen und streiche meinen dunklen Bob wieder gerade.

Wenn ich auf eines gar keine Lust habe, dann auf die Sponsorenveranstaltung. Allerdings wäre meine Mutter eine schreckliche Alternative. Ich atme tief durch und fahre nach Hause. Mir bleibt gerade noch Zeit für eine schnelle Dusche, ehe ich mich auf den Weg machen muss.

„Herzchen, du bist der grelle Wahnsinn." Oskar rutscht einen Sitz weiter, damit ich ins Taxi einsteigen kann, das uns zum Theater bringen wird.

„Du hast mich noch gar nicht gesehen. Nur meinen Mantel." Ich verkneife mir ein Grinsen und schnalle mich an.

„Du bist immer der grelle Wahnsinn, dafür muss ich nicht mehr sehen." Theatralisch fächert er mit der Hand durch die Luft. Das Taxi ist selbstverständlich eine halbe Stunde zu spät, denn Oskar ist eine Diva und der Meinung, dass es sich für jeden lohnen würde, auf ihn zu warten. Ich rechne das mit ein, verabrede mich in der Regel vor unserer Zeit, um sicher zu gehen, dass er pünktlich erscheint.

Oskar ist der erste Tänzer unseres Hausballetts und meine heutige Begleitung. Eigentlich ist er seit Johannes' Tod meine ständige Begleitung. Meine zweite beste Freundin, wenn man so möchte.

„Du bist auch nicht zu verachten, Schatz."

Oskar verzieht seinen Mund, sieht an sich herab.

„Ich hätte lieber etwas anderes angezogen, doch für dich wollte ich es krachen lassen."

Er trägt einen Smoking. Ein schlichter Abendanzug hätte es sicher auch getan. Oskar wäre allerdings nicht Oskar, wenn er sich stets an die Vorschriften halten würde. *Ja, er kann ein solcher Revoluzzer sein.* Sein Hemd ist rosa, ebenso der Kummerbund und die Fliege. Selbst sein Lidstrich ist um einiges perfekter gelungen als mein eigener. Das muss ich neidlos anerkennen.

„Ich wünschte, der Abend wäre schon vorbei. Mir tun jetzt schon die Gesichtsmuskeln weh, wenn ich an dieses ständige Lächeln denke."

„Wir betrinken uns mit Schampus und dann spürst du den Schmerz nicht mehr." Er nimmt meine Hand.

„Ich wünschte, der Schampus wäre schon hier."

Oskar greift neben sich, zieht zwei Plastikbecher und eine Flasche Prosecco hervor. „Herzchen, was an *wir betrinken uns heute Abend,* hast du denn nicht richtig verstanden?"

Ich lache auf, als er den Korken knallen lässt und unsere Becher füllt. „Prosecco hat nicht den Stil, der dir gerecht werden würde, aber es hilft über den ersten Durst."

„Du bist und bleibst mein Lebensretter."

„Ich weiß, ich weiß." Er küsst meine Wange, stößt seinen Becher gegen meinen und trinkt lächelnd, ohne mich aus den Augen zu lassen.

~oOo~

Tobias zupft an seinem Binder. Diese Dinger schnüren einem die Luft ab, doch für seine Großmutter nimmt er das gern in Kauf. Er verzieht dennoch unwillig sein Gesicht. Die Deutschlandtour von *Beyond* ist fast beendet und er hat einiges nachzuholen, was seine Familie betrifft. Dass sie ausgerechnet darauf bestehen würde, dass er sie zu dieser Sponsorengala des Theaters begleitet, damit konnte selbst er nicht rechnen.

Obwohl, eigentlich schon.

Spätestens in dem Moment, als er sie an ihrem Geburtstag mit einem läppischen Anruf abspeisen musste, da die Band sich gerade irgendwo anders im Land aufhielt. Sie hat beteuert, dass sie es überleben würde, wenn ihr einziger Enkel an diesem Ehrentag nicht anwesend sei.

Er hätte besser zwischen den Zeilen horchen sollen, denn seine Großmutter ist manchmal ein hinterhältiges Biest.

Sie liebt das Theater, spendet in jedem Jahr eine beachtliche Summe, und da sich ihre sonstige Begleitung für solche Anlässe in diesem Jahr auf Kreuzfahrt befindet, hat sie wohl beschlossen, dass Tobias Wiedergutmachung leisten könnte, indem er deren Platz einnimmt.

Er nimmt sein Jackett.

Es gibt Opfer, die bringt man gern. Egal wie man zum Ballett auch stehen mag, irgendwie wird er diesen Abend zwischen exzentrischen Tänzern und hochnäsigen Musikern schon überstehen.

Vor allen Dingen seitdem er weiß, wen er mit großer Wahrscheinlichkeit wiedertreffen wird.

Es war ein Leichtes für ihn, der Rezeptionistin die wichtigsten Details über Leni Eggers zu entlocken, etwa in welcher Stadt sie lebt und für welches Orchester sie spielt.

Ein selbstgefälliges Lächeln umspielt seine Lippen.

Ja, er ist wirklich ein Fuchs.

Und wie ausgesprochen erfreulich es erst war, zu hören, dass sie quasi Nachbarn sind. Ein weiterer glücklicher Zufall scheint es zu sein, dass seine Oma ein Jahresabonnement für das Theater besitzt, in dem Leni als Cellistin engagiert ist.

Wenn er es recht bedenkt, ist er ein wahrer Glückspilz.

Kapitel 4

Das Taxi hält vor dem Theater und ich leere schnell den Becher, ehe ich mich abschnalle. „Gott steh mir bei, dass ich diesen Abend unbeschadet überstehe." Ohne auf den Bürgersteig zu achten, öffne ich die Tür und höre den Fluch im selben Moment, wie ich den Widerstand spüre. *Verdammter Mist.*

Ich springe aus dem Auto und ernte einen bösen Blick aus ausdrucksstarken braunen Augen.

Das kann doch nicht wahr sein!

Auch auf dem attraktiven Rockstar-Gesicht macht sich plötzliches Erkennen breit und sein unwiderstehliches Lächeln jagt mir unvermittelt einen Schauer über den Rücken. *Na hoppla.*

„Ich denke, damit wären wir quitt, Kratzbürste."

War seine Stimme neulich schon so tief und sexy?

Tausend Fragen schwirren mir durch den Kopf und doch schaffe ich gerade mal ein: „Sie?"

Er leckt sich über die Lippen. „Warum so überrascht? Ich habe dir gesagt, dass ich dich gern wiedersehen würde."

Da bleibt mir glatt die Spucke weg.

„Ernsthaft? Reißen Sie so Frauen auf? Ich dachte, Ihre Masche wäre es, nachts in fremde Zimmer zu schleichen." Ich verschränke meine Arme vor der Brust, was er durchaus interessiert beobachtet. Also lasse ich sie wieder fallen.

„Wie ist es denn bei dir? Reißt du Männer auf, indem du ihnen Autotüren vors Schienbein schlägst und sie anbrüllst, obwohl sie lediglich einen schönen Abend mit ihrer Großmutter verbringen wollen?"

Ich stutze, sehe an ihm vorbei.

„Ja, genau. Die nette Lady in dem roten Kleid ist meine Großmutter. Ich löse ein Geburtstagsgeschenk ein. Da ich sie jedoch bei ihrem angeregten Gespräch mit einem alten Bekannten nicht stören wollte, stehe ich etwas abseits. Darauf scheinst du nur gewartet zu haben."

Mein Blick schnellt zu ihm zurück und er besitzt tatsächlich die Frechheit, mir arrogant zuzuzwinkern.

Oskar erscheint neben mir, nachdem er das Taxi bezahlt hat, und nimmt mir den leeren Becher aus der Hand. „Ich hoffe, Sie haben sich nicht verletzt. Sie ist manchmal etwas stürmisch, unsere Leni."

„Ist sie das?" Dieser Vorstadtcasanova lässt mich nicht aus den Augen.

Ich schnaube abfällig. „Oskar, ich denke, Herr Bruckner hat sicherlich etwas anderes vor. Immerhin gibt es hier genügend Hotels. Irgendeine Frau wird ihn schon in ihr Zimmer lassen." Mein tödlicher Blick prallt an Oskar ab, also schenke ich ihn stattdessen diesem aufgeblasenen Schönling.

Oskar beginnt zu lachen. „Nein! Ist das etwa der Rockstar, der dich für seinen Groupie gehalten hat? Was für ein Zufall! Dann habt ihr ja heute die Gelegenheit, euch richtig kennenzulernen." Er sieht zwischen Herrn

Bruckner und mir hin und her, beugt sich zu ihm. „Ein kleiner Tipp: Leni wird den ganzen Abend im Theater sein."

Ich drehe mich auf dem Absatz um, Oskars lautes Lachen im Nacken. *Ich werde noch verrückt.* Mir ist klar, dass dieser Abend noch tausendmal schlimmer wird, als ich es sowieso bereits vermutet hatte. Immerhin wird Frieda ebenfalls anwesend sein.

„Hier, mein Herz, trink und lächle." Oskar hält mir ein Stielglas Champagner vor die Nase und nimmt selbst einen großzügigen Schluck aus seinem eigenen Glas.

„Mir ist das Lächeln vergangen." Ich übernehme mein Glas und verziehe unwillig mein Gesicht.

„Etwa wegen dieser Sahneschnitte?" Sein Blick durchsucht das Theaterfoyer, bleibt auf Tobias Bruckner liegen, der neben seiner vermeintlichen Großmutter an der Bar steht.

Ich sehe Oskar an. „Sahneschnitte? Du machst dir keine Vorstellung davon, wie sehr er mir auf die Nerven geht."

„Dabei fährt er voll auf dich ab."

„Meinetwegen kann er auch nach Hause *fahren*", ächze ich.

Jetzt liegen Oskars blaue Augen auf meinem Gesicht.

„Nicht doch. Gönn dir mal was."

„Ich gönn mir Schampus, das sollte reichen."

„Sei nicht immer so bescheiden. Du solltest deine Schenkel mal wieder für etwas Lebendiges spreizen, Leni. Mit deiner sexuell aufgestauten Energie kann man bereits die ganze Stadt mit Strom versorgen."

„Oskar, du gehst zu weit. Johannes …"

„… ist tot und du bist zu jung, um dir einen Schaukelstuhl und zwanzig Katzen zuzulegen."

„Das passiert sowieso nicht. Ich besitze keine Stricknadeln."

„Ich glaube, Frieda trägt High Heels, mit deren Absätzen sie dir sicherlich aushelfen könnte. Ich selbst habe schon einen Schal mit ihnen gestrickt."

Frieda, meine Schwägerin und Violine, tanzt unweit mit einem attraktiven Gönner unseres Theaters. Oskar hat recht. Ihre Absätze sind schwindelerregend hoch. Ich würde mir wohl schon beim Sitzen in diesen Schuhen den Hals brechen.

Jetzt muss ich lachen.

„Ich wette, der Rockstar hat dich in Gedanken schon ausgezogen. Was trägst du für Unterwäsche?"

Ich trete Oskar absichtlich auf die Füße, was ihn aufstöhnen lässt. Er senkt den Kopf. „Womöglich trägt er selbst ja gar nichts drunter. Bist du denn gar nicht neugierig?"

Ich mache eine Drehung, weg von der Bar. „Nein. Vergiss nicht, ich habe schon viel zu viel von seinem Körper zu Gesicht bekommen." Wärme breitet sich in meinem Unterleib aus, als ich an den Moment zurückdenke. „Wenn es dich so brennend interessiert, solltest du am Ball bleiben."

„Er spielt leider nicht für mein Team." Bedauernd nippt er an seinem Schampus.

„Du gibst doch sonst nicht so schnell auf."

Er seufzt. „Ich weiß, wann meine Mühe umsonst wäre." Oskar klingt enttäuscht und ich ziehe eine mitleidige Schnute.

„Mein armes Häschen."

„Nein, kein Mitleid. Du nimmst ihn dir und ich labe mich später an deinen Erinnerungen."

„Das könnte dir so passen, was?"

„Ich wäre schon beruhigt, zu wissen, dass du dich überhaupt mal wieder für das andere Geschlecht interessierst." Sein Gesicht wirkt sorgenvoll und ich verdrehe die Augen.

„Wirklich? Möchtest du jetzt darüber sprechen? Ich bin verheiratet, Oskar."

„Mit einem Geist, Leni."

Warum wollen mich alle ständig verkuppeln? Können sie denn nicht sehen, dass ich für einen neuen Mann an meiner Seite noch nicht bereit bin? Was bringt Oskar nur dazu, zu denken, dass ausgerechnet ein Mann wie Tobias Bruckner der Richtige für mich wäre? Ein lächerlicher Gedanke.

„Du sollst ihn ja nicht sofort heiraten. Du brauchst dringend einen Zwischenmann. Einen, der dir wieder Lust auf das andere Geschlecht macht."

„Und das wäre dann der Rockstar?" Zweifelnd hebe ich meine Augenbrauen.

„Wenn einer etwas davon versteht, dann ein Rockstar." Er grinst anzüglich, was mich mein Glas letztlich leeren lässt.

Daran zweifle ich gar nicht.

Ups, wo kommt das denn her?

Ich stelle mein leeres Glas auf einen Bistrotisch. „Wenn ich in diesem Tempo weitertrinke, kann ich gleich nicht mehr spielen."

„Lass das nicht Paolo hören. Ich glaube nicht, dass er davon allzu begeistert wäre. Immerhin bist du sein Aushängeschild."

Unser Dirigent steht in einer Gruppe potenzieller Geldgeber und natürlich ist Susanne ebenfalls an seiner Seite.

„Sie gibt auch nicht auf." Oskar knirscht mit den Zähnen.

Ich zucke mit den Schultern. Als erste Cellistin seines Orchesters wäre mein Platz an Paolos Seite. Da Susanne bereits des Längeren versucht, mir meinen Platz streitig zu machen, überrascht mich ihr Verhalten nicht sonderlich.

„Soll sie doch, dann bleibe ich zumindest verschont." Ich streiche meine Haare hinters Ohr. „Mich wundert es eigentlich, dass sie sich noch nicht an den Rockstar gehängt hat. Im Hotel konnte sie ihre Finger gar nicht von ihm lassen."

„Susanne ist in erster Linie eine missgünstige Schlange. Sie sägt an deinem Stuhl. Wie kannst du nur so ruhig bleiben?" Oskar schüttelt verständnislos den Kopf.

„Ich spiele besser, das ist mir genügend Genugtuung."

„Und du tanzt auch besser, mein Herz." Meine Begleitung führt mich zur Tanzfläche, wirbelt mich in seine Arme, und ich beginne zu lachen.

~oOo~

Tobias kann seine Augen nicht von ihr nehmen. Sie schwebt mit diesem Paradiesvogel in Rosa über die Tanzfläche. Er hört ihr Lachen und es nimmt ihn auf eigenartige Weise gefangen. Er spürt das Lächeln, das von seinem Gesicht Besitz ergreift.

Der schwarze Einteiler mit nur einem durchsichtigen langen Ärmel umspielt ihre zierliche Figur. Die nackte Schulter lässt ihre weiße Haut verheißungsvoll schimmern.

Er erinnert sich noch zu gut an diese Schulter. An dieses übergroße Shirt, das sie getragen hat, und kann sich gerade nicht entscheiden, welche Abendgarderobe ihm an ihr besser gefällt.

Er muss neidlos anerkennen, dass dieser Oskar ein hervorragender Tänzer ist. Dessen Hand liegt auf Lenis

Hüfte und Tobias erwischt sich bei dem Wunsch, an seiner Stelle sein zu können.

„Sie gefällt dir, oder?" Seine Großmutter legt eine Hand auf seinen Unterarm, folgt seinem Blick.

Ertappt fasst er sich in den Nacken. „Wie kommst du denn darauf?"

„Dein Blick, mein Junge."

„So, und was sagt dir mein Blick jetzt?" Tobias hebt die Augenbrauen in die Stirn, betrachtet seine Großmutter abschätzend.

„Dass du ziemlich unverschämt bist, wenn du versuchst, es zu leugnen. Sie ist zauberhaft, ich bin mir nur nicht sicher, ob du ihr gewachsen bist."

„Was, bitte, soll das denn bedeuten? Du bist meine Großmutter."

„Und genau deswegen darf ich dir das auch sagen. Du bist ein Schlitzohr, Tobias. Frauen, wie sie eine zu sein scheint, brauchen Männer, die sie heiraten, ihnen wunderhübsche Babys machen, und keinen, der ihnen unweigerlich das Herz brechen wird. Gib du dich mit den – entschuldige bitte den Ausdruck – billigen Schicksen zufrieden, die euch nach einem Konzert ihre Schlüpfer auf die Bühne werfen."

Niemand anderer als seine Großmutter dürfte jemals so mit ihm reden. Nicht, dass es nicht weniger verletzend wäre, dass sie eine derartige Meinung von ihm zu haben scheint, doch sie kennt ihn besser als jeder andere.

Manchmal befürchtet er sogar, dass sie in besser kennt, als er sich selbst.

„Meine Babys werden wunderschön, und Schlüpfer, Oma? Schlüpfer ist ein schreckliches Wort."

„Welches Wort bevorzugst du denn? Unterhose?" Sie legt ihre faltige Stirn in Runzeln und Tobias muss lachen.

„Sicher. Unterhose ist besser."

„Sie ist eine wunderbare Cellistin. Du solltest sie spielen hören. Es ist, als würden Englein vom Himmel schweben." Der Gesichtsausdruck seiner Großmutter wirkt plötzlich etwas entrückt. Er fragt sich, ob sie auch so aussieht, wenn sie von ihm und seiner Musik spricht. Er wagt es zu bezweifeln. Das wäre vielleicht auch ein wenig zu viel verlangt.

Tobias lächelt. „Wirklich, Oma? Englein vom Himmel?"

Seine Großmutter schlägt ihm das Programmheft auf den Brustkorb. „Ja, Englein, du Banause. Du wirst es später selbst noch hören. Dann vergeht dir dein Lachen." Sie schnalzt tadelnd mit der Zunge und Tobias nimmt einen Schluck aus seinem Glas. Er kann sich beim besten Willen nicht vorstellen, dass ihn das beeindrucken wird.

„Und jetzt, mein liebster Enkel, tanzt du mit deiner alten Großmutter. Ich muss schließlich meine Vorteile daraus ziehen, dass ich in männlicher Begleitung hergekommen bin."

Tobias weiß durchaus, wann er eine Schlacht verloren hat. Er verbeugt sich vor der alten Dame und nimmt ihre Hand. „Nichts lieber als das."

„Du bist ein ausgesprochen charmantes Schlitzohr, Tobias Bruckner. Das muss man dir lassen." Ihr Lächeln wärmt seinen Bauch und er küsst sie auf die Stirn, führt sie auf die Tanzfläche.

~oOo~

„Partnertausch." Der Rockstar klopft Oskar auf die Schulter, und ich frage mich eine Sekunde, ob Oskar dieser Einladung folgt und den Walzer mit Tobias beendet.

Doch selbstverständlich übergibt er mich völlig selbstlos in die Hände dieses aufgeblasenen Schnösels und ich würde diesem Verräter nur zu gern erneut meinen Absatz in die Füße rammen.

„Darf ich bitten?" Tobias ergreift meine Hand, jedoch bin ich nicht bereit, klein beizugeben.

„Sind Sie denn sicher, dass Ihr Knie das aushält?"

„Ich denke schon." Er zieht mich einfach an sich. Seine Wärme geht auf mich über und ich halte für einen Augenblick die Luft an, schockiert über seine Wirkung auf meinen Körper. Er beginnt, mich zu führen. Er tanzt ganz anständig, selbst wenn er Oskar nicht das Wasser reichen kann.

„Du brauchst dir um Spätfolgen deines kleinen Missgeschickes also keine Gedanken machen." Er lächelt. *Ist das etwa ein Grübchen? Ekelhaft.*

„Wie beruhigend."

„Deine Telefonnummer darfst du mir dennoch geben." Er senkt seinen Kopf, haucht gegen mein Ohr, und ich vergesse meine Tanzschritte, trete ihm auf die Füße.

„… denn mein Fuß ist nun leider auch in Mitleidenschaft gezogen."

„Dann hören Sie gefälligst auf, mich aus dem Takt zu bringen." Ich presse die Lippen aufeinander.

„Schaffe ich das denn? Dich aus dem Takt zu bringen?" Seine Stimme bekommt ein dunkles Timbre, das durch meinen Körper vibriert. *Himmel, verfluchte Scheiße.* Ich bleibe stehen, schaffe Abstand zwischen uns. „Wissen Sie was, ich sollte mir etwas zu trinken besorgen."

Er zieht mich zurück in seine Arme. „Erst die Arbeit, dann das Vergnügen, Leni Eggers. Dieser Tanz ist noch nicht vorbei." Seine dunklen Augen fixieren mich und mein Herz klopft unangemessen heftig gegen meinen Brustkorb. Ich bin mir seines Blickes bewusst, der auf mir liegt, mich völlig gefangen nimmt.

„Außerdem hatte ich noch keine Gelegenheit, mich zu entschuldigen. Du hattest es am Morgen danach furchtbar eilig, wenn ich mich recht erinnere."

„Der Gedanke, dass ich unser Kennenlernen nicht vertiefen möchte, ist Ihnen wohl nicht gekommen, oder?"

Er sieht kurz an mir vorbei, schüttelt leicht den Kopf. „Nein."

Mit einer schwungvollen Drehung wirbelt er mich über die Tanzfläche und ich stelle fest, dass mir seine

Hartnäckigkeit irgendwie schmeichelt. Ich werde mich hüten, ihm das unter die Nase zu reiben.

Kapitel 5

~oOo~

Tobias zieht sie näher an seinen Körper. Ihr Duft hüllt ihn ein, umnebelt seine Sinne. Er sieht ihren heftigen Puls.

Zu gern würde er die Stelle unmittelbar unter ihrem Ohrläppchen küssen. Sie schmecken. Himmel, diese Frau hat irgendetwas an sich, was ihn völlig gefangen nimmt. Und sei es nur die Tatsache, dass er sie mit einem Groupie verwechselt hat, und es außerordentlich bedauert, dass er sich geirrt zu haben scheint.

Wie sie wohl aussieht, wenn sie nackt unter ihm liegt? Ihre Lippen von seinen Küssen geschwollen sind, ihre Haut unter seinen Berührungen zu brennen beginnt?

Wie hört es sich wohl an, wenn sie seinen Namen schreit, wenn sie kommt?

Solche Gedanken haben auf der Tanzfläche nichts zu suchen und er stöhnt leise, als das Blut ihm in den Schwanz fährt und seine Eier unangenehm zu prickeln beginnen.

„Was ist los? Soll ich lieber einen Arzt rufen?" Ihre Mundwinkel heben sich spöttisch und er atmet tief ein.

„Der könnte mir gerade nicht helfen, Honey."

Lenis Blick wird fragend und er presst ihren Körper enger an seinen. Sie erkennt anscheinend seine Misere, ihre wunderschönen grauen Puppenaugen werden mit einem Mal kugelrund und eine zauberhafte Röte überzieht ihre Wangen.

„Tja, so ist das mit den Groupies und den Rockstars. Ich hatte gerade ein Bild von dir vor meinem inneren Auge, das eher in mein Schlafzimmer gehört."

Ihre Nasenflügel beginnen entrüstet zu beben. „Was glauben Sie eigentlich, wer Sie sind?"

Er vereitelt einen weiteren ihrer Versuche, sich von ihm zu lösen. „Ich bin nur ein Mann, der mit einer wunderschönen Frau tanzt. Und für die Reaktion meines Körpers auf dich werde ich mich nicht entschuldigen. Immerhin wolltest du wissen, was mit mir los ist. Ich bin nur ehrlich." Er haucht gegen ihr Ohr. „Keine Angst. Ich werde dich zu nichts drängen. Ich küsse dich erst wieder, wenn du mich darum bittest."

„Wie gut, dass das niemals passieren wird."

Das Zittern in ihrer Stimme verrät ihm, dass er sie nicht kalt lässt. *Sehr gut.* Er liebt es, wenn ein Plan funktioniert. „Das werden wir erst noch sehen, Honey."

~oOo~

Ich kann dem Wunsch, ihm erneut eine Ohrfeige zu verpassen, wirklich nur mit größter Beherrschung widerstehen. *So etwas Unverschämtes ist mir bisher noch niemals untergekommen.*

Die Musik endet und er gibt mich frei.

„Vielen Dank für diesen Tanz. Ich freue mich bereits jetzt darauf, dich erneut zu küssen." Mit diesen Worten lässt er mich stehen.

Das Jackett spannt über seinen breiten Schultern, sein Hintern ist perfekt proportioniert. Ich lasse meine Lippen ploppen, als ich aus den Augenwinkeln die interessierten Blicke der anderen Frauen wahrnehme, die sich ebenfalls an seinem Anblick erfreuen.

Leni, das ist wirklich unter deiner Würde.

Es scheint wohl etwas Wahres dran zu sein – ich hatte zu lange kein Date mehr.

Aber nicht mit dem Rockstar, Fräulein!

Was bringt diesen aufgeplusterten Kerl nur auf den Gedanken, ich käme jemals in die Verlegenheit, ihn um einen Kuss zu bitten?

Ach du lieber Himmel, er ist ja so was von schief gewickelt!

Und doch flattert es in meinem Unterleib bei der Erinnerung an seine vollen weichen Lippen auf meinen und seinen Händen auf meinem Hintern. *Einfach lächerlich!*

Mein Weg führt unmittelbar zur Bar, an der Frieda bereits mit einem Martini auf mich wartet. Ohne auf ihren selbstherrlichen Gesichtsausdruck einzugehen, kippe ich den Martini einfach hinunter. Ich sollte mein Trinkverhalten wohl bedenklich finden, doch heute habe ich das Gefühl, der Alkohol versteht mich und mein Dilemma.

„Oh Gott, er ist so heiß, Leni."

„Der Martini hat genau die richtige Temperatur, Frieda."

Sie winkt ab. „Jaja, tu ruhig so, als hättest du mich nicht verstanden. Das ändert nichts an der Tatsache, dass jede anwesende Frau nur zu gern mit dir getauscht hätte."

„Ich hätte keine davon abgehalten, meinen Platz auf der Tanzfläche einzunehmen."

Ehe sie etwas darauf erwidern kann, findet uns Paolo. „Leni, wo steckst du denn? Ich such dich schon die ganze Zeit. Solltest du nicht mehr spielen können ..." Der missbilligende Blick unseres Dirigenten ruht auf meinem leeren Glas. Sein spanischer Akzent wird schwerer, „... werde ich Susanne fragen, ob sie deinen Part übernehmen kann. Es hängt eine Menge davon ab, dass wir genügend Sponsoren für die kommende Saison bekommen."

Frieda hebt ihr Glas. „Beruhige dich wieder, Paolo. Es war nur ein Martini."

„Solltest du mir jedoch nicht zutrauen zu spielen, dann bitte – Susanne wird sich freuen." Ich winke dem Kellner zu, um mir noch einen Drink zu bestellen. Paolo greift nach meiner Hand, drückt sie hinunter.

„Red keinen Unsinn. Du weißt, dass Schubert dich braucht." Seine Stimme wird entschlossener. „Hör auf, dich zu betrinken, und mach dich bereit." Er würdigt uns keines weiteren Kommentars und verschwindet in Richtung Bühne. Frieda beginnt zu prusten und auch ich kann mein Lachen nicht unterdrücken.

„Leni, worauf wartest du? Schubert braucht dich!" Sie imitiert Paolos Akzent und ich wische mir eine Lachträne aus dem Augenwinkel.

„Schubert ist eine Nervensäge."

Ich finde es nicht zum ersten Mal an diesem Abend ungerecht, dass die Tänzer keine Sondervorstellung geben müssen. Auch Frieda wird nicht spielen. Ich jammere auf hohem Niveau, denn ich liebe meinen Job und könnte mir nicht vorstellen, irgendetwas anderes als Musik zu machen.

Noch immer lachend, begebe ich mich zu meinem Instrument, während Paolo uns bereits in gewohnt salbungsvoller Weise ankündigt.

~oOo~

Seine Großmutter blättert im Programmheft, das mittlerweile ziemlich mitgenommen aussieht. „Sie spielen Schubert. Ich liebe Schubert." Sie drückt das Heftchen an ihre Brust und lächelt zur Bühne.

Tobias konnte sie nicht überreden, weiter hinten Platz zu nehmen, also darf er dem Ereignis wohl aus erster Reihe beiwohnen. Er hatte zumindest die leise Hoffnung, für einen Moment die Augen schließen zu können, ohne dass es jemand mitbekommt. Hier vorn wird es etwas schwieriger, unbemerkt den Kopf in den Nacken zu legen.

Klassik konnte ihn noch nie begeistern.

„Jetzt zieh nicht so ein Gesicht. Sie spielen höchstens eine Dreiviertelstunde. Es ist nur ein kleiner Appetithappen auf die kommende Saison." Die alte Dame nimmt die Hand ihres Enkels und Tobias schämt sich fast ein bisschen, dass er seinen Unwillen derartig offen im Gesicht trägt.

„Entschuldige, Oma. Es wird mich schon nicht umbringen."

„Davon gehe ich ganz stark aus, Tobias Bruckner." Damit richtet sie ihr Augenmerk auf die Dame, die zu ihrer Linken Platz genommen hat. Der Dirigent spricht einige Worte zum Publikum, die Tobias jedoch nicht interessieren. Er nutzt die Zeit, sich im Saal nach Leni umzusehen. Sie hat es tatsächlich geschafft, sich irgendwie unsichtbar zu machen, was er mehr als schade findet.

Das Licht dimmt ab und mit einem Mal herrscht eine gespannte Atmosphäre, die Tobias an die Momente erinnert, kurz bevor *Beyond* auf die Bühne gehen.

Scheinbar hat Musik stets die gleiche Energie.

Er schließt Frieden mit seinem Schicksal, beobachtet die kleine Bühne und kann nichts gegen das Lächeln unternehmen, das seine Mundwinkel unwillkürlich nach oben zieht.

Sieh an, Leni Eggers spielt also Schubert.

Die drei Musiker des Abends werden mit Applaus begrüßt, doch Tobias hat nur Augen für die Cellistin.

Ihr Blick liegt konzentriert auf den Noten, ihre Finger auf den Saiten des Griffbrettes. Der Korpus des beachtlichen Instruments lehnt zwischen ihren Beinen. *Wunderschöne, lange Beine.* Tobias lockert seine Fliege.

Dann beginnt sie zu spielen und irgendetwas geschieht mit ihm.

Er lässt die Musik durch seinen Körper fließen. Weich, warm, erhaben sinnlich.

Ach du Scheiße! Sie hat ihn bei den Eiern. Mit Schubert.

~oOo~

Ich höre den Applaus erst Sekunden später. Während und unmittelbar nach einem Auftritt bin ich in einer völlig anderen Welt. Es gibt nichts, außer mein Cello und mich. Und dann erwache ich wie aus einem Traum, öffne meine Augen und nehme das Publikum wahr, realisiere, dass mein Spiel gefallen hat.

Ich beginne zu lächeln, genieße das wohlige Gefühl in meinem Bauch, das Kribbeln auf meiner Haut. Keine Droge der Welt hätte diese Wirkung auf mich, und ich sauge die Energie ein, wie die Luft zum Atmen, heiße das Adrenalin willkommen, das mich durchflutet, und atme tief durch, ehe ich mich erhebe und verbeuge.

Für nichts in der Welt würde ich mit irgendjemandem tauschen wollen.

Mein Blick schweift über das Publikum und bleibt an Tobias hängen. Die Intensität seines durchdringenden Blickes hält mich gefangen wie eine Berührung, und das Prickeln auf meiner Haut vertieft sich.

Für einen kleinen Augenblick hört die Welt auf, sich zu drehen.

Erst als Julia, die Pianistin, und Alexej, die Violine, jeweils nach einer meiner Hände greifen, ist der Moment vorüber. Nur mein Herz klopft schneller, als es sollte, als wir uns erneut verbeugen und schließlich von der Bühne gehen.

Oskar empfängt mich mit einem weiteren Glas Champagner, küsst meine Wange, während Julia bereits in die Garderobe verschwindet. „Ihr wart so wundervoll. Du warst einfach wundervoll. Himmel, ich bin noch völlig von Sinnen."

„Ja, ich glaube, wir waren ganz gut." Mit einem schiefen Grinsen nehme ich ihm das Glas aus der Hand, ohne davon zu trinken. „Du weißt wirklich, was Frauen brauchen."

„Eine meiner Stärken, mein Herz." Sein Blick geht über meine Schulter. „Und der Rockstar hat dich nicht eine Sekunde aus den Augen gelassen."

„Diese Information ist wichtig, weil ...?"

„... du dringend einen Mann brauchst und er so ein schönes Exemplar seiner Gattung ist."

Ich ziehe meine Stirn kraus. „Ich brauche keinen Mann, Oskar. Ich bin verheiratet und auf seinem Penis ist womöglich das Wort *Geschlechtskrankheit* tätowiert." Ich erinnere mich nur zu gut, wie er in Friedas und meinem Zimmer aufgetaucht ist. Für ihn scheint es völlig normal zu sein, ständig fremde Frauen in seinem Bett vorzufinden. Ich schüttle mich angewidert.

Oskar sieht mich anerkennend an. „Das würde mich mehr als beeindrucken, wenn er das gesamte Wort auf seinem Schwanz stehen hätte." Dann wird er ernst. „Jungs lernen die Bedeutung von Safer Sex schon im

Kindergarten, Leni, und du bist verwitwet. Seit drei Jahren. Ich wünschte, du würdest endlich mit Johannes abschließen."

Dieses Gespräch nimmt eine Wendung, die mir nicht gefällt. Johannes ist ein beliebtes Diskussionsthema zwischen meinen engsten Freunden und mir.

Nein, nicht Johannes selbst, sondern meine Einstellung zu diesem Thema.

Ich habe ihn noch nicht losgelassen und werde es erst recht nicht für einen flatterhaften Rockstar tun.

„Oskar, Schatz, ich verspreche dir, sollte mich jemals wieder ein Mann interessieren, wirst du der Erste sein, der es erfährt. Allein schon, damit ich keine Angst haben muss, dass du versuchst, ihn mir auszuspannen."

Er schnalzt mit der Zunge, doch ein sanftes Lächeln umspielt seine Lippen. „Deal."

Kapitel 6

~oOo~

Tobias schrammelt die Hookline von *sweet child o´mine* auf Konrads Fender, während er wartet.

Dass er neben dem Bass auch die Gitarre beherrscht, ist kein großes Geheimnis, und hin und wieder kann er einfach nicht widerstehen. Beizeiten kommt es sogar vor, dass Konrad und er die Instrumente tauschen, auch wenn Konrad mit dem Bass wirklich kein Geld verdienen sollte.

Der gestrige Abend lässt ihn nicht los. Er kann das Lächeln nicht unterdrücken, das auf seinem Gesicht Platz nimmt.

Leni hat wirklich keine Ahnung, wie sehr sie ihn anstachelt, allein schon durch ihr vorgetäuschtes Desinteresse an seiner Person. Glaubt sie denn wirklich, dass er nicht mitbekommt, welche Wirkung er auf sie hat?

Oh Gott, zu gern hätte er seine Lippen direkt auf ihre gepresst. Sie geschmeckt.

Er hat ihren berauschenden Geruch mit nach Hause genommen und ist ihn die ganze Nacht über nicht losgeworden.

Oh, Honey, der nächste Kuss ist der meine und du wirst mich darum anbetteln.

Hitze breitet sich in ihm aus und erneut meldet sich sein bestes Stück.

Mit einem Stöhnen wechselt er auf *can't stop* von den Chili Peppers, als die Tür sich öffnet und der Rest der Band sich endlich bequemt, an dieser Probe teilzunehmen. Dabei lässt er es nicht gelten, dass er selbst eine Stunde zu früh erschienen ist.

„Meine Güte, nicht dass du noch durch die Decke gehst bei dieser wilden Vorführung." Christian grinst.

Tobias ignoriert den Kommentar. „Schön, dass ihr den Weg gefunden habt."

„Brauchst du mal wieder was Anständiges unter den Fingern?" Konrad wirft seine Jacke über den leeren Gitarrenständer.

„Wir wissen beide, dass ich die Klampfe besser beherrsche als du." Tobias ist nicht empfänglich für Revierkämpfe.

„Oha, spüre ich da etwa schlechte Schwingungen?"

„Halt's Maul und komm endlich in die Pötte. Ich will heute noch fertig werden."

Konrad wirft entschuldigend die Hände in die Luft. „Der Herr ist wohl schlecht gelaunt." Feixend nimmt er Tobias' Mockingbird. „Vielleicht solltest du mal wieder zum Zug kommen, aufgestaute Energien loswerden."

Tobias' kleiner Ausflug in das falsche Zimmer ist zu einem Running Gag auf seine Kosten mutiert. Wann hatte er das letzte Mal eine Frau halb nackt in seinem Bett, ohne sie zu vögeln?

Damit kann er leben, ihm ist schon weit Schlimmeres passiert. Mal davon abgesehen, dass er viel zu abgefüllt war, um überhaupt noch einen hochzubekommen. Wenigstens ist damit die frühere Geschichte um Tobias' blanken Arsch in der Zeitung nicht mehr Gesprächsthema unter ihnen und ein wenig in den Hintergrund gerutscht.

Wenn sie jedoch davon wüssten, dass ihm gestern bei Schubert fast einer abgegangen wäre, könnte er sich direkt erschießen. Das sollte er lieber für sich behalten.

„Beim nächsten Mal schreiben wir die Zimmernummer auf deine Hand, damit du dich nicht noch einmal verläufst."

„Die Kleine war heiß, das muss ich schon sagen." Christian nickt anerkennend. „Wie sie sich morgens den Milchschaum ihres Kaffees von den Lippen geleckt hat … Da wurde man beim Zugucken schon hart. Also, ich will nicht auf die Kacke hauen, aber mich hätte sie nachts bestimmt nicht rausgeschmissen."

Tobias zieht bedrohlich seine Augenbrauen zusammen, beginnt *for whom the bell tolls* zu spielen und sieht seinen Freund herausfordernd an, der in der Hosentasche nach seinem Plektrum sucht.

„Du musst schon früher aufstehen, wenn du dich mit mir anlegen willst, Bruckner."

Tobias nickt auffordernd, als sich Stefan hinters Schlagzeug setzt, sofort mit einsteigt. Er spürt, wie die Anspannung von ihm abfällt. Musik war schon immer sein Ventil. Das Einzige, das wirklich funktioniert. Immer funktioniert hat. Geradlinig, verlässlich, ehrlich. Und vor allen Dingen nicht kompliziert.

Er verspielt sich, versaut den Lick und erntet sowohl merkwürdige Blicke als auch Gegröle.

„Wie es aussieht, ist mein Job sicher." Konrad lässt die Mockingbird mit einem gekonnten *Pinch Harmonic* aufheulen. „Bleib du beim Bass, mein Freund."

~oOo~

„Was ist nur los mit dir, Leni? Hast du Knoten in den Fingern?"

Paolo spricht in seinem schwersten spanischen Akzent, ein Indiz für seine Ungeduld. Sein Taktstock fliegt förmlich durch die Luft, während er mich zusammenstaucht. Ich warte auf das *Wingardium Leviosa,* damit ich von meinem Platz hinfort schwebe. Dorthin, wo er mich gern haben würde. Jedoch bezweifle ich, dass unser humorloser Dirigent überhaupt weiß, wer oder was Harry Potter ist. Ich lasse meine Schultern kreisen. „Entschuldige, lass uns noch mal anfangen. Es ist Sonntag und mir geht es nicht besonders."

„Ich würde gern verhindern, dass das Publikum sein Geld zurückverlangt, nur weil mein Solo-Violoncello nicht weiß, wie man einen Bogen richtig benutzt." Er runzelt gereizt die Stirn. „Beginnen wir erneut mit dem II. Satz. Und Leni …", wieder wedelt sein Taktstock äußerst taktlos durch die Luft, „konzentrier dich. Wir haben nicht mehr viel Zeit."

Manchmal möchte ich ihm sein Werkzeug in den Hintern schieben. Dann hätte er wenigstens Grund für Drama. Es war spät gestern. Jeder andere hätte sicherlich Verständnis, dass ein Großteil von uns nur auf Sparflamme läuft. Wieder andere hätten diese Probe vielleicht sogar ausfallen lassen.

Aber nicht Paolo Ruiz.

Er ist unerbittlich und ich atme erleichtert auf, als wir Stunden später endlich unsere Instrumente zusammenpacken.

„Mensch, dich hat er gefressen." Susanne baut sich vor mir auf und ich bilde mir ein, einen Funken Hoffnung in ihrem Gesicht zu entdecken. Hoffnung darauf, dass ich degradiert werde und ihr meinen Pult überlassen muss. *So weit kommt es noch.*

„Das macht nichts. Morgen lässt er sich einen anderen schmecken." Ich grinse ihr leicht gehässig ins Gesicht und bin der festen Überzeugung, dass sie diesen Wink verstanden hat. Üblicherweise ist es sie, die in Ungnade fällt.

„Na, dann drück ich dir mal die Daumen, dass du morgen besser in Form bist. Es wäre schade, wenn plötzlich eine andere deinen Platz einnimmt."

Ich gehe nicht darauf ein, sondern verschließe den Koffer mit meinem Cello darin. *Dämliche Kuh.*

„Wir gehen noch etwas trinken. Wie sieht es aus, hast du Lust?" Caroline, eine der Violinistinnen, legt eine Hand auf meine Schulter.

Ich lächle sie an. „Nein, eigentlich nicht."

Sie verzieht ihr Gesicht. „Ach, komm schon. Dir täte ein bisschen Abwechslung nach dem heutigen Desaster sicher gut."

Ich schüttle entschuldigend den Kopf. „Beim nächsten Mal."

Frieda setzt sich auf den leeren Platz neben meinem. „Ich bewundere Carolines Hartnäckigkeit, mit der sie dich immer und immer wieder bittet, uns nach Probenschluss zu begleiten. Ich an ihrer Stelle hätte es längst aufgegeben."

Ich zucke mit den Schultern. „Du kannst ja mitgehen."

„Das werde ich auch tun. Und weißt du was? Du kommst ebenfalls mit, basta! Ich habe dein ewiges *Nein* wirklich satt. Merkst du denn gar nicht, wie du alle damit vor den Kopf stößt?" Sie flüstert aufgebracht.

„Frieda, ich bin nicht in der Stimmung."

„Leni, du bist nie in Stimmung. Entschuldige, wenn ich es so hart sagen muss: Es wird Zeit für dich, nach vorn zu sehen." Ihre Stimme wird sanfter.

„Frieda!" Eine Faust drückt meinen Brustkorb zusammen.

„Das hätte mein Bruder nicht gewollt. Dass du vor lauter Gram direkt neben ihm zu liegen kommst. Hör endlich auf, in der Vergangenheit zu leben. Johannes kommt nicht mehr wieder, du solltest dich langsam damit abfinden." Sie greift nach meiner Hand, wohl auch, um ihren Worten die Schärfe zu nehmen. „Komm schon, auf ein Glas Wein. Wir plaudern ein bisschen und vielleicht findest du es sogar amüsant."

Ich presse meine Lippen aufeinander und nicke geschlagen. Zögerlich, doch ich nicke. Sie wird sowieso keine Ruhe geben. *Und was kann man mit einem Glas Wein schon falsch machen?*

Eine ganze Menge, wie mir nur eine halbe Stunde später bewusst wird.

Eine kleine Bar in einer abgelegenen Seitenstraße. Ich war noch niemals hier, was nichts zu bedeuten hat. Mein Sozialleben liegt seit Jahren quasi auf Eis.

„Sie sind hier!" Susanne, die wie selbstverständlich hinter uns hergedackelt ist, bekommt hektische Flecken auf den Wangen und auch Caroline kann ein Aufjauchzen nicht unterdrücken.

„Hoffentlich bekommen wir noch einen Platz." Eine Querflöte und eine Oboe quietschen mir vor Aufregung regelrecht ins Ohr und ich suche irritiert nach Friedas Blick.

Dem das Fräuleinchen irgendwie ausweicht, was mich zunehmend misstrauischer macht. *Was geht hier vor, bitte schön?*

Tatsächlich läuft sie plötzlich einen Schritt schneller und schließt zu Caroline auf. Tuschelt kichernd hinter vorgehaltener Hand.

„Dieses Mal kommt er mir nicht so leicht davon, das schwör ich euch. Ich hatte ihn im Hotel schon fast so weit." Susanne spitzt ihre Lippen, verschenkt einen ziemlich lasziven Augenaufschlag an uns und öffnet siegessicher die Tür der Bar, ehe sie als Erstes eintritt.

Mir schwant plötzlich Fürchterliches.

„Frieda!" Ich bleibe wie angewurzelt stehen. Meine Schwägerin überhört mich geflissentlich, marschiert schnurstracks hinter Susanne her. Verzweifelt versuche ich, von außen einen Blick durchs Fenster zu werfen, der mir meinen Verdacht jedoch nur bestätigt.

Wieso habe ich das nicht kommen sehen?

Weil du dich die letzten Jahre eingeigelt hast.

Niemand anderer als Tobias Bruckner steht in einer Traube Menschen – selbstverständlich überwiegend weiblich – und scheint sich prächtig zu amüsieren.

Als ich mich gerade dazu entschließe, die Flucht anzutreten, erinnert sich Frieda wohl daran, dass ich zur Partytruppe gehöre, und erscheint in der Tür. „Jetzt komm schon rein."

„Du hast mich reingelegt."

Sie leugnet es erst gar nicht, sondern lächelt mich an. „Wenn du es so betrachtest, tut es mir leid. Die Band ist wohl oft in dieser Bar und Susanne hatte das Gefühl, dass sie bei deinem Rockstar landen kann. Ich wollte ihre

Euphorie nicht bremsen, denn das überlasse ich dir." Ihr Mund verzieht sich gehässig.

Sie ist also nicht uns hinterhergedackelt, sondern wir ihr?

„Bitte was?"

Ob Friedas Synapsen wieder in die richtige Position rutschen, wenn ich ihr jetzt meine Schuhe an den Kopf werfen würde?

„Sag jetzt nicht, dass es dir keinen Spaß machen würde, Susanne vom Gegenteil zu überzeugen." Frieda wölbt ihre Augenbrauen. „Also, ich fänd's lustig."

Es fällt mir ausgesprochen schwer, ein Grinsen zu unterdrücken. „Du hättest mich vorwarnen können."

„Damit du kneifst? Auf gar keinen Fall!" Sie greift nach meinem Arm, zieht mich hinein. Ich gebe mich geschlagen. Niemand hat gesagt, dass ich ihn beachten muss. Wahrscheinlich wird er mich auch gar nicht zur Kenntnis nehmen.

Er ist ja bereits in bester Gesellschaft.

„Was möchtest du trinken?" Frieda sieht mich fragend an.

„Ein Glas Weißwein. Ein großes Glas." Irgendwie werde ich das Gefühl nicht los, dass ich den Rest des Abends nur mit jeder Menge Alkohol überleben werde.

Meine Schwägerin hebt triumphierend die Hände. „Halleluja, du bist noch nicht verloren." Sie gibt unsere Bestellung auf und ich sende ein Stoßgebet in den Himmel, dass der Wein nicht allzu lang auf seine Wirkung warten lässt.

Kapitel 7

~oOo~

Tobias nimmt einen tiefen Schluck aus seiner Bierflasche und lässt den Blick über die Gäste schweifen. Die Blondine zu seiner Rechten hat ihre falschen Titten fast auf der Theke liegen und könnte mit ihren aufgeklebten Wimpern mit Sicherheit die Gläserbürste im Spülwasser ersetzen, sollte es denn nötig werden.

Zu einer anderen Zeit hätte er ihre Gesellschaft genossen. Ebenso die der anderen Frauen, die die Band belagern, seitdem sie die Bar betreten haben. *Beyond* hat damit gerechnet, darauf spekuliert. Es ist bekannt, dass sie nach der Probe öfter hier vorbeischauen.

Das hört sich in seinen Ohren noch immer völlig fremd, aber vor allen Dingen absurd an.

Er verzieht die Mundwinkel, nimmt noch einen Schluck Bier.

Egal, er steht drauf, dass sein Gesicht in der Presse erscheint, dass wildfremde Menschen plötzlich die Texte ihrer Songs mitsingen. Frauen stehen auf die Band, und er steht auf Frauen.

Zumindest bis ... ja, bis er sich in dieses verflixte Zimmer verirrt hat. Diese kleine Kratzbürste hat, ohne es zu wissen, die Krallen ausgefahren. Er ist sich noch nicht sicher, was das für ihn bedeutet, oder wie er damit umgehen wird.

Eines weiß er jedoch ziemlich sicher – sie will ihm einfach nicht mehr aus dem Kopf.

Es ist zum Verrücktwerden.

Sogar jetzt, hier in dieser Bar, hat er das Gefühl, sie säße nur zwei Tische weiter.

Tobias fährt sich durchs Haar, als die Blondine, deren Namen er bereits in dem Moment wieder vergessen hat, in dem er ihr über die Lippen kam, ihre Hand auf seinen Oberschenkel legt. Sie lässt sie höher wandern und reißt ihn damit aus seiner Trance. Er schafft es gerade noch, seinen Kopf zu drehen, ehe sie ihm ihre Zunge in den Hals schiebt. Sie haucht ihren Atem gegen sein Ohr und er spürt ihre aufgespritzten Lippen auf seiner Haut. „Ich wohne direkt um die Ecke." Das Schnurren beschert ihm eine Gänsehaut, und zwar keine von der guten Sorte. Er öffnet seinen Mund, um zu antworten.

Schließt ihn wieder, als er den Blick aus riesigen grauen Puppenaugen einfängt, die ihn mit einer Mischung aus Verachtung und Spott mustern.

Leni Eggers dreht ihm den Rücken zu, sobald sie bemerkt, dass er sie gesehen hat.

Also hat er es sich nicht eingebildet. Sie ist tatsächlich hier.

Schon schiebt er die unwillkommene Hand von seiner Jeans und bahnt sich einen Weg durch die Menge, ohne die Kratzbürste aus den Augen zu lassen.

~oOo~

„Oh Gott, Leni, er kommt zu uns rüber." Friedas Fingernägel graben sich unschön in meinen Oberarm.

„Dann solltest du lieber Susanne kneifen. Sie brennt schließlich darauf, noch einmal mit ihm zu sprechen." Ich entziehe ihr meinen Arm und reibe über die schmerzende Stelle.

„Sei nicht albern. Wir wissen beide, dass er wegen dir an unseren Tisch kommt."

Ich schiele zu Susanne, die ihn ebenfalls ganz genau im Blick hat. Ich nehme einen Schluck aus meinem Glas und wünsche mir ein Loch, das mich einfach verschluckt.

Susanne wirft ihr Haar über die Schultern, legt ihre Möpse eine Etage höher, und ich verdrehe die Augen. Was geht nur in den Frauen vor, die sich für so etwas hergeben? Eine schnelle Nummer in einem stinkenden Bandbus oder einem billigen Hotelzimmer?

Ach du liebe Zeit! So schön könnte er gar nicht singen! *Oder Bass spielen …*

Dennoch kribbelt meine Haut, wenn ich nur daran denke, wie er sich sein Shirt über den Kopf zieht und dabei seine Muskeln tanzen lässt. *Pfui, Leni.*

„Hey, Honey." Er schiebt sich an Susanne vorbei, lehnt sich lässig an unseren Tisch. Lächelt mich an und ich habe doch glatt einen Frosch im Hals.

„Hallo, Rockstar." Ich leere mein Glas und bedaure, dass ich noch nichts nachgeordert habe. „Was machen Sie hier? Ihre Begleitung wird schon ganz nervös." Ich nicke in Richtung Theke mitsamt Blondine, die ihre

Besitzansprüche an Tobias ziemlich deutlich geltend gemacht hat.

„Hör endlich damit auf, mich zu siezen. Ich bin nicht in Begleitung heute Abend." Er fährt sich durchs Haar und ich verfolge die Bewegung seiner Finger. Nehme mein Glas und trinke, obwohl es leer ist.

„Das sieht sie anscheinend anders." Könnten ihre Blicke töten, würde ich wahrscheinlich auf der Stelle tot umfallen. Vor allen Dingen, wenn man bedenkt, dass auch Susanne ihre Mordgedanken nur noch schwer verbergen kann.

„Bist du etwa eifersüchtig?" Sein Grinsen wird tiefer und ich schnalze mit der Zunge.

„Auf wen oder was sollte ich eifersüchtig sein? Auf Ihr *Amuse-Gueule* etwa?"

„Sag du es mir, Leni? Vielleicht ja auch auf deine Freundin?" Fast unmerklich deutet er auf Susanne, deren Augen zu Schlitzen zusammengekniffen sind, während sie uns beobachtet.

Aha, er hat es also bemerkt.

„Nein, sie ist nicht meine Freundin und gerade ziemlich eifersüchtig auf mich. Deshalb dürfen Sie gern noch einen Augenblick hier stehen bleiben." Jetzt ist es an mir zu grinsen.

„Du bist eine Herausforderung für mein Ego, Leni. Erst bekomme ich eine Ohrfeige, weil ich dich geküsst habe", er senkt die Stimme, kommt meinem Gesicht gefährlich nah, „dann wirfst du mich halb nackt und mitten in der Nacht aus deinem Zimmer. Du schlägst mir eine Autotür vor das

Schienbein, trittst mir beim Tanzen auf die Füße und jetzt nutzt du mich schamlos aus." Kleine Lachfältchen bilden sich um seine schönen Augen und ich schlucke trocken.

„Ich bin mir ziemlich sicher, dass dein Ego das verschmerzen kann, Rockstar. Sobald du wieder zurück an deinen Platz gehst, wird Botox-Barbie nahtlos dort anknüpfen, wo sie aufgehört hat. Ich wette, dein Oberschenkel ist noch ganz warm von ihrer Anhimmelei."

Er kommt noch ein Stückchen näher. Ich sollte dringend Abstand zwischen uns bringen, doch ich stehe wie erstarrt am Tisch, unfähig, mich zu bewegen. *Wie kann das sein?*

„Was, wenn ich dir verrate, dass ich wünschte, es wäre deine Hand auf meinem Oberschenkel?" Er zieht seine Unterlippe zwischen die Zähne und ich lecke mir über die Lippen bei diesem Anblick. Tobias bemerkt es, senkt lächelnd den Blick, schiebt belanglos einen Bierdeckel über den Tisch. „Wenn ich dir sage, dass mich – wie hast du sie so treffend genannt? – Botox-Barbie an der Theke völlig kalt lässt?"

„Würde es mich dennoch nicht interessieren, Tobias." Mir wird ein wenig zu heiß. Ich bin mir nicht sicher, ob es an der Luft in dieser Kaschemme liegt oder an seinem Geständnis.

„Und Leni?" Ich sehe ihn an. „Ich mag meinen Namen aus deinem Mund."

Ich spüre die Hitze, die sich jetzt auch über meine Wangen legt. Das Schlafzimmertimbre seiner Stimme vibriert durch meinen Körper.

Ohne Zweifel, er hat's definitiv drauf.

Jetzt fehlt nur noch, dass du darauf hereinfällst, du dumme Gans.

Nein, sicher nicht. Das säuselt er jeder x-Beliebigen ins Ohr, solange er nur bekommt, was er möchte. *Tja, in deinem Fall war es das Du, und du bist voll drauf angesprungen.*

Ich habe glatt vergessen, Herrn Bruckner zu siezen.

„Du solltest Leni lieber noch etwas zu trinken besorgen und mit dem Süßholzgeraspel aufhören. Mittlerweile müsstest selbst du gemerkt haben, dass es der falsche Weg ist, um sie zu erobern." Frieda gesellt sich zu uns, legt einen Arm um meine Schulter. „Wirklich, eigentlich steht sie auf dich."

„Frieda!" Ich drehe mich entrüstet aus ihrer Umarmung, sie zuckt nicht mal mit den Wimpern.

Es ist Susanne, die mich restlos aus der Fassung bringt, indem sie über Tobias' Rücken streicht, sich zwischen uns stellt. „Hör nicht auf Frieda. Leni hat seit dem Tod ihres Mannes keinen anderen mehr angesehen. Du verschwendest also nur deine Energie."

Ich schnappe nach Luft, Susanne sieht mich abschätzend an. „Sag, dass ich unrecht habe, Leni."

Wütend und wortlos lasse ich die drei stehen und verlasse die Bar. Ich brauche dringend frische Luft. Das werde ich ihr niemals verzeihen. Meinen Mann in Gegenwart des Rockstars auch nur zu erwähnen! Was fällt ihr ein?

Leider laufe ich unmittelbar in die Blitzlichter der Presse, die anscheinend nur auf mich gewartet hat.

~oOo~

Sie ist Witwe? Verdammte Hölle, sie ist eine Witwe.

Tobias wischt sich über die Augen, ringt mit seiner Fassung.

Er ist vorgegangen wie ein Elefant im Porzellanladen, ohne zu wissen, dass … *Verfluchte Scheiße!*

Tobias greift Susanne unsanft am Oberarm, schiebt sie von sich. „Das war ziemlich daneben. Und ich sage es dir jetzt noch einmal in aller Deutlichkeit: Ich habe an dir kein Interesse! Ganz egal, wie sehr du versuchst, meine Aufmerksamkeit auf dich zu lenken. Du bist nicht mein Typ."

Susanne streicht ihr Haar zurück und strafft ihre Schultern. „Du weißt ja gar nicht, was dir entgeht. Wahrscheinlich ist mir dein Schwanz eh zu winzig." Sie lacht freudlos auf. „Halte dich ruhig weiter an Leni. An der beißt du dir die Zähne aus." Mit durchgestrecktem Rücken stolziert sie davon.

Frieda lehnt ihre Schulter gegen seine. „Das war großartig. Wenn ich dich nicht schon so toll finden würde, wäre ich spätestens jetzt restlos von dir begeistert." Sie schubst ihn ein wenig an. „Du solltest Leni hinterhergehen, Rockstar. Ansonsten werde ich es tun müssen."

Tobias sieht Lenis Freundin an und schüttelt mit dem Kopf. „Ihr hättet es mir sagen müssen. Ich hätte sie niemals derartig …"

Frieda hebt abwehrend einen Finger, fährt ihm über den Mund. „Du bist genau das, was sie jetzt braucht. Sie hat sich viel zu lange verkrochen. Er ist schon drei Jahre tot, also keine Angst, dass du eine Grenze überschritten haben könntest. Erweck unser Dornröschen einfach wieder zum Leben."

Tobias lässt seine Faust über der Tischplatte schweben, entspannt sie und legt die flache Hand ab. „Das hast du dir fein ausgedacht." Ihm fallen die Worte seiner Großmutter ein: Leni braucht einen Mann, der sie heiratet. *Sie war schon verheiratet.* „Leni ist eine Wahnsinnsfrau. Sie fasziniert mich. Aber sie ist eine Witwe." Damit verlässt er den Tisch des Orchesters.

Das ist ihm auch noch nicht passiert. Sollte er sich jetzt ausgenutzt fühlen?

Wenn er eines nicht ist, dann ein Prinz, der die Prinzessin wach küsst. Fast hätte er über Friedas wirre Gedankengänge laut gelacht.

Nein, eine Frau mit kompliziertem Hintergrund ist wirklich nicht das, was er gerade braucht.

Es hat ihn gereizt, dass Leni sich so wenig hat von ihm beeindrucken lassen. Das ist schon lange nicht mehr vorgekommen. Eigentlich nicht mehr, seitdem sein Gesicht ständig in den Zeitungen erscheint. *Beyond* sind in diesem Jahr durchgestartet. Zwei Songs des Albums sind direkt in die Charts geklettert. Es ist ein unbeschreibliches Gefühl, wenn man sich plötzlich selbst im Radio hört. Tobias macht sich nichts vor. Es hängt zu viel vom nächsten Album ab. Diese Scheibe wird wohl entscheiden, wie es für die Band weitergeht. Ist sie ein ähnlich großer Erfolg wie die erste, ist alles im Sack. Wenn nicht, werden sie sich wohl einen bürgerlichen Job suchen müssen. Mit seinen 31 Jahren kam der Erfolg erst relativ spät und er würde ihn gern noch ein wenig auskosten. Immerhin sind sie an einem Punkt angekommen, an dem man gut von der Musik leben kann.

Er sollte also all seine Energien in die Musik stecken, anstatt ständig über eine Frau nachzudenken, die ihn, offensichtlich mehr als gut für ihn ist, beschäftigt.

Tobias wirft einen zufälligen Blick aus dem Fenster und sieht Leni inmitten der verschissenen Paparazzi stehen. *Fuck!*

Manchmal tauchen sie einfach hier auf. Wissen, dass die Band oft hier anzutreffen ist.

Wahrscheinlich haben sie ihn bereits durchs Fenster beobachtet. Wer weiß, welche Fotos sie von Leni und ihm bereits im Kasten haben? Dass sie alleine das Lokal verlassen hat, ist ein gefundenes Fressen für diese Arschlöcher. Offensichtlich war sie auch noch wütend und eine Story wittern diese Bastarde meilenweit gegen den Wind. Er ist sich sicher, dass morgen herrliche Spekulationsgeschichten die Runde machen werden, und es behagt ihm überhaupt nicht, dass Leni Teil von ihnen sein wird.

Shit! Mit einem Hechtsprung tritt er nach draußen, hört die Kakofonie der Fragen, die auf Leni einprasseln. Sieht das Blitzlichtgewitter der Kameras.

„Oh Gott, was ist denn hier los?" Lenis Finger verkrallen sich in seine Jacke.

„Willkommen in meiner Welt, Honey." Er schirmt Leni mit seinem Rücken ab, schiebt sie beide durch die Menge. Ignoriert die Fragen der Reporter, senkt den Kopf und kramt in der Hosentasche nach dem Autoschlüssel.

„Was hast du vor?" Ihre Stimme zittert leicht und er verflucht diese verdammte Presse noch mehr.

„Wir hauen hier ab." Er öffnet den Wagen, zwingt sie, einzusteigen.

„Aber ich kann doch nicht …"

Er wirft ihr einen schnellen Blick zu. „Und ob du kannst."

Tobias steigt ein, startet den Wagen und fädelt sich in den fließenden Verkehr ein, ohne auf die Fotografen Rücksicht zu nehmen, die sich am Parkplatz positioniert haben.

~oOo~

Kapitel 8

Ehe ich mich versehe, sitze ich in einem alten Mercedes. Mit dem Rockstar. Und ich bin ihm ausgesprochen dankbar, dass er mich aus dieser Meute herausgezogen hat.

Tobias' Mund wirkt verkniffen und die Augenbrauen hat er bedrohlich zusammengezogen. Seine Finger graben sich in das Lenkrad, sodass seine Knöchel weiß hervortreten. Seit Minuten hat er kein Wort gesprochen.

Die angespannte Stille droht mich zu ersticken. Ich habe keine Ahnung, wie ich das Schweigen brechen soll. Mit allem hätte ich gerechnet, doch nicht mit der Tatsache, dass mich eine Horde Fotografen abfangen und mir unangemessene Fragen über eine nicht existente Beziehung zu Tobias Bruckner stellen würde.

Ach du liebe Zeit, das konnte ich nicht ahnen.

Ich war viel zu perplex, um entsprechend auf all die Fragen und Blitzlichter zu reagieren.

Tobias war zum Glück schnell an meiner Seite. Er hat wohl Übung in diesen Dingen.

„Danke."

Ich höre ihn tief einatmen, sein Körper entspannt sich sichtlich. „Ich muss mich erneut bei dir entschuldigen. Sie müssen uns bereits durch die Fenster beobachtet und gesehen haben, dass ich an deinem Tisch gestanden habe. Als du herauskamst, haben sie die Gelegenheit ergriffen, um dich in die Mangel zu nehmen." Er sieht einen kleinen Moment zu mir, versucht zu lächeln. Es gelingt ihm nicht. Ich richte meine Aufmerksamkeit auf die Straße. „Ist das immer so?"

„Es ist allgemein bekannt, dass das unsere Stammbar ist. Die Tour ist vorbei, bis auf unser Konzert in der nächsten Woche."

Für das ich Karten habe ...

„Anfangs sind sie sogar bis an die Theke gekommen."

Soll mich das beeindrucken?

Ich sehe ihn an. „Dann hätten sie heute ja ihre helle Freude an dir gehabt."

Der Rockstar runzelt die Stirn. Als ihm bewusst wird, worauf ich hinauswill, beginnt er zu lachen. „Um Gottes willen."

Ich verziehe meinen Mund zu einem halbseitigen Grinsen. „Botox-Barbie hätte dir bestimmt keine Ohrfeige verpasst, wenn du sie geküsst hättest."

„Nein, wahrscheinlich nicht." Sein Lächeln zaubert unzählige Fältchen um seine Augen.

Widerlich, wie attraktiv ihn das aussehen lässt.

„Sie wollte ich nicht küssen."

Mir wird ganz flau und ich presse meine Lippen aufeinander, als ich wie aus dem Nichts plötzlich den Druck seiner Lippen wieder auf meinen spüre.

Mein Handy beginnt zu klingeln, entbindet mich so von einer Erwiderung. „Frieda, zum Glück. Würdest du nachher meine Tasche mitnehmen? Ich hole sie später bei dir ab."

„Wo bist du denn, verflixt?"

„Ich sitze beim Rockstar im Auto."

„Sag das noch mal." Sie klingt ein wenig hysterisch und ich schiele zu meinem Fahrer, der noch immer blöde vor sich hin grinst.

„Er hat mich vor den Fotografen gerettet."

„Welche Fotografen?"

Ich hole Luft. „Frieda, ich erzähl dir alles später. Nimmst du jetzt meine Tasche mit?"

„Brauchst du sie sofort? Treffen wir uns bei dir zu Hause?"

„Das wäre großartig." Erleichtert lehne ich den Kopf gegen die Stütze.

„Okay, ich mach mich auf den Weg."

„Danke, Frieda."

„Jaja, danke mir gleich. Ich hoffe, du hast genügend Wein im Haus."

„Sogar gekühlt." Ich beende das Gespräch. „Vielen Dank noch mal für deine Hilfe, Tobias. Würdest du mich nach Hause bringen?"

„Wenn du mir verrätst, wo das ist, ist es wohl das Mindeste, was ich tun kann."

Ich gebe ihm die Adresse und mit einem Nicken gibt er mir zu verstehen, dass er den Weg kennt. „Leni, ich bin mir nicht sicher, was morgen in den Zeitungen zu finden ist."

Ich stutze. „Was soll schon darin zu finden sein? Es ist nichts passiert."

Er schweigt einen Moment. „Irgendwas finden sie immer."

„So schlimm kann es ja nicht werden."

„Ich möchte dennoch, dass du nichts darauf gibst, was du vielleicht morgen in den Zeitungen liest, Leni." Als ich nicht sofort antworte, seufzt er. „Es tut mir leid, dass du deinen Mann verloren hast. Wenn ich das gewusst hätte, wäre ich nicht so offensiv gewesen."

Mein Herz klopft schneller und mir bricht der Schweiß aus. *Verdammt, muss er Johannes ins Spiel bringen?*

„Tobias, ich …"

Er unterbricht mich. „Nein, ich meine es ernst. Ich genieße mein Leben in vollen Zügen. Wahrscheinlich mehr, als gut für mich ist, wenn man meiner Großmutter Glauben schenken möchte." Er lächelt zärtlich, während er von seiner Großmutter spricht. „Ich hatte nicht vor, dich in irgendetwas hineinzuziehen. Ich befürchte, nach gerade eben wird sich das nicht mehr vermeiden lassen, was mir unendlich leidtut. Selbst ich habe mittlerweile begriffen, dass du anders bist als die Frauen, mit denen ich mich sonst umgebe."

„Nun, ich hätte mich zumindest nachts nicht in dein Zimmer geschlichen."

„Nein, das hättest du nicht getan." Ein kurzer Seitenblick und ich reibe meine Hände gegeneinander. *Warum macht er mich so nervös?*

„Das weiß ich jetzt. Es ändert nichts an der Tatsache, dass das vielleicht morgen jeder denken wird."

„Weil du an meinem Tisch gestanden hast?" *Will er mich für blöd verkaufen?*

„Leni, ich stehe nicht einfach nur an Tischen und du gehörst nicht zu meinem festen Freundeskreis." Er sagt es, als müsste mir spätestens jetzt einleuchten, worauf er hinauswill. Als er meinen fragenden Blick bemerkt, holt er weiter aus. „Du bist eine schöne Frau und ich bin ich. Das ist alles, was sie brauchen, um sich eine hübsche Geschichte zusammenzudichten."

Der Wagen biegt in meine Straße ab, parkt ein und Tobias wendet sich mir zu. „Wenn sie sich richtig Mühe geben, werden sie meinen kleinen Hotelzimmerirrtum herausfinden und schon bist du die Frau an meiner Seite, die im Beziehungsstreit das Lokal verlassen hat."

„Oh." Ausgesprochen geistreich, mir will nichts anderes dazu einfallen.

„Ja, *oh*." Tobias fährt sich durch die Haare. Für meinen Geschmack trägt er sie ein wenig zu lang, und ich ertappe mich bei dem Wunsch, mit meinen Fingern hindurch streichen zu wollen. *Echt jetzt?*

„Versteh mich nicht falsch. Ich habe absolut nichts dagegen, mit dir gesehen zu werden." Er leckt sich über die Lippen und sein Lächeln wird tiefer. „Wirklich gar nichts." Sein Gesicht kommt meinem ein wenig näher. „Ich bin offensiv gewesen, das weiß ich. Doch außer zu diesem ersten Kuss habe ich dich zu nichts gedrängt und solange du mich nicht ausdrücklich darum bittest, werde ich mich zurückhalten."

Meine Nasenflügel zucken und ich atme seinen Geruch tief ein. Aus Versehen, versteht sich. Sein Duft verklebt mein Urteilsvermögen. *Ist er tatsächlich der Meinung, es wird einen zweiten Kuss geben? Hat er vorher schon so gut gerochen?*

Ein Taxi fährt vor.

„Das muss Frieda sein." Meine Stimme zittert leicht und ich verachte mich dafür. Tobias lässt sich nichts anmerken, sollte er es denn überhaupt bemerkt haben.

„Gibst du mir deine Telefonnummer? Nur damit ich mich morgen vergewissern kann, dass es dir gut geht."

„Das wird nicht nötig sein." *Das fehlte mir gerade noch!*

„Ich kann dich nicht zwingen." Er zuckt mit den Schultern. „Dann bleibt mir nichts, als euch noch einen schönen Abend zu wünschen."

Ich löse den Sicherheitsgurt und mache Anstalten auszusteigen. „Danke fürs Herfahren."

„Gern geschehen. Das Ganze hatte ein Gutes."

Mein Blick schnellt in sein Gesicht und seine Augen funkeln mich frech an. „Jetzt kenne ich zumindest deine Adresse, Honey."

~oOo~

Ehe Leni mit ihrer Freundin ins Haus verschwindet, winkt sie ihm noch einmal zu. Er wartet, bis das Licht in einer Wohnung im Obergeschoss angeht.

„Und deine Wohnung kenn ich auch." Vor sich hin murmelnd startet er den Wagen.

Was für eine verfluchte Scheiße! Er kann nur hoffen, dass er sich irrt und kein Bild von der schönen fremden Frau und ihm morgen die Titelblätter der einschlägigen Klatschpresse schmücken wird. Er ist schon zu lang in dem Business, um noch an Wunder zu glauben. Erst recht ist er nicht so blauäugig, wie Leni es offensichtlich ist.

Das hätte er ihr gern erspart.

Die Lust auf Gesellschaft ist ihm vergangen, also fährt Tobias ohne Umwege direkt nach Hause und zum ersten Mal seit Jahren kommt ihm sein Loft kalt und unpersönlich vor.

Verflixtes Weib!

Er hat wirklich keine Lust auf kompliziert, doch er hat das Gefühl, dass ihm noch jede Menge Drama ins Haus steht.

Tobias öffnet sich eine Flasche Bier, trinkt in tiefen, gierigen Schlucken.

Vielleicht sollte er Leni nahelegen, das Konzert in der nächsten Woche zu meiden? Auch dieser Gedanke gefällt ihm nicht. Er möchte sie unbedingt wiedersehen. Was an sich schon merkwürdig genug ist.

Er sollte wirklich aufhören, sich über Leni Eggers den Kopf zu zerbrechen.

Es ist, wie seine Großmutter gesagt hat: Sie braucht einen Mann, der sie heiratet und ihr wunderschöne Babys macht. Und Tobias Bruckner ist weder ein Schwiegermuttertraum noch kann er sich vorstellen, jemals eigene Kinder zu haben.

Allein die Vorstellung … Tobias schüttelt über sich selbst den Kopf und leert das Bier.

~oOo~

„Danke für meine Tasche."

Frieda füllt zwei Weingläser. „Ich hätte sie dir auch morgen früh wiedergegeben." Sie wackelt anzüglich mit ihren Augenbrauen. „Tobias Bruckner ist heiß und er steht auf dich. Du läufst mit geschlossenen Augen an ihm vorbei."

Ich spüre erneut Wut in mir aufsteigen. „Und da denkst du dir, du könntest mich einfach mit so einem hergelaufenen Rockstar verkuppeln, nur weil er *heiß* ist? Was fällt dir überhaupt ein? Ich liebe Johannes und ich bin nicht interessiert an einer flüchtigen Affäre. Und mit so einem … selbstverliebten Casanova schon mal gar nicht." Meine Hände wedeln durch die Luft. „Wirklich, sieht denn keiner, wie er sich Frauen gegenüber benimmt? Aufdringlich und anmaßend. Als hätte die Frauenwelt nur auf ihn gewartet." *Pah!* Aufgebracht laufe ich in meiner Küche hin und her. „Was hättest du gern? Dass ich mir die Augen ausweine, wenn er genug von mir hat? Mich eintauscht, gegen eine aufgebrezelte Trulla mit falschen Titten und dicken Lippen? Himmel, Frieda." Ich unterdrücke die Tränen, die mir unwillkürlich in die Augen schießen.

Meine Schwägerin stellt die Gläser auf den Tisch und nimmt mich in den Arm. „Leni, um Gottes willen. Wie kannst du so etwas nur von mir denken?" Sie umrahmt mein Gesicht. „Alles, was ich wollte, ist, dass du endlich aufhörst, um Johannes zu trauern. Fang endlich wieder an zu leben."

Ich drehe mein Gesicht aus ihren Händen. „Ich kann nicht." Ein Schluchzer löst sich aus meiner Kehle. „Ich kann doch nicht einfach …"

„Was? Einfach weiterleben?" Frieda schiebt mich auf einen Küchenstuhl, setzt sich mir gegenüber. „Selbstverständlich kannst du das. Du musst es sogar! Für Johannes – und für dich. Und wenn du den Rockstar nicht willst, gut, dann such dir jemand anderen. Einen, der dir besser in den Kram passt." Sie schiebt mir ein Glas Wein über den Tisch. „Er hat sich so schön angeboten." Sie zieht eine Schnute, sieht mich schräg von der Seite an.

Ohne sie weiter zu beachten, genehmige ich mir einen Schluck Wein, oder zwei.

„Sei nicht mehr böse auf mich." Ihr Ton wird ein wenig flehend.

Ich trinke noch einen Schluck, gieße mein Glas wieder voll. „Ich muss darüber nachdenken. Dein Männergeschmack lässt zu wünschen übrig und ich laufe Gefahr, dass du mich mit noch so einem arroganten Affen verkuppeln willst."

„Dieser hier ist ein sehr hübscher Affe, das musst du zugeben."

Ja, das ist er in der Tat. Doch ich bleibe lieber beim Wein, ehe mir dieses Geständnis über die Lippen kommt.

„Ihr wärt so ein schönes Paar geworden."

Fast hätte ich ihr den guten Grauburgunder ins Gesicht gespuckt. „Frieda!"

Sie grinst. „Es bleibt ja noch das Konzert in der nächsten Woche."

Ich stöhne, lege meine Hände übers Gesicht. „Ich schenke Susanne die Karten."

Frieda reißt meine Arme herunter, lehnt sich über den Tisch. „Wage es nicht, Fräulein! Ich müsste dir die Freundschaft kündigen."

„Das hältst du gar nicht durch." Ich beginne zu grinsen.

„Wenn du dich da mal nicht irrst, Leni Eggers. Man muss Prioritäten setzen."

Ich überreiche ihr mein Glas. „Trink lieber einen Schluck, ehe du komplett durchdrehst. Ich hatte heute wirklich genügend Irre um mich herum."

„Ach ja, die Fotografen. Fast hätte ich es vergessen. Ich bin schon sehr gespannt auf dein Antlitz in der Morgenpost." Sie kichert und nippt an dem Wein.

Ich stöhne genervt und nehme ihr das Glas wieder ab.

Kapitel 9

Wie soll man auf so etwas vorbereitet sein?

Überall ist mein Gesicht zu sehen.

Und wenn ich sage, überall, dann meine ich wirklich ÜBERALL.

Im Netz, auf fast jedem Klatschblatt.

Ich habe sogar ein wenig Angst, in der Supermarktwerbung zu blättern.

Die Überschriften geben mir den Rest.

Wer ist die schöne Fremde?
Ob sie weiß, worauf sie sich bei Tobias Bruckner einlässt?
Er scheint es dieses Mal ernst zu meinen.

Unter dieser Headline ist tatsächlich auch ein Foto von Tobias und mir im Theater. Wir tanzen und ich lächle ihn an. *Absolut furchtbar.*

Woher haben sie dieses Bild und wie haben sie es geschafft, es in weniger als 12 Stunden zu beschaffen?

Mir wird übel und ich klappe den Laptop zu, zerknülle die Tageszeitung, die ich meinem Nachbar von der Fußmatte stibitzt habe. Meinen Vorsatz, sie dort wieder hinzulegen, vergesse ich lieber ganz schnell wieder.

Frieda hat mich in aller Herrgottsfrühe aus dem Bett geschmissen, nur um mir die freudige Nachricht zu überbringen, dass ich die Schlagzeile des Tages geworden bin.

Wie konnte denn das nur passieren?

Ich gestehe, ich habe Tobias gestern ein wenig belächelt, als er mir weismachen wollte, dass eben genau das passieren wird. *Oh Gott, was mache ich denn jetzt?*

Mein Handy beginnt zu klingeln und ich überlege, ob ich das Gespräch überhaupt annehme. Ein Blick auf das Display lässt mich aufstöhnen. *Meine Mutter.*

„Mama, wie geht es dir?" Ich lege eine Hand über meine Augen.

„Leni, du triffst dich nach Jahren mit einem Mann und ich muss es aus der Zeitung erfahren?"

„Ich habe mich nicht mit einem Mann getroffen, Mama. Das ist irgend so ein berühmter Musiker, den ich zufällig getroffen habe." Innerlich zähle ich langsam bis zehn. Wenn ich jetzt einfach auflegen würde, wird sie hier erscheinen. Das wäre wirklich ein Highlight an diesem beschissenen Morgen.

„Ach, und du steigst einfach zu *irgend so einem Musiker* ins Auto?" Sie erhebt unfein ihre Stimme.

„Nein, er war so nett, mich vor den Fotografen zu retten und nach Hause zu fahren."

„Na, das ist ihm ja hervorragend gelungen. Wirklich, Leni, nichts würde ich lieber sehen als einen neuen Mann an deiner Seite. Aber dieser hier scheint mir eine fragwürdige Wahl zu sein, wenn ich mir diesen Artikel über ihn so durchlese."

„Dann lies ihn nicht. Er ist ein flüchtiger Bekannter – nicht mehr und nicht weniger. Kein Grund, sich aufzuregen."

Sie atmet mir schwer ins Ohr und ich balle meine Hand zur Faust.

„Leni, ich weiß nicht, was ich davon halten soll."

„Nichts sollst du davon halten, Mama. Leg die Zeitung weg und trinke noch einen Kaffee."

„Ich brauche wohl eher einen Schnaps. Ich kann nur hoffen, dass dein Vater ..."

„Mama, mach nicht so ein Drama. Ich muss zur Probe und melde mich später wieder, ja?"

„Wenn du meinst ..."

„Ja, das meine ich. Ich habe euch lieb." Ich beende das Gespräch und starre für einen Moment blind vor mich hin. *Verfluchter Mist.*

Vielleicht hat es ja sonst niemand gesehen?

Ja klar, und vor der Tür steht das Pony, das du dir in deiner Kindheit so sehr gewünscht hast. Wahrscheinlich kann ich von Glück sagen, dass mein Name nirgendwo erscheint.

Ich streiche die Zeitung wieder glatt und betrachte erneut die Fotos von Tobias und mir. Er steht an unserem Tisch in der Bar. Ein Schnappschuss, mehr ist es gar nicht. Sein Kopf ist meinem sehr nah und wenn man es nur flüchtig betrachtet, sieht es fast so aus, als würde er mich küssen.

Heilige Mutter Gottes.

Auf einem anderen Foto ist sein besorgt wirkender Blick auf mich gerichtet. Seine langen schlanken Finger liegen auf meinem Rücken, während ich in sein Auto einsteige.

Er ist wirklich nett anzusehen. *Was soll das denn jetzt, Leni Eggers? Das ist nicht sonderlich hilfreich!*

Ich sollte lieber duschen gehen – vorzugsweise kalt.

~oOo~

Es ist sogar noch schlimmer, als er befürchtet hatte. Diese verschissene Presse. Sie berichten sogar, wenn es gar nichts zu berichten gibt. Tobias wünschte, er hätte Lenis Nummer, dann könnte er sie wenigstens anrufen. Sie fragen, wie es ihr geht.

Na sicher, und jetzt bringst du ihr direkt Pralinen mit, weil du so ein netter Kerl bist.

Er massiert sich den Nacken, unschlüssig, ob er es dabei belassen soll. Ihm ist völlig klar, dass sie unfreiwillig in diese Situation geraten ist. Er sollte die Finger davon lassen. Von Leni.

Sie hat Karten für das Konzert in der kommenden Woche. Er ist nicht so naiv, zu glauben, dass niemand sie dort sehen wird. Mit ihm dort sehen wird.

Obwohl er sich auch vorstellen könnte, dass sie ihm in Zukunft eher aus dem Weg gehen wird.

Was sicherlich gesünder wäre. Für sie beide.

Er hat nicht den Hauch einer Ahnung, warum er das bedauern sollte. Leni Eggers ist keine Frau, die in sein Beuteschema passt. Er mag es kurz, schnell und dreckig. Und sie war *verdammt noch mal* verheiratet.

Dennoch …

Wütend nimmt er seine Schlüssel.

Es nützt nichts. Er hat ihr das eingebrockt, also muss er zumindest mit ihr sprechen.

Wenn sie nur nicht zu stur gewesen wäre, ihm ihre Telefonnummer zu geben.

Nein, diese Frau ist wirklich nichts für ihn.

~oOo~

Ich bin spät dran. Paolo wird wahrscheinlich schon mit den Hufen scharren.

Zum Glück ist mein Cello noch im Theater, denn heute wäre so ein Tag, an dem ich es glatt irgendwo vergessen würde.

Ich sehe den dunkelroten Mercedes um die Ecke biegen, als ich gerade in meinen Mini einsteigen möchte. Fast gebe ich einem ersten Impuls nach, so zu tun, als hätte ich ihn nicht gesehen, und einfach loszufahren. Jedoch bin ich mir sicher, dass er mir folgen würde.

Also warte ich, das scheint mir das kleinere Übel zu sein.

Gegen mein Auto gelehnt versuche ich, das nervöse Flattern in meinem Bauch zu ignorieren.

Tobias nimmt eine Parkbucht und sein Gesicht wirkt verkniffen, als er mich erblickt.

„Können wir kurz sprechen, Leni?"

„Ich warte hier nicht auf den Winter, falls du das gedacht hast."

Eine steile Falte zeigt sich über seinem Nasenbein. „Ich meine bei dir."

„Wir stehen vor meinem Wagen. Tobias, ich muss ins Theater und habe eigentlich keine Zeit mehr." Demonstrativ tippe ich auf meine Armbanduhr.

Er schiebt unschlüssig seine Hände in die Gesäßtaschen und erinnert mich einen kurzen Moment an einen kleinen Schuljungen. Ich unterdrücke ein Grinsen. „Wenn du wegen der Schmierereien in der Zeitung hier bist, dann hättest du dir den Weg sparen können."

„Ich wollte einfach nur wissen, wie es dir geht. Da ich dich nicht anrufen konnte, musste ich also herkommen."

Ich öffne die Autotür als Zeichen, dass wir dieses Gespräch nicht weiterführen müssen. „Das ist lieb, ich werde schon damit fertig. Und morgen zerreißen sie sich über irgendjemand anderen das Maul."

Seine Hand schnellt vor und verhindert, dass ich einsteigen kann. „Du hast Karten für das Konzert nächste Woche. Irgendjemand wird dich erkennen und das wird die Spekulationen um deine Person nur noch mehr anstacheln."

Ich hebe meine Augenbrauen. „Karten, die du mir gegeben hast, wenn ich mich recht erinnere. Ich hatte schon die Idee, sie zu verschenken, doch ich fürchte, Frieda hat einen Narren an eurer Kombo gefressen." Ich ducke mich unter seinem Arm hindurch und setze mich hinters Steuer. „Keine Angst, ich halte mich von dir fern."

Er beugt sich herab und der Blick aus seinen warmen Schokoladenaugen ist unergründlich. „Ich hoffe, du behältst recht, Leni."

„Hältst du dich für so unwiderstehlich, Rockstar? Ich bin schon groß."

Er stutzt, fährt sich durchs Haar. „Ich meinte wegen der Presse, nicht wegen mir."

„Ich habe von nichts anderem gesprochen. Es werden schließlich noch andere Leute anwesend sein außer dir und mir." *Da habe ich ihn wohl kurzzeitig aus dem Konzept gebracht.*

Seine Besorgnis rührt mich, und ich ertappe mich bei dem Wunsch, ihm eine Hand auf die Wange zu legen, um ihn zu beruhigen.

Was natürlich albern wäre.

Mit einem Lächeln starte ich den Mini und er versteht endlich, dass es Zeit für ihn ist, wieder zu verschwinden.

Ich zwinge mich, ihn nicht durch den Rückspiegel zu beobachten, während ich mich auf den Weg zum Theater mache.

Verfluchte Scheiße, Leni Eggers. In welchen Mist bist du da nur reingeraten?

Eine plötzliche Sehnsucht nach Johannes lässt mich tief einatmen. Ich schaffe es nicht mehr, vor der Probe zum Friedhof zu fahren.

Dieser Tag kann wirklich weg.

Meine Hoffnung, dass niemand sonst die Tageszeitung liest, zerschlägt sich augenblicklich, als ich das Theater betrete.

„Bist du so spät, weil du deinen Bassisten nicht aus dem Bett bekommen hast?" Susannes Kommentar lässt einige kichern. Wieder andere starren mich an, als wäre mir eine zweite Nase gewachsen.

„Ist sein Schwanz so kunstfertig, wie man ihm nachsagt?" Wieder Susanne.

Ich schenke ihr ein müdes Lächeln. „Wenn du dich nicht so blöd angestellt hättest, hätte er sicherlich dich nach Hause gefahren, Susanne, und du hättest es selbst herausfinden können."

Himmel, sie ist fast dreißig Jahre alt und benimmt sich wie eine pubertäre Zimtzicke.

Die zweite Cellistin bedenkt mich mit einem tödlichen Blick und beginnt, ihr Instrument einzuspielen.

Einige Männer betrachten mich interessiert und ich sehe sie auffordernd an.

Was ist nur in die Menschen gefahren, mit denen ich tagtäglich zusammenarbeite? Sind sie denn von allen guten Geistern verlassen? Man könnte meinen, dass ich für sie eine völlig Fremde bin, wenn sie mir das wirklich zutrauen. Ich sollte beleidigt sein, doch es amüsiert mich eher.

Lediglich Frieda sieht mich nachdenklich an. Ihr strecke ich die Zunge heraus und beginne, meine Noten zu sortieren.

~oOo~

„Halte sie dir warm. Sie ist gut für deine Reputation."

Hella deutet auf die Zeitung, die aufgeschlagen auf ihrem Schreibtisch liegt. Die PR-Agentin von *Beyond* reibt sich die Hände und lächelt süffisant. „Wirklich, Bruckner, das Mädchen ist genau das, was dir gefehlt hat. Die Band hat einige schlechte Schlagzeilen wegen dir einstecken müssen. Und das Mäuschen passt uns ganz hervorragend in den Kram. Gerade jetzt, wo das *Crossing Borders* bald erscheinen soll."

Tobias versucht sich zu beherrschen. Sie haben mit dem neuen Album gerade erst begonnen. Es kann noch Wochen dauern, ehe es aufnahmefähig ist. „Hella, Leni steht nicht zur Debatte. Es läuft nichts zwischen uns …"

„Das ist mir egal. Aber wenn die Leute das denken, umso besser. Ihr seid keine Teenieboyband mehr, dem Alter seid ihr wirklich schon entwachsen. Die jungen Mütter sind eure Zielgruppe. Und die sehnen sich nach Herzchen und Romantik. Und diese … diese …"

„Leni. Sie heißt Leni." Tobias kämpft mit seiner Wut. Dass sie nach der Geschichte mit seinem nackten Arsch in der Presse jetzt sogar versucht, aus Leni Kapital zu schlagen, geht ihm gehörig gegen den Strich.

Hella nickt. „*Leni* ist jedenfalls genau die Frau, die die Herzen der Mütter höherschlagen lässt. Eine hübsche, bodenständige Frau ohne irgendwelche Allüren, selbst im Rampenlicht zu stehen. Sie ist auch Musikerin, sagst du? Perfekt."

„Sie spielt Cello in einem klassischen Orchester, Hella. Und sie wird nicht …"

Erneut fährt sie ihm über den Mund. „Dann überzeuge sie, dass du der tollste Mann auf Erden bist. Niemand erwartet von dir, dass du sie gleich heiratest, Herrgott, einige Wochen wirst du sie doch bei Laune halten können, oder? Du stellst dich sonst auch nicht so an, wenn es darum geht, dein Testosteron an die Frau zu bringen."

„So läuft das nicht. Ich lasse mich nicht an eine Frau binden, nur weil sie gut fürs Geschäft ist." Er erhebt seine Stimme, Hella runzelt unbeeindruckt ihre Stirn.

„Ihr wollt Geld verdienen, oder etwa nicht? Und ich sage euch, wie ihr Geld verdient. Mit deinem nackten Arsch in der Zeitung wird das jedenfalls nichts."

Tobias greift nach Lederjacke und Motorradhelm, steht auf und verlässt grußlos das Büro. Seine gute Erziehung verbietet ihm jegliche Erwiderung, die ihm auf den Lippen liegt. Er hat dieses verdammte Foto seines nackten Arsches noch gut in Erinnerung. Mittlerweile weiß er, wie es entstanden ist und wem er dieses Foto zu verdanken hat. *Bei Gott, wenn sie ihn noch ein wenig reizt, dann …*

Tobias zählt innerlich langsam bis zehn. *Ruhig Blut, Alter, soweit muss es ja nicht kommen.*

Zumal sich sein Hintern wirklich sehen lassen kann.

Wenn Hella jedoch annimmt, dass er eine Frau dazu benutzt, seinen vermeintlich schlechten Ruf wieder herzustellen, *eine Witwe*, dann hat sie sich so was von geschnitten.

Schon beim Verlassen des Gebäudes tippt er die Nummer einer willigen Verabredung, die sich auch sofort meldet.

„Was hast du an?" Er legt das Schlafzimmertimbre in seine Stimme und ihre geschnarrte Antwort gefällt ihm ausgesprochen gut.

Voller Vorfreude sieht er zu, dass er zu seiner Harley kommt.

Zeit, sich abzulenken.

Kapitel 10

Es ist genauso gekommen, wie ich es mir gedacht habe. Vor über einer Woche war mein Gesicht in fast jeder Zeitung zu finden und heute kräht kein Hahn mehr danach, dass ich irgendwann einmal in das Auto eines vermeintlichen Rockstars gestiegen bin.

„Jetzt komm schon, sonst stehen wir gleich ganz hinten." Frieda nimmt meine Hand, zieht mich durch einen Pulk Menschen, die bereits den Eingang des *Theos* belagern, der Club, in dem das Abschlusskonzert von *Beyond* stattfindet. *Für das ich bekanntlich Karten habe.*

Ich kann den Hype um die Band noch immer nicht verstehen. Frieda hatte jedes Mal glänzende Augen, wenn sie deren Namen auf einem der unzähligen Plakate entdeckt hat, die dieses Konzert in der ganzen Stadt angepriesen haben. Ich befürchte sogar, sie hat sich irgendwo eines abgerissen und über ihr Bett gehängt. Ich bin mir nicht sicher, ob ich das jemals ergründen möchte.

„Zerre mich doch nicht so. Himmel, wir haben Backstagekarten."

„Die wir bisher noch nicht nutzen konnten, weil du kein *meet and greet*-Foto mit den Jungs machen wolltest. Aber wenn ich deinetwegen das Konzert jetzt auch noch aus der letzten Reihe ansehen muss, dann flipp ich aus. Wir haben eigentlich das Anrecht auf einen Platz hinter der Bühne."

Ach herrje. Allein der Gedanke, dass wir uns mit kreischenden Groupies in den winzigen Backstagebereich drängeln, lässt meine Fußnägel nach oben rollen. Um ein Versprechen, zumindest auf der After-Show-Party zu bleiben, bin ich allerdings nicht herumgekommen. Ich habe die leise Hoffnung, dass die Band dort nicht auftauchen wird, sondern sich lieber mit den Backstagegroupies vergnügt.

„Das kann ja heiter werden …", murmle ich vor mich hin.

Sie sieht mich über ihre Schulter hinweg an. „Hast du was gesagt?"

„Nein." Ich schenke ihr ein aufgesetztes Lächeln. Friedas Fingernägel graben sich in meine Handinnenfläche und ich laufe etwas schneller, um mit ihr mithalten zu können, ehe sie mir noch die Hand abreißt.

Sie schafft es tatsächlich, uns unmittelbar hinter den ersten Wellenbrechern zu positionieren. Ihre Augen strahlen und hektische rote Flecken machen sich auf ihren Wangen breit.

„Man könnte meinen, du wärest sechzehn und auf einem Backstreet Boys-Konzert." Ich schiebe meine Ellbogen zwischen die Rippen des blöden Weibes, das mich schon die ganze Zeit zur Seite drängelt. Sie bedenkt mich mit einem aufsässigen Blick und ich lächle zuckersüß. Tobias' Antlitz auf ihrem äußerst knappen Shirt lässt mich jedoch verstört wieder wegsehen. *Heißa, das wird bestimmt ein lustiger Abend.*

„Nick Carter hatte durchaus seinen Reiz, doch das hier ist besser. Die Jungs sind alle Single und in unserem Alter. Und das allerbeste ...", Frieda beugt sich verschwörerisch zu mir herüber, „sie wohnen alle hier irgendwo in der Gegend."

„Und selbstverständlich haben sie nur auf dich gewartet." Ich überlege, ob ich sie vielleicht einweisen lassen kann.

„Das wird ihnen spätestens nachher klar werden. Auf der After-Show-Party." Frieda hebt triumphierend ihren Backstagepass in die Höhe, wedelt damit durch die Luft. „Ich bekomme schon ein feuchtes Höschen, wenn ich nur daran denke."

„Mich würde es wundern, wenn du überhaupt eines anhättest." Ich rolle mit den Augen und sie grinst mich an.

„Wie gut du mich doch kennst, mein Herz."

Mir klappt die Kinnlade herunter. Ehe ich sie nach dem Wahrheitsgehalt dieser Aussage fragen kann, geht das Licht aus. Die Halle beginnt zu beben, als die vier Jungs ... *Männer* ... auf die Bühne kommen.

Es ist ja nicht so, als hätte ich sie noch niemals gesehen. Ich gestehe, ich habe ein wenig recherchiert, vor allen Dingen, nachdem ich selbst unfreiwillig in deren Dunstkreis geraten bin.

Rockkonzerte waren eigentlich noch nie mein Ding. Es ist zu voll, zu laut. Ich konnte Frieda für heute Abend jedoch keinen Korb geben. Als mein Mann, ihr Bruder starb, war sie an meiner Seite, hat mir in dieser schweren Zeit beigestanden.

Da werde ich wohl in der Lage sein, dieses Clubkonzert über mich ergehen zu lassen.

Zumal ich nichts weiter für diese unverschämt teuren Karten tun musste, als mich von einem angetrunkenen Rockstar küssen zu lassen.

Keine Ahnung, warum ausgerechnet das mein Herz wild klopfen lässt. Womöglich liegt es an der endorphingeschwängerten Luft, die ich einatme, seitdem ich diesen Club betreten habe.

Frieda kreischt mir hysterisch ins Ohr, als der Sänger der Band mit rauchigem Schlafzimmertimbre eine Schnulze zum Besten gibt.

Meine Güte, es sind doch nur vier Typen, die ein bisschen Musik machen.

Okay, sehr gute Musik.

Ich halte einen Augenblick die Luft an, spüre, wie die Energie der Band auf mich übergeht. *Musik ist und bleibt Musik.*

Das Kribbeln in meinen Füßen lässt sie im Takt der Songs hin und her wippen.

Zu meiner Schande kann ich den Blick kaum von der Band nehmen. Es ist merkwürdig, sie in ihrem Element zu beobachten. Zum Glück ist es duster in dieser Kaschemme und niemand bekommt meine kindische Schwärmerei mit.

Niemand außer Frieda …

„Du bist ja hin und weg."

Sie zwickt mich in den Bauch und ich quietsche ertappt auf. „Autsch, du blöde Kuh! Und nein, das bin ich nicht."

Meine beste Freundin lacht dreckig. „Na klar, Hauptsache du kannst dich selbst davon überzeugen."

„Ach, lass mich in Frieden."

Sie beachtet mich gar nicht weiter, viel zu fasziniert vom Geschehen auf der Bühne.

~oOo~

Tobias lässt seinen Blick über das Publikum schweifen, während er sich mit einem Handtuch den Schweiß aus dem Nacken wischt.

Dieser Abend ist ganz nach seinem Geschmack. Die Leute lassen sich mitreißen, kennen die Songs, und die gesamte Band hat Lust auf das Konzert, selbst wenn man es nur als klitzekleinen Appetithappen nach der Deutschlandtour betrachtet.

Ein Abschied bis zum nächsten Album.

Das *Theo* ist ein erstklassiger Szeneschuppen. Hier finden regelmäßig Single- oder Mottopartys statt. Die Konzerte im *Theo* sind legendär. Niemand stört sich an der lauten Musik, denn ein ehemaliger Lagerspeicher mitten im Industriegebiet ohne direkte Nachbarschaft ist wie gemacht für Livemusik. Was der Besitzer des Ladens, der zufällig ein Onkel des Drummers Stefan ist, für sich zu nutzen weiß. Hin und wieder veranstaltet er

Newcomerfestivals und die Bands schlagen sich förmlich um einen Gig in Onkel Theos heiligen Hallen.

Das *Theo* ist bekannt für die exzellente Akustik und das erstklassige PA-System, das jeder Band zugutekommt, die hier spielen darf.

Heute profitieren *Beyond* von Onkel Theos Investition. Der Laden fasst circa 1.500 Leute und ist rappelvoll. Hamburg bedeutet eben Heimspiel.

Mit einem äußerst selbstzufriedenen Grinsen stellt Tobias seine Wasserflasche wieder auf den Boden, als Konrad das Riff zum letzten Song des Abends anspielt. Unter dem Jubel der tosenden Menge greift Christian das Mikro aus dem Ständer, lässt sich feiern, während er, punktuell beleuchtet, auf dem gut positionierten Barhocker Platz nimmt.

Mit einer Schmelze in der Stimme, die die Ladys regelmäßig aus ihrer Unterwäsche hüpfen lässt, intoniert er die erste Strophe von *love of my life* ins Mikro, ein Song, der erst auf *Crossing Borders* erscheinen wird. Tobias genießt die Jubelrufe, saugt diesen Moment tief in sich auf. Schließt die Augen, bis auch der letzte Ton dieser wirklich allerletzten Zugabe für diesen Abend verstummt ist.

Der Lichtmischer erhellt den Club und er befreit sich von seinem In-Ear. Konrads Zeichen, sein Plektrum in die Menge zu werfen. Stefan trennt sich von seinen Drumsticks und Tobias lässt seine geballte Faust in die Luft fliegen.

Adrenalin durchströmt seinen Körper, vermittelt ihm das Gefühl, unsterblich zu sein. Über allem zu schweben.

Musik ist seine einzig wahre Liebe. Seine Droge. Sein Grund zu leben. Die Jungs neben ihm sind seine Familie. Er würde töten für sie, wenn es sein müsste.

Die Menschen vor der Bühne sind der Sauerstoff, den er zum Atmen braucht. Er liebt den Moment, wenn die Lichter angehen, er das Publikum endlich erkennen kann.

Er sieht sie sofort. Ihr Blick ruht auf ihm und er fängt ihn ein.

~oOo~

In diesem Moment geht das Licht an und *Beyond* lässt sich unter frenetischem Applaus bejubeln. Ich presse die Lippen aufeinander, beobachte den Bassisten dabei, wie er den Blick in unsere Richtung schweifen lässt, der auf mir liegen bleibt. Er strahlt mich an und mein Herz klopft wild hinter meinen Rippen.

Heilige Scheiße, was war das denn?

Als die vier Jungs die Bühne verlassen, kann ich ihnen nur bedauernd hinterhersehen.

„Sei nicht traurig. Wir sehen sie gleich wieder. Oder sollte ich besser *ihn* sagen?" Frieda stupst mich mit ihrer Schulter an.

„Ich bin nicht …!", fauche ich sie an, beende den Satz allerdings nicht. Sie nickt wissend und ich weiß letztlich, dass ich überführt bin. „Ach, halt die Klappe."

Lachend wirft sie den Kopf zurück und legt einen Arm um meine Schulter. „Willkommen zurück im Leben, Leni."

Ich schnaube, blicke erneut zur Bühne, doch er ist längst verschwunden.

Kapitel 11

Auf unser bestelltes Bier wartend, sehe ich mich um. Die After-Show-Party findet tatsächlich im gleichen Club statt. *Wie ausgesprochen praktisch.*

Die Bühne ist längst gesichert und abgedunkelt, ein DJ versorgt die noch anwesenden Gäste mit Musik aus der Konserve und die Band lässt auf sich warten.

Ich habe zufällig mitangehört, dass es noch einen Pressetermin für Beyond gibt, da Reporter zur After-Show-Party nicht geladen sind. Die Gästeliste besteht demnach aus Freunden, Roadies und nicht zu vergessen den Groupies, denn wenn ich mich umsehe, überwiegt die Anzahl an Frauen. Was mich wieder zu der Frage bringt, warum Tobias ausgerechnet mir Karten für die Party überlassen hat. Einfache Konzerttickets hätten es auch getan.

Ich nehme die zwei Flaschen entgegen, die ich zu meinem Erstaunen nicht bezahlen muss. Der Barkeeper schielt auf den Backstagepass, der um meinen Hals baumelt. „Du hast eine goldene Karte. Bandbonus."

Ach ja, ist das so?

„Wenn du es sagst." Ich nehme es gelassen. Wenigstens muss ich für dieses zweifelhafte Abendvergnügen nicht auch noch tief in die Tasche greifen.

Frieda nimmt mir ihr Getränk aus den Händen. „Komm schon, du musst zugeben, dass das Konzert großartig war." Noch immer liegt ein verträumter Schleier über ihrem Blick und ich muss lachen.

Meine Schwägerin zieht eine Schnute. „Denk bloß nicht, ich hätte vergessen, wie du den Rockstar angeschmachtet hast. Sei lieber vorsichtig damit, mich auszulachen."

„Wer hat wen angeschmachtet?"

Ich kann es regelrecht hören, das zufriedene Grinsen, und fast wäre mir meine eigene Flasche aus den Händen geglitten. Tobias' unmittelbare Präsenz füllt augenblicklich den Raum und ich beginne mich zu fragen, wo er sein Ego nachts abstellt, wenn es nicht mehr durch die Tür passt.

Er trägt eine verwaschene Jeans zu einer Lederjacke, die wahrscheinlich schon bessere Tage gesehen hat. Sein dunkles Haar wirkt noch feucht und der Duft eines herben Duschgels steigt mir in die Nase. Mein Hirn entscheidet sich leider, es für gut zu befinden. *Lochfraß im Kopf!* Ich habe es befürchtet. *Guter Gott, dann versuche gefälligst, flach zu atmen, du dusselige Kuh.*

„Vielen Dank noch mal für die Karten. Ihr wart großartig." Meine Schwägerin ist völlig überdreht und in mir wächst die Befürchtung, dass Frieda ihm jeden Augenblick an den Hals fällt.

„Gern geschehen. Immerhin hatte ich etwas gutzumachen. Und wenn es euch gefallen hat, umso besser." Tobias lächelt Frieda unverbindlich an, ehe er mir seine Aufmerksamkeit schenkt. „Ich freue mich tatsächlich, dass ihr … du gekommen bist."

„Wir hatten eh nichts Besseres vor." Mein Mundwinkel zuckt und er beginnt zu lachen, was meine Nerven augenblicklich zum Flattern bringt.

Ein gut aussehender Mann klopft auf seine Schulter, lenkt ihn von mir ab, und Frieda und ich werden Zeugen einer überschwänglichen Begrüßung.

„Patrick, darf ich dir Leni und ihre Freundin Frieda vorstellen? Das ist Patrick. Er war eine lange Zeit unser Sänger."

Patrick hält uns seine Hand zur Begrüßung entgegen und ich komme nicht umhin, mich zu fragen, ob es für *Beyond* ein Bad-Boy-Casting gegeben haben mag. Das würde zumindest den optischen Reiz erklären, den die Band neben der Musik zu bieten hat. Auch dieser Mann ließe sich nahtlos in den Augenschmaus der letzten zweieinhalb Stunden einfügen. Frieda scheint es ebenso zu empfinden. Sollte Patrick ihre Hand auch nur noch eine Sekunde länger schütteln, fällt sie mir unter Garantie in Ohnmacht.

„Schön, dich kennenzulernen." Ich schiebe mich dazwischen, schüttle ihm ebenfalls die Hand. Frieda seufzt leise und eindeutig sehnsuchtsvoll in mein Ohr.

Weder Tobias noch Patrick scheinen hiervon etwas mitzubekommen. „Jetzt führt er ein Kinderheim, ist mittlerweile verheiratet und selbst Vater geworden." Die Freude über das Wiedersehen seines Freundes steht Tobias regelrecht ins Gesicht geschrieben, und ich kann mich nicht dagegen wehren, dass das Leuchten seiner Augen Hitze durch meinen Unterleib jagt.

„Apropos Kinderheim, Bruckner. Die Wetten laufen."

„Ich hoffe für dich, dass du nicht gegen mich gesetzt hast." Tobias nimmt grinsend einen Schluck Bier.

Patrick kratzt sich am Hinterkopf. „Halte dich lieber an meine Frau. Ihr Wetteinsatz ist ziemlich verführerisch. Solltest du, entgegen ihrer Meinung, nicht unsere Festtagssau werden, habe ich eine heiße Nacht."

Es müsste mir unangenehm sein, Zeuge dieser privaten Unterhaltung zu werden, doch es wirft ein anderes Licht auf den Rockstar.

Frieda ist völlig hingerissen, als sich auch die anderen Mitglieder von *Beyond* nach und nach zu uns gesellen. Als der Sänger der Band tatsächlich ein Gespräch mit ihr beginnt, wirkt sie derart selig, dass ich nur darauf warte, dass sie vom Boden abhebt.

„Du solltest kommen."

Ups, da habe ich wohl nicht zugehört …

„Wohin?" Ich sehe Tobias an und sofort beginnt es erneut in mir zu flirren, als ich seinem intensiven Blick begegne.

„Zur Junggesellen-Versteigerung der Hildegard-Mansfeld-Stiftung. Die Stiftung, die den Fuchsbau unterstützt – Patricks Kinderheim. Du würdest mir einen riesigen Gefallen tun, wenn du diejenige wärst, die einen horrenden Betrag bezahlt, um einen Abend mit mir verbringen zu dürfen."

Ich kann das Lachen nicht unterdrücken und er sieht mich scheinbar betroffen an. „Ich meine das völlig ernst."

„Was bringt dich zu der Annahme, dass ich einen Abend mit dir verbringen möchte und dafür auch noch Geld bezahle?" *Das interessiert mich jetzt wirklich brennend.* „Mal ganz davon abgesehen, dass ich es ausgesprochen lustig fände, wenn dich eine ältliche Dame ersteigert. Sie würde dir vielleicht den Sinn des Wortes *Demut* näherbringen, als ich es jemals könnte", unterstreiche ich meine Anmerkung noch immer kichernd.

„Es wäre für einen guten Zweck. Patrick hat ein altes, leer stehendes Gymnasium aufgetan und würde gern seinen Fuchsbau erweitern."

Ich sehe zu Tobias' Freund herüber, der in ein Gespräch mit dem Drummer vertieft ist. Über das Projekt habe ich bereits in der Zeitung gelesen.

„Und jetzt kommst du ins Spiel. Es würde dich keinen Cent kosten – ich schiebe dir vor der Versteigerung mein Geld zu", raunt er verschwörerisch in mein Ohr, ehe der Bariton seiner Stimme an Tiefe gewinnt. „Außerdem würde ich dir beweisen, dass ich nicht der Arsch bin, für den du mich offenbar noch immer hältst. Ich würde sehr gern einen Abend mit dir verbringen, Leni."

Die Art, wie er meinen Namen betont, lässt mich innerlich erzittern. *Ich sollte aufhören, zu trinken.*

„Wann soll das Ganze denn stattfinden?"

Devinitiv. Aufhören. Zu. Trinken!

„Am kommenden Wochenende."

„Das wird sehr schwierig …"

Noch ehe ich ihm eine Absage erteilen kann, legt er mir einen Finger über die Lippen. „Ich möchte keine Absage. Nicht jetzt. Denk einfach darüber nach, Leni."

Ich nicke lediglich.

Mein Mund wird trocken und der sanfte Druck seines Fingers lässt mich für einen Moment die Augen schließen. Er lässt seinen Finger zu lang auf meinen Lippen und ich möchte eigentlich gar nicht, dass er ihn wieder wegnimmt.

Doch er tut es.

Streicht mit dem Knöchel über meine Wange und als ich ihn ansehe, lächeln seine Augen mich an.

Ich schlucke, zwinge mich, ebenfalls zu lächeln, und nehme einen Schluck aus meiner Flasche, in der Hoffnung, dass er mir meine plötzliche Unsicherheit nicht anmerkt.

~oOo~

Tobias fragt sich, ob Leni ahnt, welche Wirkung sie auf Männer hat.

Nein, ganz offensichtlich nicht!

Er sollte sie weder anflirten noch überhaupt den Wunsch verspüren, Zeit mit ihr zu verbringen. Er sollte sich auf seine Musik konzentrieren. An neuen Songs arbeiten. Mit den Jungs einen draufmachen. Was er ganz und gar nicht sollte, ist, über eine Frau nachzudenken, die ihren Mann bereits verloren hat. Womöglich noch immer um ihn trauert.

Stattdessen will er sogar dafür bezahlen, dass sie auf der Versteigerung für ihn bietet.

Er ist nicht mehr ganz bei Trost. Für den Augenblick wird er das akzeptieren. Das Konzert war großartig, er steckt noch voller Adrenalin und Leni ist eine Herausforderung der besonderen Art. Eine, die ihn bis aufs Blut reizt. Ihn magisch anzieht, neugierig macht.

Die sanfte Röte auf ihren Wangen bestätigt ihm, dass auch er sie nicht völlig kaltlässt.

Genau das ist der Grund, warum du mich irgendwann um einen Kuss bitten wirst, Honey. Dein flatternder Puls verrät mir mehr, als du ahnst.

Sein Schwanz wird bereits hart, wenn er nur an diesen Moment denkt.

Bruckner, das wird böse enden.

Vielleicht. Aber bestimmt nicht heute.

~oOo~

Kapitel 12

„Selbstverständlich wirst du zu dieser Versteigerung gehen! Ich weiß gar nicht, worüber du noch nachdenken musst." Frieda verschränkt ihre Arme vor der Brust, lehnt sich gegen eines der Waschbecken in den Damentoiletten. Ich sehe sie skeptisch an, schiebe sie zur Seite, damit ich mir die Hände waschen kann.

„Na klar, und dann ersteigere ich mir den Rockstar und verbringe einen lauschigen Abend mit ihm bei Kerzenlicht und gutem Wein." Ich seufze entnervt.

„Ganz genau." Sie nickt bestätigend. „Endlich sind wir auf einer Wellenlänge."

„Nein, du bist ein bisschen durcheinander und wir sollten dich schnellstmöglich von hier wegbringen, ehe es noch jemand anderem außer mir auffällt." Das Wasser perlt über meine Finger und ich nehme es in die hohle Hand, überlege, ob ich es meiner besten Freundin über den Kopf schütten soll, damit sie wieder klar denken kann.

Die Tür öffnet sich und wir sind nicht mehr allein. Da der Waschbereich jedoch nicht sofort einsehbar ist, vernehmen wir lediglich die aufgebrachten Stimmen.

„So ein Arsch! Letzte Woche konnte er nicht genug von mir bekommen und jetzt beachtet er mich noch nicht mal. Im Gegenteil. Hast du diese dunkelhaarige Schlampe eigentlich schon mal irgendwo gesehen, mit der er sich schon den ganzen Abend unterhält?"

„Ist das nicht die aus der Zeitung?"

Ich suche Friedas Blick durch den Spiegel, denn sofort ist mir klar, dass ich die dunkelhaarige Schlampe sein muss, von der die beiden reden.

Die Frauen haben wohl nicht vor, auf die Toilette zu gehen, und ich starre ein wenig ratlos auf meine nassen Hände. Jedes Geräusch würde uns verraten und wenn ich auf etwas wirklich nicht scharf bin, dann irgendwelchen abgeschossenen Betthäschen von Tobias über den Weg zu laufen.

Mir hätte klar sein sollen, dass Frieda meine Bedenken nicht teilt.

Mein warnendes Kopfschütteln kommentiert sie mit einem diabolischen Grinsen.

„Sag mal, Schatz, Tobias hat dich wirklich gebeten, bei dieser Versteigerung auf ihn zu bieten, damit ihr beiden einen romantischen Abend verbringen könnt? Das klingt ja fast so, als hätte er ein tiefergehendes Interesse an dir." Sie spricht zu laut und ich versuche die Augen zu schließen. Sie stößt mich mit ihrer Schulter an, zischt mir ins Ohr: „Wehe, du machst nicht mit, Fräulein. Das ist der beste Teil des Abends."

„Frieda …", antworte ich resigniert, jedoch lässt sich meine Schwägerin nicht von ihrem Plan abbringen.

„Oh mein Gott, Leni. Erst die ganzen Blumen, die er dir geschickt hat. Und diese heißen Dessous …" *Das kann sie nicht wirklich ernst meinen, oder?* „Hat er dir den Song schon vorgespielt, den er dir geschrieben hat?"

„Das geht zu weit", fauche ich sie an.

Friedas Grinsen wird tiefer, ehe sie völlig überzogen fortfährt. „Meine Güte, wer hätte gedacht, dass Tobias Bruckner ein solcher Romantiker sein kann? So heiß und sexy." Sie wirft ihre Arme in die Luft, ballt ihre Hände zu Fäusten und man könnte direkt annehmen, dass sie selbst glaubt, was sie da von sich gibt. „Du hast aber auch solches Glück! Man könnte glatt neidisch werden!"

Ich suche nach einem Indiz, dass das hier nur ein böser Traum ist. *Vielleicht steht ja irgendwo ein rosafarbenes Kaninchen und mümmelt eine Möhre?* Weit und breit ist nichts dergleichen zu sehen.

„Komm, wir gehen wieder zu den Jungs, ehe Tobias noch Suchtrupps nach dir aussendet, weil er Sehnsucht nach dir hat." Meine Ex-Schwägerin und Ex-beste-Freundin zerrt an meiner Hand und mir bleibt gar nichts anderes übrig, als hoch erhobenen Hauptes an den bisher gesichtslosen Frauen vorbei und aus den Damentoiletten heraus zu stolzieren.

Mir stockt der Atem, als ich dem hasserfüllten Blick meiner Konkurrentin begegne.

Konkurrentin? Du bist nicht mehr ganz bei Trost, Leni Eggers.

Vielleicht sollte ich ihr einfach sagen, dass mein Interesse an Tobias verschwindend gering bis gar nicht vorhanden ist? Dafür ist es eindeutig zu spät, nachdem Frieda eine solch schillernde Lüge in die Welt gesetzt hat. *Dessous? Heilige Scheiße, was ist nur in sie gefahren?*

Als ich die Tür hinter uns ins Schloss fallen höre, kann ich mich jedoch nicht länger zurückhalten. „Sag mal, was stimmt denn nicht mit dir? Sie muss ja weiß Gott was über Tobias und mich denken." Ich schlage die Hände über meine Augen.

„Stell dich nicht so an. Sie hat dich als Schlampe betitelt. Das ging mir eindeutig zu weit, Leni Eggers. Mach dir keine Sorgen. Es sah nicht danach aus, als hätte es ihr nachhaltig geschadet."

„Aber mir vielleicht."

„Jetzt tu nicht so scheinheilig. Ein bisschen hat es dir auch Spaß gemacht."

„Nein."

Ihre Augenbrauen tanzen über ihre Stirn. „Mein Spaß reicht für uns beide."

„Du bist unmöglich." Ich knirsche mit den Zähnen und wäge mich in der Hoffnung, dass niemand sonst Zeuge dieser Szene geworden ist.

„Ja, da muss ich dir wohl recht geben." Ihr Lachen schallt wie ein Echo durch meinen Kopf und ich bete inständig, dass das kein Nachspiel haben wird.

Tobias sieht uns kommen und ich habe durchaus Verständnis für die Frauen, die reihenweise aus ihren Höschen springen, wenn er sie mit seinem Lächeln beglückt. Ich bin nicht so naiv, anzunehmen, dass ich das Monopol darauf hätte. Es ist mir ein Rätsel, dass es anscheinend dennoch Frauen gibt, die eben das für sich in Anspruch nehmen.

Auch ich fühle die Wärme in meinem Unterbauch, das leichte Zittern meiner Knie. *Doch mein Höschen gehört mir, Tobias Bruckner. So wahr mir Gott helfe.*

Er legt eine Hand um meine Hüfte, zieht mich ein wenig näher an seinen Körper. „Hey, ich hatte schon die Befürchtung, ihr wäret verschwunden, ohne euch zu verabschieden." Sein Atem streift meine Haut. Ich sollte mich aus seiner Umarmung lösen, ihn zurechtweisen. Stattdessen schmiege ich mich in seine Arme, seufze innerlich und bemerke zu meinem Bedauern, dass mir diese Art von Nähe mehr fehlt, als ich es mir eingestehen möchte. Ich schließe meine Augen, rufe mir Johannes' Bild vor Augen und spüre die Tränen hinter meinen Lidern brennen.

„Leni, ist alles in Ordnung?"

Ertappt sehe ich auf, begegne sorgenvollen dunklen Augen und nicke. „Ja … klar, ist alles in Ordnung." Das Lächeln schmerzt in meinem Gesicht. „Was sollte denn nicht in Ordnung sein?" Ich bringe Distanz zwischen uns, schimpfe mich selbst eine törichte Gans.

Nichts ist in Ordnung. Das alles hier ist falsch. Unpassend.

„Du hast recht, ich sollte wohl wirklich langsam nach Hause. Es ist spät, ich bin müde."

„Soll ich dich fahren?"

Ich schiele auf sein Bier. „Du hast getrunken. Nein, Frieda und ich nehmen ein Taxi." Ich sehe mich nach meiner Freundin um, die in einen Flirt mit Christian, dem Sänger von *Beyond*, vertieft ist.

„Frieda sieht nicht so aus, als wäre sie müde." Er grinst schelmisch.

„Deshalb ändere ich meine Meinung nicht. Sie kann ruhig noch bleiben."

„Dann werde ich dich zumindest sicher zu den Taxen bringen." Sein Ton ist bestimmt und ich weiß, dass Widerspruch sinnlos wäre. Also verabschiede ich mich von Frieda, verspreche ihr, mich zu melden, sobald ich zu Hause bin, und nehme es in Kauf, dass Tobias nach meiner Hand greift und mich durch den Club in Richtung Ausgang begleitet. Das wilde Herzklopfen ignoriere ich mit all der Gleichgültigkeit, die diese Tatsache zulässt.

Bevor wir den Club verlassen, schiebt sich eine Blondine vor Tobias.

Die Frau, die mich noch vor gut einer Stunde als Schlampe betitelt hat. *Heilige Scheiße, Friedas Lügengeschichte ...* Schamesröte überzieht meine Wangen.

„Tobias, das hätte ich dir nicht zugetraut."

Ihre offensichtliche Verzweiflung trifft mich wie ein Faustschlag in die Magengrube und ich hebe beschwichtigend eine Hand. „Bitte, du hast da etwas falsch verstanden."

Ihr Blick ist tödlich und sie verschränkt die Arme vor ihren ausladenden Brüsten. „Halt du dich da raus, ich habe nicht mit dir geredet, Miststück. Anderen Frauen die Männer auszuspannen ..."

~oOo~

Tobias sieht verwundert auf seinen letzten bedeutungslosen Zeitvertreib und schlägt sich innerlich vor die Stirn, dass er vergessen hat, sie wieder auszuladen.

Er hatte ihr eine Karte für das Konzert gegeben, ohne darüber nachzudenken, dass Leni ebenfalls hier sein wird. In der Regel hält er seine Groupies auf gesunden Abstand, doch sie war irgendwie niedlich.

Aus Fehlern wird man klug, Bruckner.

Als sie beginnt, Leni zu beschimpfen, sieht er rot. „Hey, so redest du nicht mit Leni. Ich glaube, die Party ist für dich vorbei, Prinzessin." Er presst die Worte durch seine Zähne und sieht sein Gegenüber auffordernd an. Egal, wie viel Spaß sie miteinander gehabt haben sollten, das geht ihm eindeutig zu weit. Die Kleine bohrt ihm unbeeindruckt einen Zeigefinger in den Brustkorb.

„Du Schwein. Du lockst mich in dein Bett und schickst einer anderen Blumen und Dessous?" Sie nickt in Lenis Richtung, ohne ihn jedoch aus den Augen zu lassen.

Bitte was?

Tobias sieht fragend zu Leni, die verschämt den Kopf sinken lässt. Er wird das Gefühl nicht los, in irgendetwas involviert zu sein, von dem er nicht den blassesten Hauch einer Ahnung hat.

Da hat er doch tatsächlich Blumen und Dessous verstanden …

Diese Geschichte scheint ausgesprochen interessant zu enden.

Tobias hat alle Mühe, das Lachen zu unterdrücken, das ihm die Kehle hochklettert.

Oh warte, Leni Eggers, jetzt gehörst du mir …

„In meinem Bett hast du sicher nicht gelegen, soviel ist sicher, und ich kann mich nicht daran erinnern, dass ich dich hätte überreden müssen, dich von mir vögeln zu lassen, Prinzessin. Also verschwinde lieber, ehe ich meine gute Erziehung vergesse. Welche Geschenke ich anderen Frauen mache, hat dich nicht im Geringsten zu interessieren." Er genießt Lenis überraschten Ausruf und während sie abwehrend den Kopf schüttelt, nickt er lediglich. An das Mäuschen gewandt fügt er hinzu: „Wenn du uns jetzt entschuldigst, ich bin wirklich ausgesprochen neugierig, wie Leni in diesen Dessous aussieht. Das verstehst du sicherlich?"

Er ignoriert den Protestlaut der Blondine und dirigiert Leni an ihr vorbei. *Denn auf diese Erklärung ist er wirklich gespannt wie ein Flitzebogen.*

~oOo~

Scheiße, scheiße, scheiße. Vielen Dank, Frieda Eggers. Oh, das wird dich so was von dein Leben kosten und nichts und niemand wird dich retten können.

Tobias läuft an dem ersten Taxi vorbei, auch an dem zweiten, und ich versuche, meine Hand aus seiner zu lösen. Er zieht mich weiter, ohne mich auch nur eines Blickes zu würdigen oder meiner Bemühung Beachtung zu schenken. Unwillkürlich biegt er ab und wir stehen in einer schmalen Gasse hinter dem Club. Endlich lässt er mich los, schiebt seine Hände in die Jeans und hebt eine Augenbraue in die Stirn. „Ich bin ganz Ohr. Welche Geschenke habe ich dir denn sonst noch gemacht? Nur damit sich unsere Aussagen auch miteinander decken, Leni."

Als ich nicht sofort antworte, betrachtet er angelegentlich einen Fussel auf meiner Schulter. Kommt einen Schritt näher, zupft ihn vom Träger meines Tops. Berührt dabei meine nackte Haut und ein Schauer rieselt mir über den Nacken.

„Es wäre recht peinlich, wenn die Dessous plötzlich schwarz statt rot wären, oder?" Ein tiefes, dunkles Flüstern.

Ich räuspere mich und meine Schuhspitze kratzt über den Asphalt. *Was soll ich denn jetzt darauf antworten, bitte?*

Tobias hebt mit dem Daumen mein Kinn. „Das hätte ich tatsächlich nicht von dir erwartet." Sein rechter Mundwinkel zieht sich nach oben. „Du bist wirklich für jede Überraschung gut, Leni Eggers."

Mir fällt es erschreckend leicht, Frieda in die Pfanne zu hauen. „Frieda hatte diese bescheuerte Idee. Entschuldige, ich wollte dich keinesfalls in Verlegenheit bringen." Dass mich sein Betthäschen als Schlampe betitelt hat, behalte ich jedoch für mich. Die Arme hat anscheinend genug gelitten.

Tobias' Hand wandert erneut in die Hosentasche. „Du könntest mich gar nicht in Verlegenheit bringen. Im Gegenteil. Ich finde es bedauerlich, dass ich nicht selbst daran gedacht habe. Das lässt sich leicht ändern, nicht wahr?" Seine Stimme ist lockend. Sanft.

Ich sehe ihn an, versinke in der Schokolade seiner Augen.

„Du hast mir irgendwie den Kopf verdreht, Leni Eggers. Ich weiß nicht, wie du es anstellst, ich bekomme dich einfach nicht aus meinen Gedanken." Er kommt mir immer näher und gerade, als ich denke, dass er mich jeden Moment küsst, ich intuitiv meine Lider senke, hält er inne. Betrachtet eingehend mein Gesicht. „Du hast keine Vorstellung davon, wie sehr ich mich danach sehne, deinen Körper unter meinem zu spüren. Oder wie sehr ich mir wünsche, meinen Namen aus deinem Mund zu hören, wenn du kommst."

Ich halte die Luft an, überrumpelt von der Direktheit seiner Worte.

„Dein Gesicht muss wunderschön aussehen, wenn du dich vor Lust vergisst." Er streicht mir eine Haarsträhne aus der Stirn. „Das ist es jetzt bereits."

Ein Flüstern, das mich vermuten lässt, dass er dieses Geständnis einfach nur laut gedacht hat. Und doch beginnt die Welt sich um mich herum wie wild zu drehen.

„Tobias, ich denke nicht …"

Er schüttelt unmerklich den Kopf. „Du schuldest mir keine Antwort. Du warst verheiratet, hast deinen Ehemann verloren. Trauerst womöglich noch um ihn. Ich bilde mir nicht ein, dass du auf einen Mann wie mich gewartet hast, um dich über deinen Verlust hinwegzutrösten."

Ich blinzle einige Male, viel zu überrascht über seine Ehrlichkeit.

„Aber ich lasse dich an meinen Gedanken teilhaben. Du darfst ruhig wissen, wie es um mich steht, und du kannst dir auch sicher sein, dass dir einiges entgeht. Seit unserem Tanz im Theater hat sich am Zustand meines Schwanzes nichts geändert, wenn ich an dich denke oder du in meiner Nähe bist." Ich öffne meinen Mund, doch er spricht weiter. „Ich halte mein Versprechen. Ich komme dir nicht näher, als du es zulässt, Leni ..." Tobias leckt sich über seine sinnlichen Lippen, was mir nicht entgeht. Fast sehnsuchtsvoll liegt mein Blick auf ihnen. *Sag mal, Leni, geht's noch?*

„... selbst wenn es mich unmenschliche Überwindung kostet." Damit dreht er sich um und geht zurück zum Taxistand. „Die Dessous, die ich dir schenken würde, wären übrigens rot. So tiefrot wie der Lippenstift, den du im Theater getragen hast. Das hat mich – verdammt noch mal – ziemlich angemacht."

Wie angewurzelt stehe ich an Ort und Stelle. Mit Schnappatmung und unfähig, mich zu bewegen.

Er sieht mich über seine Schulter hinweg an. „Was ist? Ich dachte, du bist müde und wolltest nach Hause?"

Und ich dachte, du willst mich küssen ...

Kapitel 13

Es ist stockduster und die Scheibenwischer fliegen regelrecht über die Windschutzscheibe. Selbst die Nebelscheinwerfer versprechen keine ausreichende Sicht bei diesem Mistwetter. Es herrscht wütendes Schweigen in unserem Auto. Johannes' Finger krallen sich um das Lenkrad und ich sehe empört aus dem Fenster. Wenn er mich wenigstens anschreien würde! Stattdessen brütet er vor sich hin, spricht kein Wort. Ich wünschte, er würde seine Wut endlich mal mit mir ausdiskutieren oder Stellung beziehen, verdammt noch mal!

Ich sehe es, auch wenn ich erst zu spät wahrnehme, dass dieses Auto viel zu schnell auf uns zukommt, an der Kreuzung nicht anhalten wird. Erschrocken greife ich nach Johannes' Oberschenkel, öffne meinen Mund. Kein Laut kommt aus meiner Kehle. Eiskalter Schweiß sammelt sich unter meinen Achseln, meinem Rücken. Ich spüre, wie wir herumgeschleudert werden, wie Johannes' Kopf nach vorne schnellt. Sein Blick liegt auf meinem Gesicht. Ich sehe das Leben aus seinen Augen schwinden. Es ist Tobias, der nach meiner Hand greift, mich von dem Wrack, das mal unser Auto war, wegführt. Ich wehre mich mit Händen und Füßen. Trete nach ihm, schlage auf ihn ein, doch Tobias lässt nicht zu, dass ich mich noch einmal dorthin umdrehe, um mich zu vergewissern, dass es Johannes gut geht. Ein Strudel aus Finsternis und Kälte zieht mich unweigerlich in den Abgrund. Ich spüre, wie ich falle. Tiefer und tiefer.

Atemlos schrecke ich auf. Mein Herz klopft hart und unregelmäßig gegen meinen Brustkorb. Tränen nässen mein Gesicht, mein Schlafshirt klebt an meinem Körper.

Es war nur ein Traum, Leni. Ein schrecklicher Albtraum!

An Schlaf ist nicht mehr zu denken. Mal ganz davon abgesehen, dass es ewig gedauert hat, bis ich gestern … oder heute Morgen … überhaupt einschlafen konnte.

Ich möchte es wirklich nicht gern zugeben, diese ganze Tobias-Bruckner-Geschichte zehrt gehörig an meinen Nerven. Es rüttelt an meinem friedlichen Leben, zwingt mich dazu, dass ich mich mit Dingen auseinandersetze, die in meinem Alltag keinen Platz haben.

Bis vor einigen Tagen hatte ich keine Ahnung, dass ein Tobias Bruckner existiert, und jetzt macht er mir bereits eindeutig zweideutige Geständnisse, mit denen er mich völlig allein im Regen stehen lässt.

Verdammter Mistkerl!

Ich habe kein Interesse daran, mich neu zu verlieben, und in so einen … *Rockstar* schon mal gar nicht. Selbst wenn er mir nicht aus dem Kopf geht. *Mich sogar in meinen Träumen verfolgt.*

Ich muss zu Johannes.

Wenn ich nicht mit ihm darüber rede, platze ich noch.

Sein Foto auf meinem Nachttisch lacht mir entgegen und mein Herz krampft sich schmerzhaft zusammen. Mit dem Daumen streiche ich über das kühle Glas des Rahmens. „Warum hast du mich nur allein gelassen? Wir hatten so viele Pläne und jetzt sitze ich hier und muss mein Leben ohne dich weiterleben?" Eine Träne läuft mir über die Wange.

Dort, wo ich sonst nur Trauer empfunden habe, ist zum ersten Mal Wut. Wut darüber, dass er nicht mehr bei mir ist. Mich einfach im Stich gelassen hat, obwohl er geschworen hat, immer an meiner Seite zu bleiben. In guten wie in schlechten Tagen! *Bis dass der Tod uns scheidet.* Ich stelle das Bild zurück und schlurfe ins Bad.

Der Tod hat wirklich gründliche Arbeit geleistet.

Die Sonne geht langsam auf, taucht den Friedhof in scheinheiliges Licht. Manche Menschen behaupten, Ruhe zu finden, wenn sie zwischen den Gräbern spazieren gehen. Für mich bedeutet es lediglich, dass mein Ehemann einen Wohnort gegen einen anderen eingetauscht hat.

„Hey, entschuldige, dass ich gestern nicht bei dir war. Wir hatten Probe und danach war dieses Konzert." Der Morgentau hindert mich daran, mich einfach gegen seinen Grabstein zu lehnen, wie ich es meistens zu tun pflege. Ich begnüge mich damit, die Zigaretten aus dem Rosenbusch zu klauben. Eingepackt in eine Plastiktüte, dringt keine Feuchtigkeit in die Schachtel. Ich nehme mir einen von Johannes' geliebten Glimmstengeln und inhaliere das Nikotin in einem tiefen Zug.

Ich huste längst nicht mehr, wenn ich rauche. *Sollte mich das beunruhigen?*

Hin und wieder erwische ich mich sogar dabei, dass ich herkomme, nur weil ich Lust auf eine Zigarette habe.

„Stell dir vor, mir wird neuerdings eine Affäre mit irgend so einem Boygroupsternchen nachgesagt. Ist das nicht lächerlich?" Ein weiterer tiefer Zug. Ich betrachte die alte Fichte, die ihre Tannzapfen fast schon schwerfällig hängen lässt, einige davon auf das große Grab darunter bereits verloren hat.

„Niemand will verstehen, dass das totaler Schwachsinn ist. Als könnte ich einfach vergessen, dass wir miteinander verheiratet sind." Die goldfarbenen Buchstaben in seinem grau melierten Grabstein schimmern auf. „Ich habe doch geschworen, dir treu zu bleiben." Meine Stimme zittert und die Zigarette rutscht mir fast aus den Händen. „Es ist so schwer zu akzeptieren, dass du niemals wieder nach Hause kommst, Jo." Ich schniefe, fahre mit meinem Zeigefinger über meine Nase. „Ich wünschte manchmal, von uns beiden wäre ich die gewesen, die es erwischt hätte."

Meine Beine tragen mich nicht mehr und ich hocke mich trotz der Feuchtigkeit gegen den kalten Granit. Ziehe erneut an der Zigarette. „Ich schaffe es einfach nicht ohne dich."

Ein Eichhörnchen huscht an mir vorbei, schnappt sich einen Zapfen und verschwindet im Dickicht einer Buchsbaumhecke.

Mein Hinterkopf schlägt gegen den Stein und ich schließe meine tränenfeuchten Augen. „Jo, ich habe heute Nacht von dir geträumt. Von dem Unfall ..." Ich schnippe die Asche auf sein Grab. „Es schien alles so real. Und es war furchtbar, es noch einmal zu erleben. Unseren bescheuerten Streit." Ein letzter Zug an der Zigarette, ehe ich sie in der Erde seines Grabes versenke. „Tobias Bruckner, dieser Rockstar, hat mich aus dem Auto befreit." Ich streiche mein Haar zurück. „Jo, das war mehr als nur verwirrend. Ich weiß nicht, was ich machen soll. Deine Schwester ist der Meinung, ich bräuchte einen neuen Mann an meiner Seite. Dabei wollte ich immer nur dich ..." Ein Schluchzer löst sich aus meiner Kehle und ich lege mein Kinn auf die angewinkelten Knie.

„Mädchen, Sie müssen aufstehen. Der Boden ist feucht, Sie holen sich ja noch eine Erkältung." Erschrocken sehe ich auf und die ältere Frau, die durchaus meine Großmutter sein könnte, legt eine Hand auf meine Schulter, sieht mich sorgenvoll an. „Ist denn alles in Ordnung mit Ihnen?"

Ich räuspere mich, wische über mein Gesicht und versuche ein Lächeln. „Danke, ja." Umständlich erhebe ich mich, klopfe mir den Schmutz von der Hose. „Entschuldigen Sie, ich habe nicht damit gerechnet, dass ..."

Sie schüttelt lächelnd mit dem Kopf. Ein Zeichen, dass sie keine Erklärung von mir erwartet. „Schon gut, Kind, solange es Ihnen gut geht. Ich muss weiter." Sie deutet auf den Weg zurück. „Achten Sie besser auf sich."

„Das werde ich", verspreche ich ihr und sie nickt mir noch einmal zu, ehe sie mich wieder allein lässt.

Ich sehe ihr noch einen Augenblick hinterher, schiebe die Zigaretten wieder zwischen die Rosen. „Ich glaube, ich sollte jetzt auch gehen, Jo." Ich hauche einen Kuss auf meine Finger, lege sie über seinen gemeißelten Namen. „Bis übermorgen. Ich liebe dich."

~oOo~

Fuck, es kann nicht so schwer sein, online Blumen zu bestellen und liefern zu lassen! Seit gefühlten Stunden scrollt er durchs Internet, auf der Suche nach einem passenden Angebot. *Wenn Leni Geschenke will, dann soll sie sie auch bekommen.* Er hat sich jedoch dagegen entschieden, mit der Unterwäsche anzufangen.

Das hat allerdings auch ein wenig mit Selbstschutz zu tun. Allein die Vorstellung, wie Leni darin aussehen könnte, bringt ihn bereits an den Rand seiner Selbstbeherrschung.

Nein, fürs Erste müssen Rosen genügen … oder lieber Sonnenblumen? Himmel, er hat doch keine Ahnung, was ihr gefallen könnte.

Letztlich entscheidet er sich für einen bunten Sommerstrauß, gibt die Lieferadresse und die Wunschlieferzeit online ein.

Zu gern würde er ihr Gesicht sehen, wenn sie die Blumen entgegennimmt.

Er spürt erneut, wie sich das Lachen in seinem Bauch zusammenbraut, bei der Erinnerung an diese absurde Geschichte, dass er, Tobias Bruckner, einer Frau Avancen macht, indem er ihr Blumen schenkt. Oder sündige Wäsche ...

Nun gut, mit der Eingabe deiner Kreditkartennummer hast du jetzt genau dies in Auftrag gegeben, du Armleuchter.

Leni ist eine Provokation der besonderen Art, soviel steht bereits fest. Verdammt, er weiß selbst nicht, was er jetzt mit dieser Erkenntnis anfangen soll.

Tobias rauft sich die Haare, klappt den Laptop zu. Womöglich liegt es einzig und allein an dem Umstand, dass sie nicht sofort die Beine für ihn breit gemacht hat.

Dabei sollte er es wirklich besser wissen. Sie ist wahrlich keine Frau, die man für Sex gegen den Baum drückt. Nein, sie braucht weiche Laken.

Du bist eindeutig verrückt geworden, überhaupt darüber nachzudenken.

Ihre riesigen grauen Augen haben ihn die halbe Nacht verfolgt, bis er sein Bett fast fluchtartig verlassen hat. Wenn das so weitergeht, dauert es nicht lang und er hat sich wund gewichst. Tatsächlich gibt es gerade keine andere Frau, die sein Verlangen stillen könnte. Das wird er vor sich selbst wohl zugeben können.

Er hat nur nicht den blassesten Schimmer, wohin das führen wird …

~oOo~

Meine Mutter schiebt ihren Einkaufswagen zielsicher durch den Supermarkt. „Leni, bitte sag mir, dass du dich nicht weiter mit diesem Mann triffst."

Ich brauche einen Moment, ehe ich die Brücke zu Tobias Bruckner und unserem Foto in der einschlägigen Presse schlagen kann, und beginne zu stöhnen. „Mama, du schleppst mich wirklich mit zum Einkaufen, um mich das zu fragen? Ich dachte, wir wollten gemeinsam essen."

„Ja, das wollen wir. Ohne Zutaten kann ich schlecht kochen."

Ich erspare mir den Hinweis, dass sie hätte vorher einkaufen gehen können und nicht erst, nachdem sie mich am Theater eingesammelt hat. Es wäre ja so was von sinnlos.

„Ich wusste ja auch gar nicht, worauf du Hunger hast." Sie schiebt ihre Lesebrille in die Haare, sieht mich vorwurfsvoll an.

„Das hättest du mich am Telefon fragen können."

Ich nehme eine Packung Nudeln aus dem Regal, die sie mir augenblicklich wieder aus den Fingern nimmt und zurückstellt. „Es gibt Kartoffeln." *Soviel also zu meinen Wünschen …* „Außerdem wollte ich ein wenig Zeit mit dir allein verbringen." *Daher weht also der Wind.* „Ich weiß, dass dich Johannes' Tod sehr getroffen hat ..."

Mir klappt die Kinnlade auf die Brust. „Getroffen? Mama, ich glaube, das ist genau das Wort, das ich auch gebrauchen würde." Meine Stimme trieft vor Ironie. Die Brille meiner Mutter landet wieder auf der Nase und sie studiert völlig unbeeindruckt das Haltbarkeitsdatum der Sahne ihrer Wahl.

„Schatz, bitte. Er ist jetzt drei Jahre tot und du musst endlich aufhören, Schwarz zu tragen." Sie schielt zu mir. „Das heißt noch lange nicht, dass mir dieser Pfau aus der Zeitung gefällt." Sie stellt die Sahne in den Wagen. „Ich habe ein wenig über ihn recherchiert und hätte dich für vernünftiger gehalten. Ein Mann mit einem solch schlechten Ruf? Ich habe sogar ein Foto von ihm gefunden, auf dem er und eine andere Frau ..." Sie stockt und sieht hilflos verschämt an mir vorbei.

„Was war denn auf dem Foto zu sehen, Mama?"

Es ist nicht so, dass ich das Foto von ihm mit dieser Frau nicht ebenfalls bereits gefunden hätte. Das Internet ist ein wahres Füllhorn an Informationen. Sein nackter Hintern ist wirklich ausgesprochen fest und hübsch anzusehen. Das reibe ich meiner Mutter selbstverständlich nicht unter die Nase.

Vielmehr möchte ich es aus ihrem Mund hören, denn ich weiß, dass es sie jede Menge Überwindung kosten wird, mir von ihrer schockierenden Entdeckung zu berichten.

Sie kommt mir etwas näher und senkt ihre Stimme. „Er und diese Frau haben ...“

Vorgebeugt reiße ich meine Augen wissbegierig auf. „Ja?“

Zu gern würde ich hören, wie sie das ausformuliert.

Meine konservative Mutter schnalzt mit ihrer Zunge und schiebt den Einkaufswagen zum nächsten Regal. „Leni, du weißt ganz genau, was er mit dieser Frau angestellt hat. Ich muss das hier nicht vor allen Leuten wiederholen.“

Es ist niemand weit und breit zu sehen, der uns hören könnte.

Ich lache. „Ach Mama, denkst du wirklich, ich würde dieses Foto nicht kennen?“

Meine Mutter betrachtet mich abschätzend. „Umso schlimmer, solltest du tatsächlich vorhaben, dich weiterhin mit ihm zu treffen. Du hattest einen einzigen Mann in deinem Leben und ich möchte nicht das Bild meiner halb nackten Tochter in irgendeiner fragwürdigen Position mit diesem ... diesem *Mann* in der Zeitung entdecken müssen.“

Im Ernst?

Mir scheint entgangen zu sein, dass meine Mutter in Bezug auf meine Männerwahl ein Wort mitzureden hat.

„Wenn das deine einzige Sorge ist ...“ Ich schüttle meinen Kopf und packe die Nudeln in den Wagen.

Mütter!

Sie runzelt lediglich ihre Stirn beim Anblick der Penne Rigate. „Muss ich das also so verstehen, dass du den Kontakt zu ihm nicht abbrechen wirst?"

Der Wunsch, sie zu ärgern, ist schuld. Oder mein Trotzkopf. Anders kann ich mir meine nächsten Worte nicht erklären.

„Ja, genau so kannst du es verstehen. Und weißt du was? Ich finde ihn rattenscharf."

„LENI!"

Ich laufe vor ihr, sodass sie mein Grinsen nicht sehen kann.

„War es sehr schlimm?" Frieda hat sich bereit erklärt, mich bei meinen Eltern wieder abzuholen und zu Hause abzusetzen. Sie kennt meine Mutter und sieht mich mitfühlend an.

„Ich werde es überleben, glaub ich. Mein Vater hat sich einfach nur gefreut, mich zu sehen. Er hat mir von einem Autor erzählt, den er gerade für sich entdeckt hat." Ich halte einen Thriller besagten Autors in die Höhe, welchen er mir ausgeliehen hat.

Meine Eltern sind ein sehr unterschiedliches Paar. Während meine Mutter vor Unternehmungslust strotzt, genießt mein Vater am liebsten seine Ruhe. Alles eine

Frage des Arrangements, wie meine Mutter gern betont. Sie geht zum Bauchtanz oder Yoga, er verkriecht sich in seine Bücher.

Sie teilen ihre Liebe für ausgiebige Reisen. So kommt es durchaus vor, dass sie mich anrufen, nur um mich darüber in Kenntnis zu setzen, dass ich die nächsten vier Wochen dafür zuständig bin, mich um die Blumen im Haus zu kümmern, weil sie kurz entschlossen eine Reise in die Südsee oder zum Polarkreis gebucht haben.

Ist alles bereits vorgekommen.

Als Johannes verunglückt ist, befanden sie sich mit einem Wohnmobil irgendwo in den USA. Bis heute können sich beide nicht verzeihen, dass sie nicht sofort zur Stelle waren, als ich sie gebraucht hätte. Ich würde ihnen daraus niemals einen Vorwurf machen. Niemand konnte damit rechnen.

Immerhin bin ich erwachsen, die beiden haben ein eigenes Leben.

Sie haben ihren Urlaub vor drei Jahren sofort abgebrochen und sind nach Deutschland zurückgeflogen.

Nachdem ich selbst aus dem Krankenhaus entlassen wurde, hat meine Mutter darauf bestanden, dass ich für einige Zeit nach Hause zurückkehre. Jedoch hatte ich irgendwann das Gefühl, unter dem Mitgefühl meiner Eltern zu ersticken.

Nun scheint meine Mutter dazu übergegangen zu sein, mir vorschreiben zu wollen, mit welchen Männern ich mich in Zukunft treffen darf und von welchen ich mich lieber fernhalten sollte.

„Stell dir vor, meine Mutter ist völlig besessen von der Idee, ich hätte was mit dem Rockstar laufen."

„Das hört sich fast so an, als wäre sie nicht sonderlich begeistert." Frieda kichert leise. „Wenn das kein Grund ist, etwas mit ihm anzufangen, dann weiß ich es auch nicht."

„Dasselbe habe ich auch gedacht." Wir lachen beide.

„Sehr gut. Also wirst du zu dieser Versteigerung gehen?"

„Vielleicht."

Noch während ich es ausspreche, beginnt mein Herz doppelt so schnell zu klopfen. Friedas Kopf dreht sich zu mir, ein widerliches Funkeln in den Augen. „Ha!" Ihre Handballen schlagen triumphierend aufs Lenkrad und ich zucke mit den Schultern.

„Das bedeutet überhaupt nichts." Trotzig recke ich das Kinn nach vorn.

„Doch, mein Herz. Das bedeutet eine Menge." Ihr Mund verzieht sich zu einem Lächeln. „Sogar eine ganze Menge."

Wie sehr sie sich täuscht.

Ich möchte ihre Euphorie nicht schmälern, also schlucke ich die bissige Erwiderung einfach hinunter, die mir auf der Zunge liegt.

Kapitel 14

Die nächsten Tage rauschen regelrecht an mir vorbei.

Paolo hat uns ziemlich gefordert. In der kommenden Woche ist Generalprobe und letztendlich Premiere. Es gab nicht sonderlich viel Zeit, um über Tobias Bruckner nachzudenken.

Als jedoch der Lieferdienst mir einen riesigen Strauß Blumen an der Wohnungstür übergibt, läuft es mir heiß und kalt den Rücken herunter.

Heilige Maria, Mutter Gottes!

Auch ohne die eingesteckte Karte zu lesen, weiß ich sofort, wem ich diesen Sommergruß verdanke. Völlig perplex lasse ich mich auf einen Stuhl fallen und starre die Blumen an, die völlig unschuldig in einer Vase auf meinem Küchentisch stehen.

Was habe ich für ein Glück, dass er keine Dessous geschickt hat.

Allein der Gedanke daran, dass er es womöglich noch tun könnte, bringt mein Blut zum Kochen und ich lege die Hände über meine heißen Wangen.

Selbst schuld! Was lässt du dich von Frieda auch immer in so verrückte Sachen hineinziehen?

Ich schiebe meine Nase zwischen die betörend duftenden Pfingstrosen, streiche andächtig mit den Fingern über die zarten Blüten des Strandflieders.

Wieso macht er das? Was erwartet er dafür von mir?

Die Karte, die dieses Geheimnis mit Sicherheit preisgeben wird, liegt noch immer ungeöffnet auf meiner Arbeitsplatte. Mit geschlossenen Augen greife ich danach, reiße sie auf und blinzle hinein.

Freitag, 16:30 Uhr.
Vergiss es nicht, ich rechne fest mit dir.
Eine Absage lasse ich nicht gelten, Honey.

Darunter steht lediglich die Adresse eines Hotels in der Hamburger Innenstadt.

Die Versteigerung. Mein Puls erhöht sich merklich und ein Honigkuchenpferdgrinsen stiehlt sich in mein Gesicht.

Ach herrje, Leni, dann soll es wohl so sein.

~oOo~

„Und? Wie weit bist du?" Patrick Lüder klopft seinem Freund grinsend auf die Schulter.

„Schieb noch einen vor." Tobias fährt sich durch die Haare. *Sie hat ihn tatsächlich versetzt.*

„Das habe ich schon. Außerdem möchte ich dich daran erinnern, dass Wetten auf dich laufen."

Tobias schnaubt. „Du hast keine Vorstellung davon, wie scheißegal es mir ist, ob du heute Nacht zum Zug kommst."

„Hey, bloß kein Neid. Nur weil dein Häschen hier nicht auftaucht …"

„Nenn sie nicht Häschen und Leni wird noch kommen."
Hoffentlich war die Karte richtig beschriftet.

Er hat die Worte ja selbst vorgegeben. Daran wird es also nicht liegen, dass sie nicht hier ist.

Patrick lacht dreckig. „Du hast ja Gottvertrauen. Vielleicht hättest du lieber auf die Kleine setzen sollen, die du im Gebüsch gevögelt hast."

Selbstverständlich kennt auch Patrick besagtes Foto aus der Zeitung. „Von der hatte ich keinen Namen mehr. Nur ihr Höschen." Tobias hat keine Lust, auf diese Anspielung einzugehen, sonst müsste er zugeben, dass er ihren Namen sehr wohl kennt und welche Rolle sie bei dem Foto gespielt hat. Das ist ein anderes Thema, welches er heute nicht vertiefen wird.

Gerade bemüht er sich wirklich, seine Enttäuschung darüber zu verbergen, dass Leni noch nicht zu sehen ist.

„Wenn du deine Groupies schon unter freiem Himmel vögelst und ihre Wäsche einsteckst, solltest du sie zumindest nach ihrem Namen fragen. Ein wenig Anstand täte auch dir ganz gut. Ich kann mir denken, dass ihr das Foto mit deinem blanken Arsch ein wenig peinlich war."

Kopfschüttelnd wendet er sich ab und massiert sich genervt den Nacken. „Sie wissen alle, worauf sie sich bei mir einlassen."

Er fragt sich, warum er das Gefühl hat, sich für etwas rechtfertigen zu müssen, dass Patrick vor einiger Zeit noch selbst gelebt hat. Wahrscheinlich verschieben sich einfach die Prioritäten, wenn man erst mal verheiratet ist. *Na klar, und deshalb sollte er so schnell wie möglich unter die Haube kommen.*

Tobias atmet tief in den Brustkorb und schließt die Augen. *Ob ein Neurologe wohl eine Medikation gegen diese Art von Hirnschwund hat?*

„Hat der Rockstar etwa Lampenfieber?" Ella, Patricks Ehefrau, gesellt sich zu ihnen und sieht Tobias schmunzelnd an. „Du hast doch sonst kein Problem mit der *Öffentlichkeit.*"

Tobias kann sich ein Lächeln nicht verkneifen, springt auf ihre Andeutung an. „Du kannst ruhig zugeben, dass du das Bild meines Hinterns in deinem Portemonnaie mit dir herumträgst."

Ella tippt sich mit dem Zeigefinger gegen die Stirn. „Leider muss ich dich enttäuschen. Auch wenn ich zugeben muss, dass der Fotograf ihn ziemlich gut in Szene gesetzt hat."

Patrick unterbricht seine Frau, sieht Tobias ungeduldig an. „Los, du bist das nächste Objekt der Begierde. Schmink dir die Lippen nach und zieh die Lackschuhe an, Süßer. Dein *Arsch* ist jetzt hier gefragt."

„Wer weiß, welche Trockenpflaume den Zuschlag auf mich erhält." *Leni, wo steckst du denn zum Teufel?*

„Jetzt tu nur nicht so. Als wenn du nicht sogar aus dem trockensten Dörrobst noch ein bisschen Feuchtigkeit herausquetschst." Patricks Ehefrau beginnt laut zu lachen und Tobias grunzt, wirft einen vorsichtigen Blick hinter den Vorhang. „Eine Schreckschraube nach der anderen."

Er schüttelt sich und versucht sich mit seinem Schicksal abzufinden. Eine dieser Frauen wird ihn in weniger als einer halben Stunde ersteigern. Warum musste er sich auch auf diesen faulen Deal einlassen? Nur weil Patrick ihn darum gebeten hat? Dafür muss er sich jetzt diesen Frotzeleien stellen. *Freunde sind auch nicht mehr das, was sie mal waren* ...

Andere Bands zertrümmern Hotelzimmer, fallen durch Drogenexzesse auf, prügeln sich durch die Welt. Und er? Lässt sich zu so einem Blödsinn überreden ... *Scheißverdammter!*

„Hey, denk daran. Du tust es für die Hildegard-Mansfeld-Stiftung und somit für den Fuchsbau. Das sollte Grund genug sein, einem alten Freund zu helfen! Außerdem musst du keine davon mit deinem Astralkörper beglücken." Patrick hebt mahnend den Zeigefinger. „Vor allen Dingen nicht, wenn ein Fotograf in der Nähe ist." Er steigt in das Lachen seiner Frau mit ein und wirft selbst einen Blick durch den Vorhang. „Ich hingegen freue mich. Du bringst bestimmt eine dreistellige Summe."

Damit lässt er Tobias stehen. Noch immer widerlich feixend.

Wer den Schaden hat ... Na ja, für die Kinder des Fuchsbaus kann er sicherlich mal in den sauren Apfel beißen. Immerhin kommt sein *dreistelliger Betrag* dem Kinderheim zugute. Und die Kinder bekommen mehr Platz ... *Es ist zum Kotzen.*

Widerwillig wagt er erneut einen Blick durch den Vorhang und nimmt mit einem Schaudern den gefüllten Saal zur Kenntnis. Suchend sieht er sich nach Leni um, wägt seine Optionen ab und gibt sich redlich bemüht, Frieden mit seinem Schicksal zu schließen.

Ach komm, Alter. So schlimm wird es schon nicht werden.

Seine Lippen pressen sich zu einem schmalen Strich zusammen.

Die Hölle liegt unmittelbar hinter diesem Fetzen Stoff, mein Freund.

Ruppig verschließt er sein Guckloch und atmet tief durch. Spürt, wie ihm der Schweiß ausbricht. „Ich fürchte, das Nachtschattengewächs in der zweiten Reihe hat ein Auge auf mich geworfen."

„Ich denke, jede einzelne Frau in diesem Saal hat ein Auge auf dich geworfen. Sei ein guter Junge und mach uns stolz." *War Ella immer schon so gemein?* „Du bist doch ein Rockstar, Tobias Bruckner. Wenn ich deine Mami anrufen soll …?"

„Du bist ein gehässiges kleines Biest geworden, Ella Lüder. Unvorstellbar, dass ich mal in dich verschossen war." Er schüttelt gespielt entsetzt den Kopf.

Sie küsst ihn auf die Wange und klopft sein Hinterteil. „Nicht auszudenken, wenn ich mich für dich entschieden hätte. Du hättest mir nur das Herz gebrochen und ich würde mit unseren fünf Kindern wieder bei meinen Eltern leben müssen, während du deinen frivolen Abenteuern hinterherjagst."

„Ach was, das Haus gehört dir, zumindest war in dieser Hinsicht nichts zu befürchten."

„Du bist dran, also komm gefälligst auf die Bühne. Leon weiß schon nicht mehr, was er noch über dich erzählen soll." Patrick zieht die Augenbrauen zusammen. „Und lass die Finger von meiner Frau, sonst bist du die längste Zeit der Bass-Mann von *Beyond* gewesen."

„Sie will mich sowieso nicht."

„Das liegt wohl daran, dass sie Geschmack hat." Patrick lächelt seiner Frau zu, die bestätigend nickt.

„Ich könnte auch einen dreistelligen Betrag spenden. Ganz ohne Versteigerung ..." Immerhin hätte er Leni das Geld sowieso zugesteckt.

„Vergiss es, mein Freund. Wir wollen auch unseren Spaß." Mit einem Ruck hat sein bester Freund ihn am Kragen und zerrt ihn hinter sich her. „Hör auf zu heulen wie ein kleines Mädchen. Es ist für Tante Hilde und die Kinder. Oder hast du deine Eier heute Morgen irgendwo liegen gelassen?"

Tante Hilde hat vor ihrem Ableben einen ziemlich hohen Lottogewinn an Patrick und Leon abgetreten, die mit dem Geld die Hildegard-Mansfeld-Stiftung und damit das Kinderheim Fuchsbau ins Leben gerufen haben.

„Okay, nur fürs Protokoll ... ich mach es, aber ich will wissen, was ihr mit dem Geld anstellt, das ich euch einbringe." Tobias richtet den Kragen seiner Lederjacke.

„Mensch, geh mir nicht auf den Sack, Alter. Sieh zu, dass du endlich da rauskommst." Patrick gibt Leon ein Zeichen und Tobias kann die Erleichterung fast greifen, die sich auf Leons Gesicht widerspiegelt.

„Du bist wirklich eine Pussy, Bruckner. Das wird sich wohl niemals ändern." Damit lässt Patrick ihn stehen und Tobias bleibt nichts anderes übrig, als ein falsches Lächeln auf sein Gesicht zu kleistern und neben Leon auf der Bühne Position zu beziehen.

Kapitel 15

Das Taxi hält vor dem *Golden Place*, einem schicken 4-Sterne-Hotel mitten in der Hamburger Innenstadt. Ich knabbere an meinem Daumennagel.

Du bist absolut sicher, dass du das tun willst?

„Das macht zehnfufzich." Der Fahrer dreht sich etwas ungelenk zu mir um und ich atme tief in den Brustkorb, krame das Geld aus meiner Tasche, drücke ihm den 20er in die Hand. „Stimmt so."

Er bedankt sich fast überschwänglich und ich steige aus dem Wagen, ohne meinen Blick von dem Hotel zu nehmen, in dem die Versteigerung stattfindet.

Eigentlich bist du schon viel zu spät dran, vielleicht solltest du einfach wieder gehen ...

Es zieht mich fast magisch durch die Karusselltür.

Meine Absätze klackern über den hellen Marmor der Lobby. Akzente aus gebürstetem Chrom und Ledersitzgruppen zeugen von dezenter Eleganz. Ich könnte mich auch einfach in einen dieser schicken Sessel fallen lassen und den Wahnsinnsausblick auf die Alster genießen.

Du könntest genauso gut einfach nach dem Saal fragen, wo das Spektakel wohl schon in vollem Gange ist.

Die Rezeptionistin trägt eine Uniform in denselben Grau- und Rottönen wie die Verkleidung der indirekt beleuchteten Wände. Sie bemerkt wohl mein unsicheres

Lächeln, denn ihre Hand greift sofort nach einem Programmheft, welches sie mir über die Theke hinweg anreicht.

„Der *Mitternachtssaal*." Sie lächelt aufmunternd. „Sie können es gar nicht verfehlen. Einfach an den Fahrstühlen vorbei und dem Gang geradeaus folgen."

Es fällt mir nicht leicht, meine Überraschung zu verbergen. „Woher wissen Sie …?"

„Sie sind doch die Freundin von Tobias Bruckner? Ich habe Ihr Foto in der Zeitung gesehen." Ein kurzer Zweifel huscht über ihr Gesicht. Ich lächele sie an, viel zu verblüfft für eine passende Bemerkung.

Aber sicher, ich bin seine Freundin, du albernes Ding …

Sie nickt noch einmal in besagte Richtung und ich knittere das Heftchen zwischen meinen Fingern. „Vielen Dank."

„Gern." Jetzt strahlt sie mich an, als hätte sie persönlich Amor gespielt, und ich lasse sie einfach in dem Glauben. Straffe meine Schultern und mache mich klopfenden Herzens auf den Weg zum Mitternachtssaal.

Einatmen, bis drei zählen und wieder ausatmen, Leni. Das ist total puppig.

Meine Hand ruht auf dem Knauf der Tür, doch ich lege erst mein Ohr dagegen. Versuche, irgendwas von dem zu verstehen, was in meiner persönlichen Büchse der Pandora vor sich geht.

Himmel, seit wann bist du denn so feige, Leni Eggers? Ein dämlicher Abend mit dem Rockstar, und das auch noch für den guten Zweck. Nicht mehr und nicht weniger.

Das klingt um so Vieles banaler, als die Wirklichkeit tatsächlich aussieht.

Gerade als ich am Knauf drehe, öffnet sich die Tür von innen und ich stehe einer dunkelhaarigen Frau gegenüber, die erschrocken einen Schritt zurücktritt. Ihre grünen Augen sind weit aufgerissen und sie legt eine Hand über ihren Brustkorb. „Oje, ich habe nicht damit gerechnet, dass jemand hinter der Tür steht." Sie lacht leise auf und ich verziehe meinen Mund zu einem schiefen Grinsen.

„Ich war mir nicht sicher, ob ich hier richtig bin, deshalb stehe ich noch hier." Ich zucke mit den Schultern, und wünschte, ich würde mich nicht so zittrig anhören.

Plötzlich reißt die junge Frau ihre Augen auf und formt ein wortloses *Oh* mit ihren Lippen, ehe ein wissendes Lächeln sich in ihrem hübschen Gesicht breitmacht. „Sie sind hier sogar goldrichtig, Leni."

Sollte es mich womöglich wundern, dass sie meinen Namen kennt? In der Zeitung stand er nämlich nicht. Dieses komplette Hotel beginnt langsam, mir unheimlich zu werden.

Worauf habe ich mich da nur eingelassen?

„Mein Name ist Ella. Ich bin die Frau von Patrick. Ich glaube, Sie haben ihn bereits kennengelernt." Frau Ella hakt sich bei mir unter und ich habe gar keine Chance mehr, ihr oder diesem Hotel zu entkommen. Ich überschlage kurz meine Erinnerungen, ob ich Frieda genügend Informationen hinterlassen habe, damit sie mich auch finden wird, sollte ich plötzlich spurlos verschwunden sein.

Ich bemerke Frau Ellas fragenden Blick und nicke bestätigend. Sie gehört also zu diesem unverschämt gut aussehenden Ex-Sänger von *Beyond*. „Ja, das stimmt."

Ich unterdrücke den Hinweis, dass ich auch darüber Bescheid weiß, was in ihrem Ehebett heute Nacht so alles passieren wird, wenn ich dem Gespräch Glauben schenken kann, das ihr Mann und Tobias kürzlich geführt haben und dessen Zeugin ich ebenfalls geworden bin.

Das wird sie vermutlich selbst am besten wissen, Leni.

Röte klettert über meinen Hals und ich beginne mich zu fragen, was in mich gefahren ist, dass ich über so etwas nachdenke. Mir bildlich vorstelle, wie diese hübsche, sympathische Frau und diese Sahneschnitte, wie Oskar ihn betiteln würde, die Schlafzimmertür hinter sich schließen.

Ach Leni, als wenn die beiden für Sex extra die Küche verlassen würden …

Meine Wangen brennen mittlerweile lichterloh und fast hätte ich Frau Ellas Angebot an mich vor lauter Schamgefühl glatt überhört.

„Bitte, sag ruhig Du zu mir, Leni. Ich denke, wir werden uns sicher öfter treffen."

Ich kann ihr Gesicht nicht sehen, demnach habe ich auch keine Ahnung, ob ich ihre Worte als Warnung verstehen sollte. Eilig führt sie mich an den gefüllten Stuhlreihen vorbei, studiert die Platznummern, ohne mich dabei loszulassen. Es scheint fast so, als hätte sie Angst, mich wieder zu verlieren.

Nicht du bist verrückt, sondern all diese Menschen, die Tobias mit dir in Zusammenhang bringen.

Das ist die einzige Erklärung, die ich gelten lassen kann, ohne an meinem eigenen Verstand zu zweifeln. Das nervöse Flattern in meinem Magen verstärkt sich, als ich die Menge an Frauen bewusst wahrnehme, die, allesamt mit einem Programmheft bewaffnet, staunend in Richtung Bühne starren. Ich hebe meinen Blick und verharre mitten im Schritt.

Ella seufzt, als sie meinem Blick folgt. Ein Lächeln begleitet ihre nächsten Worte. „Ach ja, unser Goldstück hat so verzweifelt auf dich gewartet, aber die Damen wurden schon ganz unruhig. Er hatte keine andere Wahl." Sie kichert in ihre Faust und schenkt mir ihren lachenden Blick. „Ich war gerade auf dem Weg zur Rezeption, um das hier für dich zu hinterlegen." Sie drückt mir ein Portemonnaie in die Hand, als wäre es das Selbstverständlichste der Welt. „Jetzt muss ich es ja nicht mehr in einen Briefumschlag stecken und mit deinem Namen versehen. Die Kreditkarte ist vorne rechts, soll ich dir ausrichten. Setz dich am besten direkt hierhin." Damit schiebt sie mich auf einen leeren Stuhl und flüstert in mein Ohr. „Es geht gleich los."

Ich sehe ihr hinterher, wie sie durch eine Tür hinter die Bühne verschwindet, und Tobias' Portemonnaie wiegt schwer in meinen Händen. Es steht außer Frage, dass es sich um sein ganz privates Eigentum handelt. Es wirkt bereits etwas abgegriffen und ich schlage es auseinander. Sein Führerschein blitzt aus einem Fach heraus, ein Foto im Inlay. Lachende, glückliche Gesichter. Meine Handinnenflächen beginnen zu schwitzen und ich werfe es in meine Tasche, als würde ich mich daran verbrennen.

Viel zu viel Privatsphäre für meinen Geschmack. Woher nimmt er nur das Vertrauen in mich? Es wäre ein Leichtes, die lederne Börse an den meistbietenden Reporter zu verschachern und mir damit meine heutigen Ausgaben ersetzen zu lassen.

Es ist zumindest ein beruhigendes Gefühl, zu wissen, dass ich nicht sein Geld nehmen werde, sollte ich ihn ersteigern.

Die Frauen im Saal beginnen zu klatschen, einige Jubeln und anerkennendes Pfeifen begleitet den Auktionator. Ich muss einräumen, dass ich nicht ein Wort von dem mitbekommen habe, was über Tobias gesagt wurde. Wenn ich mich umsehe, geht es mindestens der Hälfte der anwesenden Frauen ähnlich. Den meisten von ihnen hängt der Sabberfaden regelrecht aus dem Mundwinkel.

Er wollte, dass du ihn ersteigerst.

Mit seinem Geld. Ich bin dann wohl die einzige Frau, mit der er den heutigen Abend verbringen will. Koste es, was es wolle.

Diese Einsicht weckt mich aus meinem Dämmerzustand und ich vernehme die ersten Gebote auf Tobias Bruckner.

Exorbitante Gebote auf Tobias Bruckner.

Scheiße, haben diese Weiber jahrelang ihr Haushaltsgeld zur Seite geschafft, um es heute an den Mann zu bringen? Ich wette, deren Ehemänner wären schwer begeistert. *Nicht alle Frauen sind verheiratet, Leni Eggers. Manche wollen einfach nur ein bisschen Spaß.*

Mit Tobias Bruckner.

Dass mir dieser Gedanke so gar nicht gefällt, sollte mich eigentlich mehr aus der Bahn werfen, als die bloße Tatsache, dass sich einige den Spaß mit ihm wirklich etwas kosten lassen wollen.

Ein größerer dreistelliger Betrag steht im Raum. Ich sehe Blitzlichter, die Tobias' Gesicht und das seiner großzügigen Bieterinnen einfangen. *Schau an, morgen gibt es also wieder eine Sonderausgabe der Tageszeitung.*

~oOo~

Langsam findet sich Tobias damit ab, dass er den Abend mit der Grazie aus der vierten Reihe verbringen wird. Er hat wohl einfach zu viel von Leni erwartet.

Hast du wirklich gedacht, dass ein popeliger Blumenstrauß sie von dir überzeugt, du Hornochse?

Leon zieht ihn an seine Seite, preist seine Vorzüge an, um den Preis noch ein wenig in die Höhe zu treiben, und tatsächlich bietet eine weitere Dame fast ein halbes Vermögen für das zweifelhafte Vergnügen, Zeit mit Tobias verbringen zu können.

„Wirklich? Sind dreitausendfünfhundert schon genug für einen Mann seines Kalibers? Er sieht auch im Smoking schneidig aus, meine Damen. Wir erinnern uns an ein Bild aus der Zeitung. Er scheint sogar beim Walzer eine gute Figur zu machen."

Leon grinst dämlich in die Menge und Tobias sollte ihm wohl dankbar sein, dass er sein nacktes Hinterteil nicht ins Gespräch gebracht hat. Jedoch behagt es ihm nicht, dass Patricks Partner auf ein Foto anspielt, das ihn mit Leni im Theater zeigt.

Verfluchte Hölle!

Wieder zwei Gebote.

„Und wenn Ihr ihn ganz lieb bittet, singt er euch vielleicht ein Ständchen zum Einschlafen. Ich glaube, er spielt sogar ganz ordentlich Gitarre."

Einige zustimmende Pfiffe, weitere Angebote und fast wird Tobias bei deren Höhe ein wenig schwindelig. Es handelt sich hier keineswegs um eine Veranstaltung der High Society. Im Gegenteil. Lediglich die Lokalpresse ist geladen und die Werbung erfolgte nur über die sozialen Medien des Fuchsbaus. Patrick und Leon legen viel Wert auf lokale Unterstützung für ihr Projekt. So haben sie diesen Saal zum Beispiel kostenlos vom *Golden Place* zur Verfügung gestellt bekommen. Es gibt wohl Regeln und Bestimmungen, die bei einer solchen Veranstaltung zu beachten sind, um mögliche Steuervorteile und Subventionen nicht aufs Spiel zu setzen.

Dass Tobias Bruckner Teil dieser Versteigerung sein wird, haben sie ganz offensichtlich gut an *die Frau* gebracht.

Bei sechstausend Euro kommen wohl auch den ersten Damen gewisse Skrupel. Eine stabile Mittvierzigerin reißt dennoch ihren Arm in die Luft, um Leon auf sich und ihre großzügige Aufwendung aufmerksam zu machen. Tobias nimmt lediglich den grellen Nagellack ihrer Fingernägel zur Kenntnis. Jetzt hängt er also am Fliegenfänger und ihm bleibt nichts weiter zu tun, als abzuwarten, bis die schwarze Witwe ihn in ihr Spinnennetz wickelt. *War er immer schon ein Dramatiker?*

„Sechstausend zum Ersten, Sechstausend zum Zweiten ..." Leon hebt das Hämmerchen, welches das Geschäft besiegeln soll, als Tobias plötzlich Lenis Anwesenheit im Saal körperlich spüren kann. Er sucht die Stuhlreihen nach ihr ab, fängt ihren leicht spöttischen Blick ein. *Oh warte, das bekommst du wieder, Honey! Mich so zappeln zu lassen ...* Erleichtert atmet er aus, als sie sich von ihrem Sitz erhebt. Wunderschön und unsagbar sexy.

„Sechstausendeinhundert." Ihre melodiöse Stimme hüllt ihn ein wie goldener Honig, lässt Schauer über seine Wirbelsäule rieseln. Sein Herz pumpt das Blut zu schnell in tiefere Regionen, lässt seine Eier anschwellen. *Oh Gott, wie gern wäre er jetzt mit ihr allein.* Er unterdrückt den Impuls, sein Gemächt in eine bequemere Position zu schieben. *Heilige Scheiße, wann hätte eine Frau jemals eine solche Wirkung auf ihn gehabt?*

Die dralle Vorbieterin lässt enttäuscht ihre Hände sinken, sieht sich neugierig nach Leni um.

Doch Leni hat nur Augen für ihn, schenkt ihm ein Lächeln, für das es sich zu töten lohnt.

Ich hoffe so sehr, dass Johannes dich und deine Gefühle auch wirklich zu schätzen wusste, Honey.

Tobias spürt das Kratzen im Hals, als Leni den Zuschlag auf ihn erhält.

Kapitel 16

Tobias' Blick taxiert mich, hält mich fest. Lässt es zu, dass ich das Blitzlichtgewitter nur noch nebensächlich wahrnehme. Sein plötzliches Lächeln verwandelt meine Knie in Pudding und ich bin mehr als dankbar für den Stuhl, den ich unmittelbar hinter mir spüre.

„… Sechstausendeinhundert zum Dritten." Das Geräusch des aufschlagenden Hammers lässt mich blinzeln und erst jetzt dringen die Geräusche meines Umfelds durch mein Unterbewusstsein.

„Mein lieber Mann, ich hoffe, du hast deiner Besitzerin für einen Abend auch anständig was zu bieten." Der Auktionator klopft Tobias anerkennend auf die Schulter. Womöglich hat selbst er nicht mit diesem Erlös für den Rockstar gerechnet.

Er sollte mich mal fragen.

Mein Erspartes habe ich soeben dem Teufel in den Schlund geworfen. Ohne mit der Wimper zu zucken. Vielleicht bekomme ich ja eine Geld-zurück-Garantie.

Applaus folgt seinen Worten und plötzlich steht Ella strahlend vor mir. „Komm, du musst dein Objekt von der Bühne holen." Sie zwinkert und nimmt meine Hand. Ich spüre die neidvollen und neugierigen Blicke all der Frauen in meinem Rücken, die mich unterboten haben.

„Immer unverbindlich lächeln, Leni. Sie fressen dich sonst auf. Glaub mir, ich weiß, wovon ich spreche." Ella flüstert noch immer strahlend in mein Ohr, während sie mich Schritt für Schritt in Richtung Bühne begleitet. Ich zweifele keine Sekunde an ihrem Ratschlag. Mein eigenes Lächeln wird breiter, selbst wenn der Fluchtgedanke mich eher in die andere Richtung treiben würde.

Du dummes, dummes Mädchen. Alles, was jetzt passiert, hast du völlig allein zu verantworten.

Jetzt ist es eindeutig zu spät, um einen Rückzieher zu machen.

Die Box der Pandora ist geöffnet, jetzt lebe damit.

Tobias kommt uns entgegen und Ella übergibt mich an der Treppe zur Bühne in seine Hände. Seine Finger berühren mich und ich halte die Luft an, als seine Haut auf meine trifft. *Verfluchte Scheiße!*

„Mir fehlen die Worte, Honey." Seine leise Stimme klingt rau, sein Atem streift meinen Hals, und ich versuche, das Kribbeln in meinem Unterleib zu verdrängen, das er auslöst, indem sein Daumen unaufhörlich über meinen Handrücken streicht.

„Ich habe mir schon gedacht, dass du das Geld nicht wert sein würdest."

Er lacht leise, doch ehe er etwas erwidern kann, begrüßt mich der Auktionator mit einem Klatschen auf der Bühne. „Und hier ist die Frau des Abends."

Ich bilde mir ein, dass der Applaus bereits abschwächt, sehe sogar die ersten Frauen den Saal verlassen. *Meine Güte, sie waren wirklich nur wegen Tobias hier.*

~oOo~

Ihm klopft das Herz bis in den Hals, als Leni neben ihm auf der Bühne Stellung bezieht. Ihr zarter Duft umfängt ihn und er ist sich bereits jetzt sicher, dass er ihn niemals wieder aus der Nase bekommt.

Als Leon dazu übergeht, Leni persönliche Fragen über den Grund ihrer Junggesellenauswahl zu stellen, unterbricht er das Interview.

„Entschuldigung, die Lady hat eine Menge Geld für mich bezahlt. Also werden wir uns jetzt auch direkt auf den Weg machen." Er bedankt sich für das rege Interesse an seiner Person, was einige der anwesenden Damen erfreut zur Kenntnis nehmen, und verschwindet mit Leni hinter den Vorhang. Nur um augenblicklich in Patricks Arme zu laufen, der sich triumphierend die Hände reibt. „Wer hätte das gedacht, Bruckner?"

An Leni gerichtet fährt er fort: „Ich gestehe, ich hatte die Vermutung, dass er sich *seine* Leni nur eingebildet hat."

Seine Besitzerin für einen Abend zuckt grinsend mit den Schultern. „Jetzt ist er *mein* Tobias, wenn ich die Regeln dieser Auktion richtig verstanden habe. Wo muss ich ihn denn auslösen? Ich möchte sicher gehen, dass er meine Wohnung auch noch renoviert bekommt, ehe die Uhr zwölf schlägt."

Patrick winkt lachend ab. „Das hört sich nach einem Plan an. Meine Frau kümmert sich um den geschäftlichen Teil." Er deutet auf ein Zimmer, dessen Tür nur angelehnt ist, und Tobias sieht Leni hinterher, wie sie zu Ella ins Büro tritt.

„Keine Angst, sie kommt ja wieder", nimmt sein Freund ihn hoch, was Tobias mit Ignoranz quittiert.

Patrick sieht Tobias nachdenklich an. „Du hast einen Narren an ihr gefressen."

Sein bester Freund kennt ihn gut. Tobias wird plötzlich ernst. Es laut zuzugeben, würde es real werden lassen. Der Ex-Sänger von *Beyond* hat ihn längst durchschaut. War er doch vor noch nicht allzu langer Zeit in derselben Situation wie Tobias heute. Warum sollte er es also weiter leugnen?

„Ja. Und das macht mir eine Scheißangst." Tobias' Magen verknotet sich merklich und er fährt sich hilflos durchs Haar.

Patrick nickt verstehend. „Dann verkack es nicht. Ich mag sie."

„Ich auch …"

Mehr gibt es dazu einfach nicht zu sagen.

~oOo~

Ella nimmt meine eigene Kreditkarte mit gerunzelter Stirn entgegen, aber sie hinterfragt es nicht.

„Ich wünsche euch einen schönen Abend." Sie erhebt sich, übergibt mir die Spendenquittung.

„Vielen Dank." Ich habe nicht den geringsten Hauch einer Ahnung, wie dieser Sechstausendeuroabend aussehen könnte. Umständlich schiebe ich das Dokument in meine Tasche.

„Leni?"

Ich sehe sie an.

Ella ringt sichtlich mit ihren Worten. „Wir kennen uns nicht und doch möchte ich es sagen ..."

Ich lächle sie ermutigend an. „Na, dann raus damit."

Sie atmet hörbar ein. „Ich habe mich auch in einen Bad Boy verliebt. Vertrau mir, wenn ich dir verspreche, dass sie sich zähmen lassen."

„Okay." *Was immer ich mit dieser Information auch anfangen soll ...*

Patricks Ehefrau streicht sich eine Strähne hinters Ohr. „Tobias ist ... na ja, er ist eben Tobias. Aber er ist ein toller Kerl."

Der Hund meiner Tante Effi auch ...

Sie merkt wohl selbst, wie unsinnig ihre Worte sich in meinen Ohren anhören müssen, und kichert drauflos. „Ach Mensch, entschuldige. Zieh ihm einfach die Ohren lang und gib ihn nicht zu schnell auf. Er kann nichts dafür, dass er sich manchmal wie ein Vollpfosten benimmt. Ihm fehlt die weibliche Führung."

„Oh, ich glaube, bisher hat es ihm nicht an weiblichem Zuspruch gefehlt."

„Ich sagte *Führung*, nicht *Zuspruch*." Sie nimmt mich unvermittelt in die Arme. „Ich finde dich großartig und würde mich freuen, wenn wir uns bald in einem anderen Ambiente wiedertreffen würden."

„Ich störe nur ungern, aber mein Date für den heutigen Abend hat wirklich schon genügend Zeit verplempert."

„Wieso? Ihr seid ja noch gar nicht aus dem Hotel gekommen." Ella zieht eine Augenbraue in die Höhe, und ich kann das Lachen nicht unterdrücken, das bei Ellas schlagfertiger Antwort in mir hochklettert.

„*Führung*. Ich habe es verstanden."

„Ganz genau." Ella stimmt in mein Lachen mit ein und Tobias sieht etwas indigniert zwischen uns hin und her.

„Schön, dass ihr euch amüsiert."

Ella schnalzt mit der Zunge. „Du bekommst sie ja wieder. Habt einen schönen Abend." Damit dirigiert sie uns aus dem Zimmer, winkt uns noch einmal zum Abschied und schließt die Tür hinter sich, sobald wir im Flur stehen.

Tobias sieht mich mit diesen unergründlichen Schokoladenaugen an, in denen ich auf der Stelle ertrinken möchte. „Danke, dass du gekommen bist, Honey." Er verschränkt seine Finger mit meinen und ich muss mich konzentrieren, dass ich das Atmen nicht aus Versehen vergesse.

„Ich hoffe, du hast dir ein anständiges Programm ausgedacht."

Ein bisschen mehr Führung in deine Stimme, Leni Eggers!

„Du darfst frei über mich verfügen." Er lächelt verschmitzt und bringt mich damit noch mehr aus dem Konzept.

„Bedeutet das, ich entscheide, wie der Abend verläuft?"

Ach herrje, was fange ich denn nur mit ihm an?

Ich hätte doch einen Gedanken an die Konsequenzen meines Kaufrausches verschwenden sollen.

„Mir reicht es im Zweifel, wenn du mir verrätst, welches Zimmer in deiner Wohnung ich zuerst streichen soll." Das freche Funkeln seiner Augen gibt mir den Rest und ich wende den Blick ab.

„Ich habe Hunger, wir sollten vielleicht erst etwas essen gehen." Dabei bin ich gerade noch nicht mal sicher, ob ich in seiner Gegenwart überhaupt einen Bissen herunterbekomme. Ich brauche dringend Zeit, um mich wieder zu erden. Und was wäre besser dafür geeignet, als ein Restaurant, in dem er erkannt wird und seine komplette Aufmerksamkeit nicht nur auf mir liegt?

Sehr guter Plan, Leni. Du kannst stolz auf dich sein!

„Bist du mit dem Auto hier, Honey?"

Wann genau hat er begonnen, mich ständig mit diesem Spitznamen zu betiteln? *Und wie schäbig ist es, dass du Gefallen daran findest?*

„Nein, ich habe mir ein Taxi geleistet." *Und einen Rockstar.*

„Das ist fantastisch. Warte einen Augenblick, ich hole meine restlichen Sachen."

Er trägt zwei Motorradhelme, als er zurückkommt, und ich presse Luft in meine Wangen. *Das kann er nicht wirklich von mir verlangen!*

Dass er genau das eben doch kann, beweist mir die lässige Bewegung, mit der er mir einen der beiden Helme reicht. „Ich dachte, wir fangen mit einer Motorradtour an."

Ich schlucke. „Ach komm, lass uns laufen. Es gibt nette Restaurants ganz in der Nähe."

Tobias schüttelt den Kopf. „Keine Chance, Honey." Er nimmt meine Hand und gemeinsam machen wir uns auf den Weg zur hoteleigenen Tiefgarage.

Vor einem Riesending von Motorrad bleibt er stehen, stülpt sich seinen eigenen Helm über und sieht mich auffordernd durch das hochgeklappte Visier an. „Gib dir einen Ruck! Du wirst es lieben!"

Oh Gott, ich werde direkt hinter ihm sitzen und mich an ihm festhalten.

Mit einem mulmigen Gefühl schiebe ich mir den Helm über den Kopf, damit er mir meine verwirrenden Gedanken nicht vom Gesicht ablesen kann. *Herr, steh mir bei! Ich werde auch immer brav sein. Ich schwöre!*

Langsamer als nötig klettere ich hinter ihn, versuche, irgendwo Halt zu finden, ohne ihn zu berühren. Er spürt mein Zögern, greift nach meinen suchenden Händen und legt sie um seine Mitte. Verweilt einen Augenblick zu lang auf meinen Fingern, ehe er die Maschine startet.

Ich kneife meine Augen zusammen. *Warum habe ich nicht einfach Nein gesagt? Das ist ganz einfach. Nein. Nein. NEIN!*

„Geht es dir gut?" Er ruft über seine Schulter. Ich nicke. Tobias kann es nicht sehen. „Leni, ich habe dich gefragt, ob alles in Ordnung ist?"

„Ja", krächze ich zurück.

Sein Lachen spüre ich durch die Lederjacke. „Dann entspann dich."

Das sagt sich so leicht. Mit einem tiefen, dramatischen Seufzen linse ich durch zusammengekniffene Augen auf meine Umgebung. Beginne tatsächlich, mich etwas zu entspannen, mich den Bewegungen der Maschine anzupassen.

Wäre Tobias mir nicht so entsetzlich nah, könnte ich diese Fahrt sogar genießen.

Einige Male hat er einfach eine behandschuhte Hand über meine gelegt, ganz so, als wolle er sich vergewissern, dass sie noch immer da ist.

Er verlässt die Hauptstraßen. Es dauert einen Moment, bis ich die Strecke wiedererkenne. Ein Naturschutzgebiet, etwas außerhalb von Hamburg. Es gibt sogar einen hübschen See, an dem Johannes und ich mal … Ich schlucke, als mich diese Erinnerung wie ein Blitz trifft.

Das Atmen fällt mir plötzlich schwer. Friedas mahnende Worte hallen in mir nach … *Hör endlich auf, in der Vergangenheit zu leben. Johannes kommt nicht mehr wieder.* Wie könnte ich das jemals vergessen? Und es zerreißt mich.

Umso schlimmer, dass ich auf diesem Motorrad sitze. Mich an einem Mann festkralle, dessen Absichten mehr als zweifelhaft erscheinen und den ich in einem Zustand geistiger Umnachtung ersteigert habe.

Oh Gott, was habe ich mir nur dabei gedacht?

Ich klopfe Tobias auf die Schulter. „Halte bitte an." Ich spüre sein verwirrtes Zögern, doch er geht vom Gas, sucht nach einer Möglichkeit, anzuhalten.

Ich springe regelrecht von der Harley, strauchele unverzüglich in den Wald, der sich vor uns erschließt, und reiße mir den Helm vom Kopf, der mich zu ersticken droht. Mit einem befreienden Atemzug fülle ich meine Lungen, gebe meinen zitternden Beinen nach, die einfach unter mir wegsacken. Der Waldboden ist erhitzt von der frühsommerlichen Abendsonne, die sich ihren Weg durch das dichte Geäst der Bäume gebahnt hat.

Tränen füllen meine Augen und ich schließe die Lider.

Es tut mir leid, Johannes. Ich habe nicht nachgedacht.

Kapitel 17

Die große Hand auf meiner Schulter lässt mich zusammenzucken. „Leni? Was ist passiert? Ist dir schlecht geworden?" Tobias runzelt besorgt die Stirn, hockt sich neben mich.

„Das war eine dumme Idee." Ich sehe in den Wald.

„Finde ich nicht. Das Wetter ist fantastisch, das Restaurant wird dir gefallen und ich habe wirklich Hunger." Er schenkt mir ein Lächeln, das mir durch und durch geht.

Mein Kopf fällt in den Nacken. Dieses Lächeln sollte mich nicht berühren. Immerhin hat er es genau für solche Zwecke einstudiert. Ich bin weder die erste Frau, der Tobias es schenkt, noch bin ich so dämlich, anzunehmen, ich würde die letzte Frau sein.

Und doch …

Ich bin noch nicht so weit, darf solche Gefühle nicht zulassen.

„Leni, ich wollte nur diesen Abend mit dir verbringen. Als ich dachte, du hättest mich versetzt …" Er beendet den Satz nicht, studiert stattdessen mein Gesicht.

„Es war nicht meine Absicht, dich in Angst und Schrecken zu versetzen." Ich zwinge mich zu lächeln. „Die Probe hat länger gedauert, wie immer, wenn wir kurz vor einer Premiere stehen."

„Du musst dich nicht rechtfertigen." Er greift nach meiner rechten Hand und macht mein Gefühlschaos damit nur noch schlimmer. „Ich bin froh, dass du es noch rechtzeitig geschafft hast."

Tobias' Daumen kreist über meinen Ringfinger, den er eingehend betrachtet. Meine Hand verkrampft sich, ich entziehe sie ihm, was er widerwillig geschehen lässt.

„Erkläre es mir. Aus welchem Grund wolltest du so unbedingt, dass ich dich ersteigere?" Ich streife diese unbequemen hohen Schuhe ab, setze mich in den Schneidersitz. Speichere sein Bild tief in mir ab. Das dunkle Haar, zerzaust vom Motorradhelm, der achtlos neben ihm auf dem Waldboden liegt. Das Grübchen in seinem markanten Kinn, den sinnlichen Schwung der vollen Lippen. Die gerade Nase, seine leicht schrägstehenden Augen. Wimpern, um die ihn sicherlich manche Frau beneidet.

Von schönen Tellern isst man nicht, Leni.

Nein, diesen Mann hätte man niemals nur für sich allein.

Ich presse meine Lippen aufeinander, aufgewühlt von diesen verwirrenden Gefühlen, die dieser Mann in mir hervorruft, und von denen ich dachte, dass ich sie niemals wieder empfinden würde.

Überhaupt jemals wieder empfinden könnte.

„Ich höre", fordere ich ihn heraus.

„Das weiß ich selbst nicht so genau, wenn ich ehrlich sein soll." Er rupft einen Grashalm aus der Erde, dreht ihn zwischen Daumen und Zeigefinger. Sein Kiefermuskel zuckt. „Ich wollte dich besser kennenlernen. Einen Happen essen, reden." Er macht eine kurze Pause, fährt sich etwas hilflos durchs Haar, bringt es nur noch mehr durcheinander. „Wirklich, ohne Hintergedanken."

Zweifelnd sehe ich ihn an, hebe eine Augenbraue in die Stirn. „Als wenn ich dir das abkaufen würde, Rockstar."

Er schenkt mir ein Lächeln, das seine Augen erreicht und mir den Boden unter den Füßen wegzieht. „Vielleicht hatte ich die leise Hoffnung, dass du mich um einen Kuss bittest, wenn ich dich erst wieder zu Hause abgesetzt habe."

Ich lache auf. „Was für ein hinterhältiger Plan."

„Und doch könnte er funktionieren."

Ich seufze, wissend, dass das niemals passieren wird. Niemals passieren darf. Denn Tobias Bruckner ist nicht der Mann, an den ich mein Herz verlieren werde. Er würde es mir früher oder später brechen, und dieses Mal würde ich nicht überleben.

Mein Magen beginnt lautstark zu knurren. Tobias bekommt es mit, grinst über das ganze Gesicht. „Also doch essen. Ich habe wirklich Kohldampf, Honey, und ich bin nicht Vegetarier genug, um mich hier von Beeren ernähren zu können." Er zwinkert und zieht mich mit sich hoch.

„Dann lass uns fahren." Umständlich ziehe ich meine Schuhe wieder an. Mein Kopf schwirrt und zum ersten Mal seit unserem Ausflug bin ich dankbar, hinter ihm sitzen zu müssen. So kann ich meine Gedanken sortieren, ehe wir, wo auch immer, endlich ankommen werden.

~oOo~

Tobias ist erleichtert, dass Leni sich dazu entschlossen hat, weiterzufahren.

Eigentlich gibt sein Terminkalender keine freie Zeit her, um sich ausgiebig mit den Befindlichkeiten einer Frau beschäftigen zu können. *Will er sich denn überhaupt damit rumplagen?*

Diese Verletzlichkeit in ihren Augen, die ihn vom ersten Augenblick an gefangen genommen hat. Er muss einfach herausfinden, was es damit auf sich hat.

Wem will er denn eigentlich etwas beweisen?

Dabei hat er wirklich kein tiefergehendes Interesse an einer Frau in seinem Leben. *Um Gottes willen!* Er hat schon das Geschnarre im Ohr: *Wo warst du? Wohin gehst du? Mit wem? Wer ist diese Frau?* Alles Dinge, die endlos viel Energie kosten und ihn nur vom Wesentlichen ablenken würden.

In wenigen Wochen gehen *Beyond* ins Studio. Spätestens dann sollte er keine Gedanken mehr an so etwas Lächerliches wie einen Beziehungsstatus verschwenden.

Beziehungsstatus? Ernsthaft, Bruckner?

Es geht mit ihm zu Ende! Eindeutig.

Tobias spürt ihre Hände um seine Mitte, ihren Körper, der sich gegen seinen Rücken schmiegt.

Sein Ende könnte wirklich schlimmer aussehen.

~oOo~

Wir fahren etwa weitere 10 Minuten, als das Restaurant vor uns erscheint. *Ein Diner? Er fährt sein Versteigerungsdate eine Dreiviertelstunde für einen Burger durch die Gegend?*

Warum überrascht mich das überhaupt?

Tobias stellt seine Maschine ab und nimmt meinen Helm entgegen, den er auf der Harley liegen lässt. Er sieht mein fragendes Gesicht und zieht sofort die richtigen Schlüsse. „Lass dich überraschen. Du wirst gleich verstehen, warum ich dich ausgerechnet mit hierhergenommen habe."

„Du zahlst den Sprit, Rockstar."

Sein Lachen lässt mich leicht erzittern. Ich räuspere mich. Tobias macht einen Schritt auf mich zu, greift erneut nach meiner Hand. Betroffen stelle ich fest, dass mir seine Vertraulichkeiten langsam beginnen zu gefallen. Ich sollte darauf achten, dass das nicht zur Gewohnheit wird, doch für diesen Moment nehme ich es hin.

Es handelt sich um ein typisches Diner.

Resopaltische, ungemütliche Stühle, eine lange Theke.

Der Laden ist nicht voll und dennoch gut besucht. Tobias schleift mich durch das komplette Restaurant, bis er sich für eine Nische entscheidet, die zumindest einen Hauch Privatsphäre zu bieten scheint. Er rückt mir tatsächlich den Stuhl zurecht und ich kann mir ein Grinsen nicht verkneifen. „Legst du dich bei all deinen Groupies derart ins Zeug?"

„Nur bei denen, die einen Haufen meines Geldes dafür bezahlen." Er spricht leise und warm, sieht schräg zu mir herab und ich schnappe nach Luft, während ich den Ausdruck seiner Miene für mich selbst analysiere.

Ob ich ihm gestehen soll, dass ich ihn mit meinem eigenen Geld ...? Lieber nicht, dann müsste ich womöglich nach Hause laufen, weil ich neben seinem angekratzten Ego keinen Platz auf der Harley mehr finde.

Anstatt zu antworten, nehme ich mir also die Karte aus dem Halter, versinke darin, als wäre sie eine lesenswerte Lektüre.

„Möchtest du denn mein Groupie sein, Honey? Das käme meinem hinterhältigen Plan sehr entgegen." Ich vernehme durchaus Belustigung aus seiner Stimme, als er auf dem freien Stuhl mir gegenüber Platz nimmt. Ich linse über die Karte, bekomme mit, wie er sich grinsend auf die Unterlippe beißt.

„Keine Option, Rockstar. Also schlag dir das direkt aus dem Kopf."

„Ich habe nicht damit angefangen, Leni Eggers." Das Timbre seiner Stimme landet genau dort, wo es ganz bestimmt nicht hingehört. In meinem Höschen. Und das erste Mal seit Jahren gestatte ich mir die Fantasie eines Mannes in meinem Bett.

Es ist nur ein flüchtiger Moment. Das Aufflackern eines diffusen Bildes, das mich jedoch dazu veranlasst, die Karte wieder über mein Gesicht zu schieben.

Ich atme äußerst leise durch hohle Wangen ein, schließe kurz die Augen, um meinen blöden Puls wieder herunterzufahren.

Ach nein, Leni, doch nicht ihn!

Von allen Männern der Welt nässt sich mein Höschen ausgerechnet bei Tobias Bruckner, seines Zeichens Venusfalle.

Allein die Vorstellung …

Ich lasse meine Lippen ploppen, versuche, die Buchstaben der Karte in einen logischen Konsens zu bringen.

Ein Kellner versorgt uns mit Getränken und nimmt die Bestellung entgegen. Dabei lächelt er unentwegt und ich spüre seinen Blick, der einen Hauch zu lang in meinem Ausschnitt verweilt. Auch Tobias' Blick aus geschlitzten Augen entgeht mir nicht, der dem Kellner fast schon mordlustig hinterhersieht.

Tja, auch ich könnte mir Groupies durchaus leisten, Rockstar.

Ich beiße in die Innenseite meiner Wange und sonne mich in dem Genuss eines eifersüchtigen Rockstars.

„Seit wann spielst du Cello?" Tobias hebt sein Glas und nimmt den tödlichen Eifer aus dem Rücken unseres Kellners.

„Seit ich sechs bin. Es hat meine Mutter rasend gemacht." Ich lache leise bei der Erinnerung daran, wie sie unermüdlich versucht hat, es mir auszureden.

„Dabei spielst du ganz ordentlich." Seine Augen funkeln und ein Grübchen zeigt sich auf seinen Wangen.

„Danke sehr." Ich nicke wohlwollend. „Aller Anfang ist schwer und es war bestimmt nicht immer ein Vergnügen, mir dabei zuzuhören."

„Dafür heute umso mehr." Er fixiert mich mit seinem Blick, und meine Nackenhaare stellen sich auf. Wenn ich nur wüsste, wie ich damit umgehen soll, dass er es schafft, mich derartig aus der Reserve zu locken. „Das war eine Überraschung im Theater. Ich gestehe, klassische Musik trifft sonst eher nicht ganz meinen Geschmack."

Unser Essen kommt an den Tisch und ich schiebe die Speisekarten zusammen, um den Tellern Platz zu machen. Der nette Kellner bedankt sich überschwänglich für meine Mühe und ich überlege, ob sich noch genügend Bares für ein anständiges Trinkgeld in meiner Tasche befindet.

Wohingegen Tobias ihn mit einem gemurmelten *Danke* ungehalten aus unseren Diensten entlässt.

„Schön, dass ich deinen Horizont erweitern konnte." Ich fische eine Fritte von meinem Teller und schiebe sie mir in den Mund.

„Na ja, das schon. Allerdings bin ich mir immer noch nicht sicher, ob es mir gefällt, dafür müsste ich wohl noch einige Male zuhören. Ich habe mir noch keine abschließende Meinung bilden können." Sein Lächeln macht mich langsam fertig und ich senke schnell den Blick.

Warum macht er mich nur so nervös?

„Du kennst den Weg zum Theater, also tu dir keinen Zwang an."

Erwartet er jetzt, dass ich ihn zu unseren Proben einlade?

„Leni, du bist wirklich eine harte Nuss." Er lacht laut auf.

Ich nehme den Burger vom Teller. „Nun, du siehst so aus, als könntest du es verschmerzen." Damit schlage ich meine

Zähne in diesen himmlischen Berg aus Rindfleisch und Salat, und es ist mir egal, dass die BBQ-Soße an meinen Fingern herunterläuft.

Tobias hat völlig recht – dieser Burger war die Reise wert.

Kapitel 18

Der Rockstar ist tatsächlich ein angenehmer Gesellschafter, die Zeit vergeht wie im Flug.

Ich erfahre, dass er Einzelkind ist, sein BWL-Studium abgeschlossen hat und noch immer nicht realisiert hat, dass *Beyond* derart durchgestartet ist.

Dass er neben dem Bass auch das Klavier und die Gitarre beherrscht, überrascht sogar mich. Auch wenn er mir versichert, dass er mit dem Klavier kein Geld verdienen könne und Bass statt Gitarre spielt, weil Konrad, der Gitarrist der Band, einfach zu untalentiert dafür ist.

Dieses Geständnis entlockt mir ein lautes Lachen, über das ich im Nachhinein selbst völlig erschrocken bin.

Zweimal wagt man sich an unseren Tisch, um ein Autogramm von ihm zu erhaschen. Tobias kritzelt seinen Namen auf Servietten, nicht ohne den leisen Hinweis, dass er privat hier sei, was wiederum mir neugierige Blicke beschert, die ich mit einem unverbindlichen Lächeln erwidere.

„Jetzt bist du an der Reihe, Honey." Er legt sein Besteck auf den leeren Teller und schiebt ihn von sich.

„Womit?" Eine letzte Pommes findet den Weg in meinen Mund.

„Erzähl mir von dir. Wer ist Leni Eggers, die sich mit Händen und Füßen dagegen wehrt, der Groupie eines unverschämt gut aussehenden, charmanten Rockstars zu werden?" Daumen und Zeigefinger zeichnen seine

Augenbrauen nach und ich verschlucke mich fast an meinem Essen.

„Von mir gibt es nichts Spannendes zu berichten."

„Das würde ich gern selbst beurteilen." Er lehnt sich vor und ich bilde mir ein, dass sein Interesse an mir nicht gespielt ist.

„Ich habe Musik an der Hochschule für Musik und Theater in Hamburg studiert, hatte die Chance auf ein Auslandssemester in Montepulciano, am renommierten Palazzo Ricci. Jedoch habe ich das Studium vorzeitig abgebrochen und das Arrangement im Theater als erstes Violoncello angenommen." Meine benutzte Serviette landet auf meinem Teller. „Jetzt weißt du alles über mein Leben."

Als er nicht antwortet, hebe ich den Blick, nur um dem seinen zu begegnen, der mich nachdenklich taxiert.

Unangenehm berührt streiche ich mein Haar hinters Ohr. „Wirklich, mein Leben ist nicht mal ansatzweise so aufregend wie deines."

„Warum hast du das Studium abgebrochen?"

Ich atme tief ein. Es ist kein Geheimnis, doch möchte ich ihm wirklich von Johannes erzählen?

„Entschuldige, ich wollte nicht indiskret sein", rudert er gleich zurück und mir tut es fast leid, dass ich so zögerlich war.

„Nein, schon gut." Ich senke den Blick. „Ich hatte die Zusage, für ein Semester nach Italien gehen zu können. Es war der Abend, an dem ich Johannes davon erzählt habe.

Es war unser Hochzeitstag. Mein Mann …", ich schlucke am Kloß in meinem Hals vorbei, drehe mein Wasserglas zwischen den Fingern, „… war wenig begeistert von der Idee, dass ich ein halbes Jahr von zu Hause fortwollte."

„Das kann ich ihm nicht verübeln, doch es wäre auch eine große Chance gewesen."

Ich sehe Tobias an, der Ausdruck seiner Augen ist unergründlich.

„Wir hatten uns bereits im Restaurant gestritten, und ich war so wütend auf ihn, dass er nicht verstehen wollte, was es für mich bedeutet hätte, in Italien zu studieren." Erneut stocke ich, ringe mit meinen Tränen. „Tja, viel gibt es nicht mehr zu berichten. Ein betrunkener Autofahrer hat Johannes die Vorfahrt genommen und jetzt sitze ich hier mit dir in einem Diner."

„Hast du je darüber nachgedacht, dein Studium zu beenden?"

Kein Wort des Mitleids, keine bohrende Frage nach Johannes?

Ich gestehe, damit hätte ich nicht gerechnet.

„Nein. Es ist alles perfekt, so wie es ist."

Tobias' Augenbraue huscht in seine Stirn. „Perfekt?"

„Ich bin zufrieden, wie es ist, Tobias. Ich bin Ende zwanzig, habe einen Job, den ich liebe. Wozu brauche ich ein weiteres Diplom an der Wand? Nein, mit diesem Abschnitt meines Lebens habe ich abgeschlossen."

Wie soll ich einem Mann wie Tobias das nur erklären? Einem Mann, dem das Temperament bereits aus den Augen sprüht, wenn er sie morgens aufschlägt?

Johannes war so sehr das Gegenteil von temperamentvoll oder spontan. Er war verlässlich. Ein ruhiger Pol in dieser verrückten Welt. Jede Art von Veränderung war ihm ein Gräuel und die Vorstellung, dass ich für eine längere Zeit ins Ausland gegangen wäre, hat ihn schier verrückt gemacht – und letztlich auch umgebracht.

Mein Brustkorb verengt sich und ich trinke einen Schluck Wasser, unfähig, noch ein Wort zu sagen, ohne loszuheulen. Tobias wechselt das Thema und ich bin ihm dankbar, dass er das Gespräch nicht erneut auf Johannes lenkt.

Als es zu dämmern beginnt, ordert Tobias die Rechnung. „Du hast noch mein Geld, Honey."

„Ich mach das schon", antworte ich stattdessen und krame in meiner Tasche nach meinem eigenen Portemonnaie.

„Das kommt überhaupt nicht infrage. Meine Großmutter würde mir ordentlich die Leviten lesen, wenn ich zulasse, dass du die Rechnung übernimmst."

Ich hebe meinen Kopf, grinse ihn an. „Ich werde es ihr nicht verraten, Rockstar."

„Leni, dieses Thema hat keine Diskussionsgrundlage. Ich zahle." Seine Finger winken fordernd und ich gebe mich geschlagen, drücke ihm seine Lederbörse in die Hand.

„Du hättest sie mir nicht geben müssen. Ich habe erst nach der Auktion bezahlt."

Er lächelt warm. „Das war ein Zeichen an dich, dass mir dieser Abend mit dir wichtig ist."

Tobias sucht nach seiner Bankkarte und so entgehen ihm hoffentlich meine heißen Wangen, die mit Sicherheit rot leuchten.

Als der nette Kellner mir ein strahlendes Lächeln zum Abschied schenkt, ballt Tobias seine Hände zu Fäusten und ich unterdrücke ein Kichern.

Sieh an, sieh an.

Der Rockstar läuft unmittelbar auf seine Harley zu. Ich greife nach seiner Hand, halte ihn zurück. „Lass uns noch ein Stück laufen. Der Abend ist so schön."

Er lächelt. „Du bist der Boss, Honey."

Ehe ich mich versehe, hat er einen Arm um mich gelegt und zieht mich näher an sich. Und gegen jede Vernunft schmiege ich mich näher an ihn. Atme tief seinen Geruch ein, nehme die Hitze in Kauf, die durch meinen Körper kriecht. Halte mich sogar damit zurück, diese vermaledeiten Schuhe zu verteufeln, die meine Zehen unangenehm zusammendrücken und die ich Frieda zu verdanken habe.

Wenn du schon eine Jeans anziehst, dann mit dem passenden Schuhwerk, Fräulein. Du musst ihm wenigstens eine Fantasie gönnen, wenn du schon deine Beine versteckst.

Tja, und jetzt stakse ich in schwindelerregend hohen Peeptoes durch den Wald.

Wer hätte das jemals von mir gedacht?

Wir laufen eine Weile schweigend nebeneinanderher, ehe er die Stille bricht. „Leni, ich bin wirklich glücklich darüber, dass du heute ins Hotel gekommen bist."

„Ich auch." Ein kleines Geständnis und doch hat es fatale Folgen für meinen inneren Frieden. Denn ich genieße die Zeit mit Tobias viel zu sehr.

Leni, gib auf dich Acht, er wird dir unweigerlich das Herz brechen.

~oOo~

Tobias versucht, seine Gefühle zu sortieren. Sie in einen, für ihn logischen Kontext zu bringen. Vielleicht sollte er sich später hinsetzen, die Stimmung einfangen, um neue Songs zu schreiben?

Wirklich? Er hat seit Jahren keine eigenen Songs mehr geschrieben …

Diese Frau macht ihn völlig fertig und noch ist er sich nicht sicher, ob ihm das gefällt. Ob er das zulassen will. Es macht einen weich und angreifbar.

Tobias Bruckner ist nicht weich.

Er zieht sie näher an sich und Leni schlingt tatsächlich einen Arm um seine Mitte. Kurz schließt er die Augen, horcht in sich hinein.

Sie hat ihm einen Teil von sich geschenkt.

Dass sie eine Menge Ballast mit sich herumträgt, dessen war er sich bewusst. Gerade eben hat sie ihm einen Einblick in ihre Seele gestattet.

Er konnte ihre Trauer fast mit bloßen Händen greifen. Fühlte sich einen Moment überfordert mit der plötzlichen

Verantwortung, die sie ihm damit für sich selbst übergeben hat.

Ein selbstloses Geschenk, dessen ist er sich sicher. Wäre er nicht Tobias Bruckner, hätte er vielleicht auch keine Zweifel daran, dass er sorgsam mit dieser Verantwortung umgehen wird.

Aus einem Impuls heraus küsst er ihren Scheitel und sie hebt überrascht den Kopf, sieht ihn mit diesen riesigen grauen Puppenaugen an, die ihn bereits einige schlaflose Nächte gekostet haben. Tobias schluckt, völlig überwältigt von dem Sturm, der plötzlich in ihm tobt.

„Nicht weit von hier ist ein See." Seine Stimme kratzt im Hals, hört sich selbst in seinen Ohren völlig fremd an.

Sie nickt lächelnd und er atmet tief ein.

Ruhig Blut, Bruckner. Sie ist nur eine Frau.

Kapitel 19

„Herrlich." Wir sitzen am Ende eines Stegs und ich schließe genüsslich die Augen, als ich meine schmerzenden Füße in das kalte Nass des Badesees tauche.

Tobias nimmt einen meiner Pumps in seine Hände, betrachtet sie mit einer Mischung aus Anerkennung und Unverständnis. „Dass du in den Dingern überhaupt laufen kannst."

„Ich kann es nicht. Frieda war der Meinung, ich wäre es dir schuldig."

Er legt seine Stirn in Falten. „Bitte?"

Ich lache über das riesige Fragezeichen in seinem Gesicht und nehme ihm diesen schwarzen Teufel aus den Händen. „Na, weil ich weder Rock noch tiefen Ausschnitt für dich trage."

„Interessanter Gedanke." Noch immer liegt sein Blick auf meinem Peeptoe.

„Frieda hätte aus dem Vollen geschöpft. Jeden einzelnen ihrer Reize gekonnt in Szene gesetzt, um dich rumzukriegen." Ich stütze meine Hände hinter mir ab und lege den Kopf in den Nacken, um mit geschlossenen Augen die letzten Sonnenstrahlen des Tages einzufangen.

Er erwidert nichts und ich blinzle ihn an, nur um seinem dunklen Blick zu begegnen. Seine Iriden wirken fast schwarz und mein Herz setzt zwei, drei Schläge aus.

„Sei dir sicher, Leni Eggers, du schöpfst aus dem Vollen."

Er erhebt sich und zieht sich das Shirt über den Kopf, öffnet seine Jeans.

„Was hast du vor?"

Mein Blick kann gar nicht anders, als auf seiner muskulösen Brust hängen zu bleiben.

Verflucht, das hatten wir doch schon!

Dass er tätowiert ist, weiß ich bereits seit unserer ersten Begegnung. Jetzt gestatte ich mir, ihn auch zu betrachten.

Ein zum Totenkopf geschminktes Frauengesicht sieht mich an und ich bilde mir ein, dass mich die Augen dieses tätowierten Wesens auf seiner Brust sehr gelungen verfolgen. Ich kenne solche Motive, doch ich habe sie noch nie in solcher Größe auf einem perfekt geformten Männerkörper sehen dürfen.

Widerwillig wende ich den Blick höher, in sein Gesicht.

„Ich gehe schwimmen, Leni." Schon folgt seine Shorts der Jeans und dieser wunderschöne, splitterfasernackte Männerkörper taucht ab in das kalte Wasser.

Offensichtlich hat er kein Problem damit, sich jedem im Gottesgewand zu zeigen. Warum auch? Es gibt nichts – wirklich gar nichts –, was er verstecken müsste.

Heilige Scheiße. Ich wollte nur spazieren gehen.

Er taucht wieder auf, streicht sich das Wasser aus dem Gesicht. Sieht mich auffordernd an. „Was ist los? Bist du feige? Das Wasser ist herrlich."

„Das ist schön für dich."

Der glaubt doch nicht allen Ernstes, dass ich mich jetzt hier ausziehe, oder?

„Na komm schon, Leni Eggers."

Ich tippe gegen meine Stirn. „Du spinnst, Tobias Bruckner."

„Ja, manche würden das behaupten." Er macht zwei kräftige Züge, klimmt sich am Steg hoch. „Wir sind allein. Trau dich."

Und was mache ich? Sehe mich tatsächlich um, nur um festzustellen, dass er recht hat. „Ich habe kein Handtuch." Ein kleinlauter, erbärmlicher Einwand meinerseits.

„Ich auch nicht." Ein Lächeln nimmt sein gesamtes Gesicht in Anspruch. „Ich hätte vieles gedacht, aber nicht, dass du ein Angsthäschen bist."

„Angsthase?" Ich erhebe mich.

„Häschen. Ein Angsthäschen." Damit stößt er sich ab und verschwindet wieder unter Wasser.

Ich atme tief in den Brustkorb, inhaliere den Sauerstoff und zweifele an meinem Verstand, als ich die Jeans über meinen Po schiebe, hinaussteige. Mit einem Blick in den Himmel knöpfe ich meine Bluse auf. *Leni Eggers, wenn dich jetzt deine Mutter sehen könnte …* Vielleicht ist meine Mutter ja schuld daran, dass ich das Oberteil über meine Schultern schiebe und mit einem beherzten Sprung – *und in meiner Unterwäsche* – in den See tauche.

Ich pruste und quietsche, denn das Wasser ist nicht herrlich, es ist saukalt. „Scheiße, verdammter!"

„Du fluchst ja wie ein Bierkutscher." Er lacht schadenfroh.

„Und ich schlage zu wie Muhammad Ali, also nimm dich in Acht." *Dies nur zur Warnung, mein Freund.*

Er lacht laut, schwimmt auf mich zu. „Daran zweifle ich nicht eine Sekunde. Immerhin habe ich schon eine Kostprobe davon zu spüren bekommen."

Ich beginne zu grinsen. „Das ist auch definitiv gesünder für dich, Rockstar."

Er ist schon abgetaucht und ich schwimme los.

Tatsächlich wird mir endlich wärmer und ich drehe mich auf den Rücken, lasse mich ein wenig treiben. Versuche zu ergründen, wie er mich dazu gebracht hat, in diesen See zu springen.

Noch ehe ich eine Antwort darauf finden kann, umfasst er meinen Knöchel und zieht mich unter Wasser. Erschrocken kreische ich auf und schlucke Wasser. Sein Arm liegt um meine Mitte, schiebt mich wieder über die Oberfläche.

„Du solltest besser auf deine Deckung achten, Großmaul." Tief grinsend streicht er mir das Haar aus dem Gesicht und ich höre das Blut hinter meinen Ohren rauschen, als ich mir des starken, nackten Männerkörpers bewusst werde, der mich umfangen hält. Tropfen perlen auf seiner gebräunten Haut, definierte Muskeln brechen die Oberfläche. Sein Blick fokussiert sich, hält mich gefangen. Ich sehe Verlangen darin aufglimmen.

Oh Gott, du willst ihn auch.

Diese plötzliche Erkenntnis schnürt mir die Luft ab.

~oOo~

Sie zappelt in seinen Händen, doch Tobias hält sie fest, befreit ihr Gesicht von den nassen Haaren. Das Grinsen bleibt ihm im Hals stecken, als ihr Blick ihn trifft. Unvermittelt schießt das Blut in seinen Schwanz und er unterdrückt ein Stöhnen. Sehnsucht huscht über ihr Gesicht und er atmet tief in den Brustkorb, gibt sie wieder frei, um Abstand zu gewinnen, ehe er sich vergisst.

Bring sie nach Hause, Bruckner. Dieser Abend ist vorbei.

Was für eine dämliche Idee, mit dieser Frau in den See zu springen. Alles in ihm schreit danach, sie endlich unter sich zu spüren. Sie zu schmecken. Sich tief in ihr zu versenken.

Seinem Schwanz scheint die Kälte des Wassers nicht sonderlich viel auszumachen und wütend hievt er sich am Steg hoch, zieht die Shorts über seinen nassen Hintern. Wagt es nicht mehr, sich nach ihr umzusehen.

Wie konnte das passieren? Tobias Bruckner verliebt sich nicht.

Verdammt, Leni Eggers, ich hoffe, du erstickst an deinem verfluchten Apfel.

Denn so hat er sich das Paradies wirklich nicht vorgestellt.

~oOo~

Ich sehe ihm hinterher, wie er sich von mir entfernt, aus dem Wasser steigt, sich wieder anzieht.

Seine Bewegungen wirken zornig und ich frage mich, was gerade zwischen uns geschehen ist. Langsam schwimme ich selbst zurück zum Ufer und bedaure, dass ich weder ein Handtuch noch trockene Wäsche mitgenommen habe.

Plötzlich fühle ich mich mehr als albern, dass ich mich dazu habe hinreißen lassen, mit ihm schwimmen zu gehen.

Ich nehme die kleine Leiter am Steg, presse das Wasser aus meinen Haaren und kann nicht verhindern, dass meine Zähne vor Kälte aufeinanderschlagen.

Die Spannung weicht aus Tobias' Schultern und er legt mir seine Lederjacke über die Schultern. „Entschuldige, Honey, ich habe nicht damit gerechnet, dass ..." Er beendet den Satz nicht, zieht sich stattdessen sein Shirt über den Kopf, sodass ich den Ausdruck seiner Augen nicht sehen kann.

„Das *was*?" Ich nehme meine Jeans. Es ist schier unmöglich, sie anzuziehen, solange meine Beine noch so nass sind. Stattdessen schlüpfe ich in meine Bluse, die ziemlich ungünstig an meinem Oberkörper klebt. Gern nehme ich die Lederjacke noch ein wenig länger in Anspruch, denn mein eigenes Jäckchen hätte dem wohl nicht so viel entgegenzusetzen.

Ein eisiger Schauer rieselt über meinen Rücken und ich hoffe, dass ich mir keine Erkältung einfange. Paolo wäre restlos begeistert.

Tobias antwortet mir nicht, sondern sieht mich unergründlich an.

„Du hast nicht damit gerechnet, dass ...?"

„Leni, ich habe dir geschworen, dass ich mich dir erst wieder nähern werde, wenn du mich darum bittest."

Ich halte mitten in der Bewegung inne. „Oh."

Er atmet sichtbar tief ein. „Wir sollten uns auf den Rückweg machen, ehe es dunkel wird. Ich glaube nicht, dass der Wald beleuchtet ist." Sein Lächeln wirkt gezwungen und ich beeile mich damit, mich wieder vollständig anzuziehen.

Unser Schweigen wirkt erdrückend.

Dass er noch nicht mal versucht, nach meiner Hand zu greifen, während wir den Weg zurück zum Diner einschlagen, hinterlässt einen faden Beigeschmack.

Ich betrachte ihn aus dem Augenwinkel. Er wirkt verschlossen, in sich gekehrt. Zu gern würde ich ihn berühren, doch ich weiß, ich habe kein Recht dazu. Deshalb konzentriere ich mich darauf, mir nicht die Füße zu brechen, und verspreche diesen Schuhen, dass sie augenblicklich in der Altkleidersammlung landen, sobald ich wieder zu Hause angekommen bin.

Es ist bereits dunkel, als wir die Harley erreichen, und ich überreiche ihm seine Jacke, die er zögerlich entgegennimmt, ehe sein Gesicht unter dem Helm verschwindet.

Tobias bringt mich direkt nach Hause und erleichtert steige ich vom Motorrad, erlöse mich von dem Helm, kämme mein noch immer feuchtes Haar mit den Fingern.

„Danke für den Nachmittag, Leni Eggers." Er steht neben mir, meinen Helm in den Händen.

„Ich habe zu danken. Es war nur halb so schlimm, wie ich befürchtet habe", versuche ich, ein Lächeln auf sein Gesicht zu zaubern. *Himmel, Leni, was geschieht hier nur?*

Seine Lippen kräuseln sich tatsächlich. „Das werte ich mal als Kompliment."

Ich nicke lächelnd, ziehe meine Unterlippe zwischen die Zähne. Bemerke seine Blicke, die auf meinem Mund liegen. Tobias macht einen geschmeidigen Schritt auf mich zu und mir bleibt einen Augenblick das Herz stehen.

Küss mich, bitte …

Seine Hand legt sich auf meine Wange und seine Lippen berühren hauchzart die Haut neben meinem Mundwinkel. „Ich wünsche dir noch einen schönen Abend." Sein Atem streift die dünne Haut an meinem Hals und ich schließe die Augen, atme diesen urbanen Geruch nach Mann ein und hoffe, dass er das wilde Schlagen meines Herzens nicht hören kann.

Küss mich!

Noch ehe ich realisiert habe, was soeben geschehen ist, hat er seinen Helm wieder übergestreift, sitzt auf seinem Bike und fährt davon.

Ohne sich noch einmal nach mir umzusehen.

Und ich stehe wie vom Donner gerührt vor meiner Haustür und starre ihm einfach hinterher.

Ihr Geruch haftet an ihm, oder besser gesagt an seiner Lederjacke. Er soll verflucht sein, dass er sie nicht geküsst hat. Sie wollte es auch, das hat ihm jede Faser ihres Körpers verraten.

Und doch hat er es nicht getan.

Was immer diese Frau mit ihm anstellt, sie macht einen ziemlich gründlichen Job.

Er stellt die Dusche einige Grad heißer, legt eine Hand um seinen noch immer harten Schwanz, pumpt in seine Faust und kommt mit einer Gewalt, die seinen Herzschlag aussetzen lässt. Mit schwerem Atem legt er seine Stirn gegen die Fliesen, schließt die Augen. Ständig hat er ihr Bild vor Augen. Wie sie in ihrer schwarzen Unterwäsche in den See gesprungen ist.

Tiefrot würde so unverschämt heiß an dir aussehen, Leni Eggers.

Verdammt, was passiert hier nur mit ihm?

Wenn sie ihn als Wichsvorlage schon so fertig macht, wie muss es dann sein, wenn er erst in ihr ist? Sie sich unter ihm windet und seinen Namen stöhnt, wenn sie kommt?

Worüber denkt er hier überhaupt nach? Er hat gar keine Zeit für komplizierte Geschichten ohne Zukunft. Denn genau darauf würde es hinauslaufen. Leni ist kein Mädchen für eine Nacht und er ist nicht gemacht für eine feste Beziehung.

Er erinnert sich noch zu gut daran, wie er über Patrick gelacht hat, als dieser seiner heutigen Ehefrau Ella begegnet ist. Tja, und jetzt findet er sich in einer ganz ähnlichen Situation wieder.

Zumindest Ella hat Wort gehalten und den Fotografen untersagt, Fotos von Leni und ihm an die Zeitungen zu verkaufen oder abzudrucken.

Das hat ihn einiges an Lizenzgebühren gekostet, aber er wollte einfach sicher gehen, dass Leni nicht wieder eine böse Überraschung erlebt. Die Fotos, deren Rechte er nunmehr erworben hat, befinden sich auf seinem Rechner und machen den Zustand seines Schwanzes nicht unbedingt erträglicher.

Er hat sie durchgescrollt und nicht einen Augenblick über seinen aktuellen Kontostand nachgedacht. *Bruckner, du bist wirklich verrückt geworden.* Ja, dieser Tatsache sollte er sich wohl langsam stellen.

Tobias stellt das Wasser ab und fährt sich unwillig durchs nasse Haar. Fuck! Er sollte sich lieber an all die Frauen halten, die sich ihm nur allzu bereitwillig an den Hals werfen und kein Problem damit haben, dass er sie morgens bereits vergessen hat.

Bisher ist er gut damit gefahren. Warum sollte man das also ändern?

Resigniert zieht er sich an, nimmt seine Gitarre und versucht, die Melodie in Akkorde zu packen, die ihm bereits seit einigen Tagen im Kopf herumschwirrt.

Kapitel 20

„Los, raus mit der Sprache! Ich will alles wissen."

Ich verdrehe die Augen. Es grenzt an ein Wunder, dass Frieda mich nicht bereits heute Nacht angerufen hat, um alle Details meines Ausflugs mit Tobias zu erfahren.

„Frieda, wir waren nur essen. Und danach spazieren."

„Spazieren? Ihr wart *spazieren?* Wie alt seid ihr? Achtzig?"

Ich lache. „Du solltest mir lieber Anerkennung zollen. Ich bin mit den schwarzen Teufeln durch den Wald *spaziert.*"

„Du musst es natürlich direkt übertreiben. Das sind Sitzschuhe, Leni."

„Jetzt sind es Altkleiderschuhe. Sie haben das Wasser nicht gut vertragen."

„Welches Wasser?" Sie wird hellhörig.

„Im Wald gab es einen See. Das Wasser war fantastisch." Ich unterdrücke ein Kichern und halte den Hörer auf Abstand, damit mein Trommelfell bei ihrem Schrei keinen Schaden nimmt.

„Ja, wir waren schwimmen und es ist nichts passiert", füge ich schnell hinzu, ehe sie mich mit Fragen löchert. Dass Tobias nackt war, behalte ich hingegen geflissentlich für mich.

„Schon wieder nicht?" Sie atmet tief und frustriert ein. „Wirklich, Leni, ich weiß nicht, was ich noch mit dir machen soll. Dieser absolut heiße Typ lässt sich von dir ersteigern, entführt dich in den Wald, ihr geht schwimmen und du willst mir erzählen, dass nichts – ich wiederhole – NICHTS zwischen euch gelaufen ist?"

„Ganz genau." Ich schließe die Augen. Sofort spüre ich die Wärme seiner Lippen auf meiner Haut und bilde mir ein, sein Aftershave hinge in der Luft. *Was machen wir denn jetzt mit dir, Leni?*

„Und er hat noch nicht mal ansatzweise versucht, dich zu küssen?"

„Nein, das hat er nicht." Ich kann nicht verhindern, dass ich ein wenig enttäuscht darüber klinge. *Er hat nur sein Wort gehalten, Leni.* Das macht es jedoch nicht besser …

„Ich merke schon, du bist ein hoffnungsloser Fall."

Ich sehe Frieda vor mir, wie sie verständnislos mit dem Kopf schüttelt, und presse meine Lippen aufeinander.

„Wohin sollte das führen, Frieda? Er ist ein Rockstar."

„Er könnte dein Rockstar sein. Mehr habe ich dazu nicht zu sagen. Wir sehen uns später im Theater."

Sie legt auf und ich starre auf mein Telefon. *Was war denn das bitte?* Man könnte glatt annehmen, sie sei wütend auf mich.

Du bist doch selbst wütend auf dich.

Das stimmt. Ich bin wütend, weil ich so unentschlossen bin. Ich bin wütend über diese Angst tief in mir, die ich weder greifen noch erklären kann. Die mich regelrecht lähmt, mein Leben weiterzuführen.

Ist es tatsächlich möglich, dass ich ohne Johannes mein Glück finde?

Wäre ich glücklich, wenn ich zulasse, dass ich mich in Tobias Bruckner verliebe?

Könnte ich Johannes gegen einen anderen Mann eintauschen?

Wie könnte man jemanden austauschen, der sich schon vor langer Zeit aus deinem Leben verabschiedet hat?

Es ist zum Verrücktwerden. Ich habe keine Antworten.

Ich finde auch keine befriedigende Antwort, als ich die Zeitung gezielt nach einem Artikel über die Versteigerung durchsuche. Obwohl so viele Pressefotografen im Saal waren, beschränkt sich die Berichterstattung auf andere glückliche Paare des Abends. Enttäuscht werfe ich die Zeitung neben meine ausrangierten Schuhe.

Überflüssiges Zeug.

„Das war super heute, oder? Wenn die Premiere so läuft, kann nichts mehr schiefgehen." Carolines Wangen sind gerötet und ihre Augen funkeln. Sie verstaut ihre Violine im Koffer und strahlt mich an. Ich lächle zurück. Sie hat recht. Die Probe war großartig. Paolo wirkt ausgesprochen selbstzufrieden, ich verbuche das mal als Erfolg.

Frieda nimmt mich bereits zum gefühlten zehnten Mal in den Arm. „Entschuldige, dass ich vorhin so zickig war."

„Du warst zickig?" Ich küsse ihre Wange, als Zeichen, dass ich ihr längst vergeben habe. Wir verabreden uns für den nächsten Tag und ich schultere mein Cello, mache mich auf den Weg in die Tiefgarage. Eigentlich kommt mir ein Abend auf dem Sofa ganz gelegen.

An einer Tankstelle setze ich kurz entschlossen den Blinker. Es gelüstet mich nach Eis, und was könnte mir einen Abend auf der Couch gekonnter versüßen als Schokoladeneis?

Schokoladeneis? Eine Metapher für braune Augen?

Völlig egal, was es ist –, Eis macht einen wenigstens glücklich.

Zu meiner Freude finde ich einen Literbecher und gehe davon aus, dass er mir über den ersten Appetit helfen wird. Wenn auch nicht über den Appetit auf einen Rockstar.

Pffff.

An der Kasse krame ich nach meinem Geld, als mein Herz plötzlich unangemessen heftig beginnt zu pochen.

Tobias' Personalausweis?

Er muss in meine Tasche gefallen sein, als …

Das kann doch nicht wahr sein.

~oOo~

„Was hast du mit der Presse gemacht? Kein einziges Bild von dir und deiner glücklichen Bieterin, Bruckner?"

Konrad verzieht spöttisch sein Gesicht. „War sie so hässlich, dass sich selbst die Presse zurückgehalten hat?"

Christian mischt sich ein. „Die Kleine aus dem Hotel hat ihn ersteigert, von hässlich kann hier also nicht die Rede sein. Wir sollten ihren Zuckerarsch auf unser nächstes Cover drucken lassen. Das würde die Verkaufszahlen wahrscheinlich sprengen, weil die Kerle sich einen drauf runterholen wollen." Er lacht über seinen eigenen Witz und Tobias wehrt sich gegen den Wunsch, ihm die Zähne auszuschlagen.

„Ich wette, das hat sie drauf." Christians Zunge stößt einige Male gegen die Innenseite seiner Wange und Tobias sieht rot, ballt seine Hände zu Fäusten und geht dem Sänger an den Kragen, drückt ihn gegen die Wand.

„Sie ist nicht so …" Plötzlich wird ihm bewusst, was er tut, und er entspannt sich. Streicht über Christians Shirt. „Scheiße, Mann, sie ist eine Witwe."

Sein Freund schiebt ihn von sich weg, strafft seine Schultern. „Seit wann bist du empfindlich wie eine Pussy?" Er schüttelt den Kopf. „Man könnte ja meinen …"

„Ich sage es nur noch einmal: Halt dein verfluchtes Maul, Verhofen", presst Tobias zwischen den Zähnen hervor und hofft, dass dem Sänger die Tatsache, dass er ihn bei seinem Nachnamen nennt, Warnung genug ist.

Konrad stellt sich zwischen die beiden. „So weit kommt es noch, dass wir uns wegen Weibern die Fresse polieren. Jetzt holt mal Luft! Alle beide!" Sein wütender Blick wandert zwischen seinen Kollegen hin und her. An Tobias gerichtet fügt er hinzu: „Reiß dich am Riemen, Buckner. Wenn dir was an der Kleinen liegt, dann krieg sie auf die Reihe. Wenn nicht, hör auf, dich so aufzuspielen."

„Leckt mich am Arsch. Alle beide." Tobias greift nach seinem Motorradhelm, verlässt den Proberaum. Die Tür knallt lautstark gegen die Wand, als er sie aufschlägt. Aufgebracht fährt er sich durchs Haar.

Was soll das alles? So kennt er sich nicht und er kann auch nicht sagen, dass es ihm sonderlich gut gefällt, wie er sich verhält.

„Verfluchte Scheiße!" Der Schlüssel zu seiner Maschine fällt ihm aus der Hand und er tritt wutschnaubend vor den Bordstein, sieht sich um und hebt ihn wieder auf, ehe er sich auf sein Motorrad setzt und losfährt.

~oOo~

Der Ausweis steckt zwischen den Blüten der Pfingstrosen. Mit dem Gesicht nach vorn.

Mit dem Suppenlöffel schiebe ich mir das Eis in den Mund, ohne sein Foto aus den Augen zu lassen. Ich habe noch niemals ein gut getroffenes biometrisches Foto gesehen.

Bis jetzt.

Ein Löffel Schokolade für die liebe Leni.

Niedergeschlagen drehe ich das Kärtchen um. *Hier haben wir also seine Adresse.*

Noch mehr Wissen, um das ich nicht gebeten habe.

Das muss irgendwo am Hafen sein. Ausgediente Lagerspeicher, die zu schicken Wohnlofts umgebaut wurden. Ich rekonstruiere die Strecke dorthin gedanklich und schaufle mir noch einen Löffel Eis in den Mund.

Gut, zumindest kann ich den Ausweis per Post an ihn schicken.

Oder du bringst ihn einfach persönlich …

Noch mehr Eis.

Doch es hilft längst nicht mehr gegen die Hitze, die sich in meinem Körper ausbreitet. Mein Unterleib beginnt zu pulsieren, denn die Erinnerung an dieses Verlangen in seinem Blick hat sich unauslöschlich in mein Hirn gefressen.

Erst das Schellen an meiner Tür reißt mich aus meiner Schokoladenekstase und ich öffne mit dem Löffel im Mund die Tür, nur um einen schimmernden langen Karton in den Arm gedrückt zu bekommen.

Ich quittiere mit zitternden Händen den Empfang und schüttele das Paket sofort, kaum, dass die Tür wieder ins Schloss gefallen ist.

Wäre das eine Schachtel, in der man Dessous verschenkt?

Mit wild klopfendem Herzen öffne ich den Deckel.

Du hättest mich einfach nur darum bitten müssen …

Ich wünschte, ich hätte es getan …

Eine tiefrote langstielige Rose unter der einfachen weißen Karte.

Ein einziger Satz in gerader schnörkelloser Handschrift, der alles sagt, was mich gerade schier um den Verstand bringt. Mir entfleucht ein Keuchen, als sich mein Lustzentrum sehnsuchtsvoll zusammenzieht. Ich habe mich doch wohl nicht in den Rockstar verknallt?

Oder etwa doch?

Die Ameisen in meinem Unterleib wollen jedenfalls nicht zur Ruhe kommen.

Kurz entschlossen rette ich das restliche Eis in den Gefrierer, schiebe die Rose zu den anderen Blumen in die Vase und mache mich mit seinem Personalausweis auf den Weg zum Hafen.

Nur, um auf dem Friedhof zu landen.

Kapitel 21

Mit angezogenen Beinen starre ich in den Nachmittagshimmel. „Ich fürchte, ich habe mich schrecklich in den Rockstar verguckt, Johannes. Dabei hätte ich niemals damit gerechnet, dass mir das passieren könnte."

Meine Nasenflügel beginnen zu kribbeln und die Tränen brennen bereits hinter meinen Augen.

Diese Hilflosigkeit ist nicht mehr auszuhalten. Ich sollte nicht so empfinden. Nicht für ihn.

„Er ist ein Musiker, und er hat bereits zur Genüge bewiesen, dass er kein Kind von Traurigkeit ist. Doch er ist auch ein guter Zuhörer. Er bringt mich zum Lachen und ich kann nicht länger leugnen, dass er mein Herz schneller klopfen lässt. Und heute …" Fast hätte ich meinem Ehemann gestanden, wie sehr ich mir wünsche, von einem anderen Mann geküsst zu werden, aber das geht selbst mir zu weit. „Ist ja auch egal."

„Also, wenn Sie mich fragen, sollten Sie diesem Musiker schnellstmöglich sagen, wie es in Ihnen aussieht." Die ältere Dame, die mich zuletzt ermahnt hat, vom nassen Boden aufzustehen, steht plötzlich vor mir und ich erhebe mich ein wenig umständlich.

„Bitte?" Bisher haben wir, außer an diesem besagten Morgen, noch nie ein Wort miteinander gewechselt.

„Entschuldigen Sie, ich wollte wirklich nicht lauschen. Sie klangen so traurig und ratlos. Mein Mann liegt ja unmittelbar hier vorne und ich konnte gar nicht anders, als Ihnen zuzuhören."

„Oh." Ich sehe ertappt über die Gräber im näheren Umfeld. Mir war gar nicht klar, wie laut ich gesprochen haben muss.

Sie lacht leise. „Das ist kein Grund, sich zu schämen, mein Kind. Wissen Sie, ich war auch mal jung. Die Liebe ist etwas Wunderschönes und unsere Zeit auf Erden ist so entsetzlich kurz. Verschwenden Sie sie nicht mit diesem ewigen *Was wäre, wenn*. Manchmal muss man sein Schicksal selbst in die Hand nehmen, sonst finden Sie nie heraus, was alles geschehen kann, wenn man es nur zulässt." Sie lächelt und legt mir eine Hand vertraulich auf den Unterarm. „Glauben Sie mir, auch wenn ich meinen ersten Mann vor über 20 Jahren hier begraben musste, habe ich niemals die Hoffnung verloren, dass es irgendwo noch jemanden auf dieser Welt gibt, mit dem ich glücklich sein kann. Mein zweiter Mann und ich sind in diesem Winter 17 Jahre glücklich verheiratet." Sie betrachtet Johannes' Grabstein. „Ihr Mann ist seit drei Jahren tot. Vergessen Sie nicht zu leben." Damit nickt sie mir noch einmal zu und macht sich auf den Weg zum Ausgang.

Und ich kann ihr nur völlig verdattert hinterhersehen.

Mein Herz überschlägt sich regelrecht und meine Handflächen sind feucht. Ich stehe vor Tobias' Wohnungstür, die geballte Faust an das Holz gelegt, ohne sie jedoch zu bewegen.

Ruhig atmen, Leni.

Durch die Nase ein, durch den Mund aus. Und noch einmal.

Diese Prozedur hat mir die 46 Stufen durch den Hausflur bis zu seiner Wohnung leider nicht dabei geholfen, die nervöse Unruhe in mir zu bekämpfen.

Da ist er also, der Kreislaufkollaps.

Ich versuche, mich an eine der unzähligen Yogaübungen meiner Mutter zu erinnern.

Vielleicht der Baum? Oder der Krieger? Womöglich der Berg?

Leni, reiß dich zusammen und klopf endlich an. Hier im Flur wird das nichts mehr mit der inneren Ruhe.

Die Buchstaben seines Nachnamens unter dem Klingelschild verschwimmen bereits vor meinen Augen.

Ihr Mann ist seit drei Jahren tot. Vergessen Sie nicht zu leben.

Die mahnenden Worte meiner engsten Freunde bekommen erst dann Bedeutung, wenn eine mir völlig fremde Person sie wiederholt?

Die alte Dame hat es geschafft, mich aus meiner Lethargie zu reißen.

Nur damit du vor seiner Tür wieder in eine Schockstarre verfällst.

Ich kneife die Lider zusammen und klopfe gegen die Tür, wenn auch sehr zögerlich. Sollte er mich nicht gehört haben, kann wenigstens niemand behaupten, dass ich es nicht versucht hätte.

So, jetzt wäre der richtige Moment, um einfach in Ohnmacht zu fallen.

Noch ehe ich dieses Vorhaben in die Tat umsetzen kann, öffnet sich die Tür und Tobias steht vor mir. Ein Handtuch um die Hüften gewickelt. Das feuchte Haar steht zu allen Seiten ab, ganz so, als hätte er es gerade erst trocken gerubbelt. Der herbe Geruch seines Duschgels bahnt sich seinen Weg über meine Nasenschleimhäute.

Mir wird heiß. Nicht nur im Gesicht.

Damit habe ich nicht gerechnet! Heilige Scheiße!

„Leni? Was …? Warum bist du …?" Die Verwunderung über mein plötzliches Auftauchen ist ihm anzusehen. Seine Hände wandern zu den Enden des Handtuchs, halten es ein wenig fester um die Hüften. Ich atme tief durch hohle Wangen ein, mache einen Schritt auf ihn zu.

Hör endlich auf, in der Vergangenheit zu leben. Johannes kommt nicht mehr wieder, du solltest dich langsam damit abfinden. Friedas Worte hallen in mir wider.

Mein Herz klopft wie wild und auch wenn ich noch nicht sicher bin, ob ich es nicht bereuen werde, so bin ich auch neugierig auf dieses Feuer, das in mir glimmt. *Aber wenn es mich verbrennt?*

Wer konnte denn ahnen, dass es nichts weiter braucht, als einen dahergelaufenen, ersteigerten Rockstar, um in mir den Wunsch zu wecken, sich wieder wie eine Frau zu fühlen?

Ich jedenfalls nicht. Und selbst wenn ich all meine Willensstärke dazu benutzen würde, mich diesem Verlangen nicht hinzugeben … ein Blick in diese bitterschokoladenbraunen Augen macht es mir unmöglich.

Mein Mann ist tot. Nichts wird ihn mir jemals wiederbringen. Ich sollte mich endlich damit abfinden und nach vorne schauen. *Ich habe nichts mehr zu verlieren, selbst wenn es mich gänzlich zerstört.*

Noch ehe ich über die Konsequenzen meiner nächsten Worte nachgedacht habe, sind sie mir schon über die Lippen. „Nicht reden, Rockstar, sonst verliere ich den Mut." Meine Finger auf seinen Wangen, presse ich meine Lippen auf seine.

Ich habe sie unterschätzt – die Kraft eines Kusses. Seines Kusses.

Mein Körper gehorcht mir nicht mehr. Völlig ausgehungert nach Nähe gibt er einfach nach, schmiegt sich gegen Tobias' warmen, festen, nackten Oberkörper. Wie von selbst beginnen meine Hände zu wandern, zeichnen seine definierten Muskeln nach, vergraben sich in seinem Haar. Das Blut rauscht hinter meinen Ohren.

Mit einem Knurren zieht er mich in seine Wohnung, stößt die Tür mit der Ferse ins Schloss. Er umfasst meinen Po, hebt mich auf seine Arme und trägt mich, wohin auch immer. Meine Brüste wiegen schwer und meine Spitzen stellen sich auf. Das begehrliche Ziehen in meinem Unterleib lässt mich erschaudern und dieser plötzliche Wunsch nach mehr überfordert mich maßlos.

Verzeih mir, Johannes.

Tobias lässt mir keine Zeit, darüber nachzudenken. Noch während er mich absetzt, zieht er mir das Shirt über den Kopf.

„Bitte mich darum." Seine Fingerspitzen fahren über mein Gesicht und ich schmiege meine Wange in seine Handfläche. Bemerke seinen schnellen Puls, und das Wissen darum, dass es ihm ähnlich zu gehen scheint wie mir, lassen mich diese Bitte endlich formulieren.

„Schlaf mit mir." Viel zu kratzig und rau, sehr leise, und doch ist es endlich raus.

Er schließt für einen Sekundenbruchteil seine Augen. Eine Ader an seinem Hals pulsiert, als sein verhangener Blick mich trifft.

„Leni." Seine Stimme klingt nicht weniger belegt wie meine eigene.

Ich lege meine Hände in seinen Nacken, ziehe ihn zu mir. Als sich unsere Lippen erneut berühren, erbebe ich innerlich. Meine Finger gleiten wie von allein über seine muskulösen Oberarme, seinen Rücken, legen sich um seinen festen Hintern, der von keinem Handtuch mehr bedeckt wird.

Es scheint nirgendwo Platz für diese Zerrissenheit zu sein, die seit Johannes' Tod mein Leben bestimmt. Jetzt gerade bin ich nur eine Frau mit menschlichen Bedürfnissen, die sie bereits seit Jahren unterdrückt.

Dass ausgerechnet dieser Mann sie wieder zum Leben erweckt, konnte niemand vorhersehen. *Außer meinen Freunden vielleicht.*

~oOo~

Er sollte sie fragen, ob sie weiß, was sie gerade tut, als ihre Hände über seinen Körper gleiten, sie sie auf seinem Arsch liegen lässt und ihn damit in Flammen setzt. Er wird den Teufel tun, sie von ihrem Vorhaben abzuhalten. Selbst in seinen kühnsten Träumen hätte er niemals damit gerechnet, dass Leni vor seiner Tür steht.

Das Handtuch hat er bereits im Flur verloren. Sein Schwanz scheuert gegen ihre Jeans und er befreit sie aus der Hose, wie zuvor schon aus ihrem Oberteil. Schnell und effizient.

Sollte er tatsächlich träumen, kann er nur hoffen, dass er nicht aufwacht, bis er in ihr war. Sie seinen Namen geschrien hat. Denn erst dann wird er endlich Frieden finden.

Und jetzt ist sie hier.

Er küsst ihr Kinn, knabbert an ihrem Hals, doch sie sucht seine Lippen, fordert ihn heraus.

Ihre Zähne schlagen gegeneinander und er gibt ihr nur zu gern, was sie will. Genießt die kleinen Seufzer, die sie von sich gibt. Öffnet ihren BH, schiebt ihn über ihre makellosen Schultern.

~oOo~

Oh. Mein. Gott.

Ich hatte es vergessen. Wie kann man denn plötzlich aufhören, sich an etwas derart Mächtiges zu erinnern? Ich keuche auf, als er mich gegen die Wand drückt, meine Brustwarze zwischen die Lippen nimmt. Beginnt an ihr zu saugen und zu zupfen. Voller pochender Begierde wölbe ich mich ihm entgegen. Tobias hebt mein Bein um seine Hüften und ich spüre seine pulsierende Männlichkeit an meiner Mitte, reibe mich an ihr. Er stößt mit der Spitze gegen mein Lustzentrum und ich verfluche das Stück Stoff, das ich noch trage. Denn wenn ich mein Becken nur ein wenig anheben würde, wäre er in mir.

Zittrig stütze ich mich an seiner Schulter ab, unterdrücke ein Aufstöhnen, als er mein Höschen zur Seite schiebt, einen Finger in meiner Nässe versenkt, dann einen zweiten.

„Verdammt, Honey. Ich will dich schon, seit ich dich zum ersten Mal gesehen habe." Seine Stimme ist rau und vibriert durch meinen Körper. Weckt ein Verlangen in mir, das ich längst begraben dachte. Seine Zähne knabbern an meinem Hals, während er immer wieder seine Finger in mich stößt. Kleine Lichtpunkte tanzen bereits vor meinen Augen und die ersten Anzeichen eines gewaltigen Höhepunkts lassen mich meine Nägel in seine Schultern krallen.

Er zieht sich aus mir zurück, zwingt mich, ihn anzusehen. Es dauert einen Moment, ehe ich meinen Blick fokussieren kann.

Dieser Moment war zu mächtig. Zu überraschend.

„Sexy." Er küsst mein Kinn, setzt mich mit einem Knurren aufs Bett. Tobias' Zungenspitze zieht eine glühende Spur über mein Schlüsselbein, er platziert hauchzarte Küsse auf meiner sensiblen Haut und ich gebe mich dieser neu erwachten Sehnsucht hin.

Oh Gott, ich bin verloren.

Seine Zähne schaben zart über meine Schulterblätter und meine Brüste schmiegen sich regelrecht in seine streichelnden Hände. Ich unterdrücke ein Stöhnen.

„Nein, ich will dich hören, Leni." Er knabbert an meinem Hals. „Heute Nacht will ich alles von dir."

Ich muss lächeln, umfasse sein Gesicht. „Dann hör auf zu reden und fang endlich damit an, dein Versprechen einzulösen, Rockstar."

Tobias' Blick liegt auf meinem Körper und dieses Mal kann ich die Konturen und Formen all seiner Tattoos aus nächster Nähe betrachten und berühren. Mit den Fingerspitzen zeichne ich sie nach und sehe die Schauer, die dabei über seine Haut rieseln. „Sexy", wiederhole ich sein Kompliment.

„Leni, ich gebe mir wirklich Mühe, es langsam angehen zu lassen. Du machst es mir nicht sonderlich leicht."

Noch immer berauscht, ziehe ich ihn näher zu mir. „Dann streng dich mehr an, Rockstar. Ich dachte, du hättest genügend Übung."

Er nimmt meine Hand, legt sie auf seine gewaltige Erektion. Ich umfasse die warme, samtige Haut. „Da magst du vielleicht recht haben, aber das hier hat wirklich nichts mit Übung zu tun."

Mit einem Mal weiß ich, wie viel Beherrschung ich ihm abverlange. Sein Blick ist fast schwarz vor Begierde. Er zuckt in meiner Hand.

„Das ist es, was du mit mir machst." Seine Stimme ist kehlig, und heiser fügt er hinzu: „Dabei war ich gerade erst mit dem Gedanken an dich duschen. Es scheint so, dass ich nicht genug von dir bekommen kann", verrät er mir und ich schlucke trocken.

Er greift an den Bund meines Höschens und entfernt es quälend langsam. Seine Handinnenflächen streichen über die elektrisierte Haut meiner Schenkel und ich beiße auf meine Lippen, während ich seinen Bewegungen entgegenkomme, damit er mich endlich davon befreien kann.

Sein Kopf senkt sich und ich spüre die Zungenspitze an meinem Bauchnabel. Wie sie zarte Kreise zieht, begleitet von flüchtigen, gut platzierten Küssen auf meiner völlig überhitzten Haut. Wie sie tiefer wandert.

Meine Finger kratzen über seine Schultern, vergraben sich in sein Haar, während er sich zielsicher tiefer und tiefer beißt und küsst.

Mit geschlossenen Augen lasse ich mich fallen.

Meine Fersen bohren sich in die Matratze, als sein heißer Atem auf die empfindliche, feuchte Stelle zwischen meinen Schenkeln trifft.

Unvermittelt und doch ersehnt.

Sein Daumen umkreist meine Perle, während seine Zunge mich in längst vergessene Sphären katapultiert.

Ich drohe zu verbrennen. Verliere mich in all den Empfindungen, die über mir hereinbrechen, mich wie in einem Strudel in die Tiefe reißen.

~oOo~

Die Süße ihrer Lust bringt ihn regelrecht um den Verstand. *Nein, Leni ist definitiv keine Frau, die man gegen eine Hauswand drückt.* Ihr Körper beginnt unkontrolliert zu zittern und ihre Muskeln ziehen sich zusammen.

Er hört seinen Namen aus ihrem Mund, schließt die Augen, genießt diesen Moment. Ihre Hände, die an seinen Haaren ziehen. Ihre Schenkel, die seinen Kopf zwischen sich einklemmen.

Mit einem Lächeln löst er sich von ihr, gibt ihr Raum, um sich zu sammeln.

Er hatte es verdrängt.

Verdrängt, was alles möglich ist, wenn man nicht nur an sich denkt.

Seine Hände suchen ihre Brüste, die wie für ihn gemacht zu sein scheinen. Streichen zart über die Haut. Haucht Küsse über die Gänsehaut, die er ihr damit beschert. Knabbert an den rosa Spitzen. Atmet den Duft nach Moschus und Leni, der ihn süchtig macht.

Reibt seine Nase an ihrem Schlüsselbein, lauscht ihrem schnellen Herzschlag.

Das ist umso vieles befriedigender als alles, was er bis dahin kannte. Sich überhaupt vorstellen konnte.

Kapitel 22

Stück für Stück kehrt mein Verstand zurück und ich realisiere, was gerade mit mir geschehen ist. Vor seinen Augen. Doch es fühlt sich gut und richtig an.

Tobias küsst mich und ich schmecke mich selbst auf seinen Lippen. Meine Hände umrahmen sein Gesicht, meine Fersen dirigieren seinen Körper zwischen meine Beine.

„Geduld. Mir fehlt noch eine Kleinigkeit." Er greift in seine Nachttischschublade und ich höre das Knistern der Kondomverpackung, verfolge jede seiner Bewegungen, während er es sich überrollt. Elektrisierende Vorfreude rauscht durch meine Blutbahn, und ich überrasche mich selbst, indem ich Tobias auf den Rücken dränge, mich auf ihm niederlasse. Ihn langsam in mir aufnehme.

Er hält die Luft an, verdreht leicht die Augen, und ich genieße diesen Moment der absoluten Kontrolle. Schiebe mein Becken vor, damit er tiefer in mich endringen kann.

Tobias keucht leise auf, hält mich an den Hüften fest. „Du bist so eng. Gib mir einen Moment, sonst kann ich für nichts garantieren." Er stöhnt und ich spüre, wie er sich in mir bewegt, damit Wellen der Erregung durch meinen Unterleib jagen. *Es fühlt sich so gut an.*

Ich kann nicht mehr warten, beginne mein Becken kreisen zu lassen. Er umfasst meine Brüste, zwirbelt an meinen Nippeln und ich lege den Kopf zurück. Gebe mich ihm hin. Voll und ganz. Fühle mich das erste Mal seit Jahren sicher und begehrt. Es besteht kein Grund für Zurückhaltung oder falsche Scham, also höre ich einfach auf zu denken, existiere nur noch. Tobias passt sich meinem Rhythmus an. Sein Daumen definiert meine Lust, während er die Bewegungen meiner Hüften mit seinen Stößen bestätigt, den Punkt in mir trifft, der so lange unberührt geschlummert hat.

„Oh Gott, bitte, hör nicht auf …" Meine Stimme klingt fremd, atemlos.

Um mich ist es geschehen. Das Beben baut sich langsam auf und explodiert. Ich explodiere, lasse mich auf der Woge der Wonne davontragen. Krampfe um seine Härte, was er mit einem Keuchen quittiert.

Mein Kinn fällt nach vorn, meine Fingernägel graben sich gnadenlos in seine Brust.

„Sieh mich an. Leni."

Es dauert einen Moment, bis seine Stimme mich erreicht.

„Leni, sieh mich an!", befiehlt er dunkel, sinnlich. Unsere Blicke verhaken sich. Er fixiert meinen Körper, stößt schneller in mich. Tiefer. Als er kommt, stöhnt er meinen Namen und ich versuche, diesen Moment noch einen Augenblick festzuhalten. Für einen späteren Zeitpunkt zu archivieren.

~oOo~

Noch immer atemlos, zieht er sie zu sich, bettet sie in seinen Arm. Sie schlingt ein Bein um seines.

Das war ... eine Supernova.

Leni ist keine dieser Frauen, die ihm um jeden Preis gefallen wollen. Die mit ihrer Sexualität spielen, um ihn für einen flüchtigen Moment an sich zu binden.

Leni ist echt. Ihre kleinen kehligen Geräusche sind weder einstudiert noch sind ihre Bewegungen berechnend.

Ihre vom Küssen geschwollenen Lippen glänzen feucht, ihre Brüste sind fest und rund und passen perfekt in seine Hände. Die Brustwarzen – kleine runde Murmeln, die dazu einladen, an ihnen zu saugen und zu knabbern.

In ihm tobt ein Tornado.

Gott weiß, wie sehr er sie wollte. Jetzt weiß er selbst, dass er darauf nicht mehr verzichten kann.

Tobias küsst ihren Scheitel. „Wie geht es dir, Honey?"

Sie küsst seine Brust, atmet gegen seine Haut. „Sehr gut, Rockstar." Er hört das Lächeln aus ihrer Stimme und schließt die Augen. *Und was jetzt, Bruckner?*

Er weiß, dass er besonders behutsam mit ihr sein sollte. Tobias ist sich im Klaren darüber, dass er sich am Rande der Vernunft bewegt. Dass Leni kein gewöhnlicher One-Night-Stand sein wird. Umso verrückter, dass er sich darauf eingelassen hat – es sogar provoziert hat. Gesteuert von seinen Trieben hat er nicht einen Moment darüber nachgedacht, was es für sie bedeutet, hier neben ihm zu liegen. Scheiße, sie hat ihren Ehemann verloren. Womöglich ist er der erste Mann, mit dem sie geschlafen hat, seit er tot ist.

Fuck, mit großer Wahrscheinlichkeit ist er sogar erst der zweite Mann überhaupt.

Tobias spürt das warme Kribbeln an seiner Wirbelsäule, als sie ihren nackten, warmen Körper gegen ihn presst. Sein Schwanz regt sich, wird hart. Jetzt ist wirklich nicht der richtige Zeitpunkt, um über die Konsequenzen dieser Nacht nachzudenken.

Mit einem wohligen Brummen legt er sich über sie. „Hast du Hunger?"

Sie schüttelt verneinend den Kopf, lacht leise. Er belehrt sie eines Besseren. Äußerst eindringlich.

~oOo~

Irgendetwas ist anders.

Ich schlage die Augen auf, nur um sie unverzüglich wieder zusammenzukneifen.

Du hast es tatsächlich getan. Mit ihm.

Und es war großartig.

Sein nackter Körper schmiegt sich schlafwarm gegen meinen und ich versuche, flacher zu atmen, um ihn nicht zu wecken.

„Guten Morgen, Honey." *So viel dazu.*

Langsam drehe ich mich zu ihm, knautsche das Kissen unter meinem Kopf. Seine Augen sind halb geöffnet, sein Lächeln wirkt noch leicht verschlafen.

Mein Herz wird zu groß für meinen Brustkorb, dem unverzüglich ein fieser Stich Einhalt gebietet.

Wie viele Frauen vor mir haben ihn wohl schon so gesehen?

Ich lecke über meine trockenen Lippen, streiche eine Strähne aus seiner Stirn. „Guten Morgen, Rockstar."

Tobias zieht mich wieder näher an sich. „Du bist so weit weg, es ist sehr einsam auf meiner Seite des Bettes."

Ich muss lächeln, lasse es zu gern geschehen. Seine Hände berühren meine nackte Haut, während er seine Nase in mein Haar drückt. „Du riechst nach Sommer."

„Eher nach Sex." Ich rümpfe die Nase. Eine Dusche wäre wirklich etwas Feines.

„Nein, nach noch mehr Sex." Tobias knabbert an meinem Ohrläppchen und ich kann mich nicht dagegen wehren, dass mein Unterleib sich gierig zusammenzieht. Seine Erektion drängt sich gegen meinen Oberschenkel und ich schiebe eine Hand unter die Decke, um nach ihr zu suchen.

Er knurrt leise und ich küsse sein Schulterblatt, erhasche einen Blick auf den Radiowecker. Lasse ihn augenblicklich los.

„Verfluchter Mist, ich bin viel zu spät dran."

Er legt einen Arm um meine Mitte, verhindert, dass ich das Bett verlasse. „Du kannst nicht gehen. Erst musst du beenden, was du angefangen hast."

Ich drücke ihn von mir, presse meine Lippen auf seinen Mund.

„Später. Ich habe Probe und mein Cello ist zu Hause."

„Ich würde dir mit einem Bass aushelfen."

Sein jungenhaftes Grinsen lässt mich fast schwach werden, doch ich verenge die Augen. „Hör auf, mich zu manipulieren." Ich robbe auf meine Seite des Bettes, schlinge die Decke um meinen Körper, ungeachtet der Tatsache, dass sie ihm nun nicht mehr zur Verfügung steht. *Er hat ja eh kein Problem mit Schamhaftigkeit.*

„Nimm sie weg." Er rollt sich auf den Rücken und ich spüre seine hungrigen Blicke im Rücken.

„Du bist mir keine Hilfe, Tobias Bruckner. Ich habe keine Ahnung, wo sich meine Klamotten befinden." Ich sehe ihn an. Seine beeindruckende Erektion liegt in seiner Faust und ich erstarre für einen Augenblick. Vergesse tatsächlich fast, die Decke festzuhalten. „Du bist unmöglich."

„Nein, süchtig nach dir. Und das interessiert dich nicht die Bohne."

Mit einem zuckersüßen Lächeln mache ich die zwei Schritte zum Bett, küsse ihn auf die rosige Eichel, sauge sie zwischen meine Lippen, nehme ihn tief in den Mund. Er stöhnt auf, hebt seine Arme. Noch ehe er meiner habhaft wird, trete ich wieder auf Abstand. „Das muss bis später reichen, Rockstar. Ich habe jetzt ein Date mit Sergei Prokofjew."

„Wer ist der Kerl, der es schafft, dich aus meinem Bett zu locken? Sollte er dir zu nahe kommen, bringe ich ihn um."

„Er ist bereits tot." Mit einem Lachen verlasse ich das Schlafzimmer. Nicht, ohne ihm die Ansicht meiner nackten Rückseite zu gönnen. *Soll er seinen Spaß haben.*

~oOo~

Tobias lauscht auf das Geräusch, als die Tür nur wenige Minuten später hinter ihr ins Schloss fällt, legt sich zurück und bringt zu Ende, was sie begonnen hat.

Das Bild ihrer Lippen um seinen Schwanz hat ihm den Rest gegeben.

Erst danach gestattet er sich, über diese Nacht nachzudenken. Über den Morgen.

In der Regel gibt es keinen Morgen mit Tobias Bruckner. Umso mehr sollte es ihn erschüttern, dass er sie bereits jetzt vermisst.

Mit einem Seufzen verlässt er das Bett, begibt sich ins Bad. Seine Zahnpasta liegt geöffnet auf dem Waschbecken und ein Kleks der weißen Masse klebt am Rand der Keramik. Er lacht leise auf. Was sie wohl dazu sagen würde, wenn ihm das in ihrem Bad passiert? Er wird es herausfinden.

Seine Zahnbürste ist hingegen trocken. Zu seiner Überraschung hätte es ihn nicht gestört, wenn sie sie benutzt hätte, anstatt sich die Paste nur auf den Finger zu streichen.

Tja, Bruckner. Und jetzt?

Jetzt wird er erst mal duschen und dann gönnt er sich einen Kaffee.

Kapitel 23

Oskar wischt sich den Schweiß aus dem Nacken. „Sie ist so ein unglaublicher Trampel!" Alles andere als begeistert von seiner Julia zieht unser Romeo eine Schnute.

„Jetzt sei nicht so streng mit ihr. Ich finde, jeder sollte seine Susanne haben."

„Du musst deine aber nicht kopfüber über die halbe Bühne tragen."

Ich lache bei der bildlichen Vorstellung und reiche ihm seine Wasserflasche. „Na komm, bis heute Abend hat sie es drauf." Ich sehe ihn gespielt mitleidig an, doch er winkt ab.

„Ich glaube nicht mehr an Wunder, mein Herz." Er schiebt eine Faust in seine Taille und reckt sein Kinn beleidigt vor.

Heute ist Premierenabend und ich bin eigentlich viel zu müde, um überhaupt diese allerletzte Vormittagsprobe zu überstehen, ohne dass mir die Augen zufallen.

Noch scheinen die Endorphine in meinem Körper zu wüten.

„Oskar, findest du nicht auch, dass unsere Leni irgendwie anders aussieht?" Frieda setzt sich auf die Treppe zur Bühne und betrachtet erneut nachdenklich mein Gesicht.

Oskar lässt die Flasche sinken und dreht meinen Kopf von links nach rechts. „Sie leuchtet."

„Ja, oder?" Meine Schwägerin nickt bestätigend.

Ich hebe mein Kinn von Oskars Finger. „Ihr spinnt. Alle beide." Ich kann die Röte nicht aufhalten, die sich auf meinen Wangen breitmacht.

Paolo klatscht in die Hände, ein Zeichen, dass die Pause vorbei ist, und erleichtert kehre ich zurück zu meinem Pult.

„Du hast mit ihm geschlafen!" Frieda flüstert von hinten in mein Ohr. Da sie keine Frage formuliert, sehe ich mich nicht genötigt, darauf zu antworten. Jedoch kann ich das selige Lächeln nicht von meinem Gesicht wischen.

Ich höre, wie sie ihren Stuhl von hinten näher an meinen schiebt. „Oh, guter Gott, ich danke dir." Sie spielt die *Carriage Parade* von Mary Cohen auf ihrer Violine an und ich muss laut lachen, als sie beginnt, die Saiten zu zupfen.

„Frieda!"

„Mit *Frieda* kommst du mir dieses Mal nicht davon. Das schwöre ich dir!" Ihr Bogen klopft auf meine Schulter, doch Paolo bedenkt uns bereits mit einem tödlichen Blick, der sie wieder an ihren Platz zurückrutschen lässt.

Und ich gebe mir redlich Mühe, diese Probe zu überstehen, ohne dass Tobias sich ständig in meine Gedanken schleicht.

~oOo~

„Wo sind diese verdammten Fotos?"

Tobias hält sein Handy auf Entfernung. „Auf meinem Rechner."

„Und wie kommst du dazu, der Band die gute Presse vorzuenthalten?" Hellas Stimme wird immer schriller und Tobias beginnt, sich um sein Trommelfell ernsthafte Sorgen zu machen.

„Hella, wir sind noch nicht mal im Studio. *Beyond* wird es verschmerzen." Er seufzt innerlich. Dieses verflixte Weib beginnt, ihm anständig auf die Nerven zu gehen. Er will Musik machen, keine Fotos verkaufen.

Hella atmet in sein Ohr. „Dieses Mal lasse ich es durchgehen. Aber ich warne dich. Gerade du hast einiges wiedergutzumachen, was das betrifft. Ich bin deine Eskapaden wirklich langsam leid. Es wird Zeit für Schlagzeilen, in denen du deinen Arsch gefälligst in der Hose behältst."

„Ich glaube, du schießt ein wenig übers Ziel hinaus, Hella." Tobias hat wirklich Mühe, seinen eigenen Zorn in Schach zu halten.

Was fällt ihr ein, mit ihm zu reden, als wäre er ein dummer Junge? Nur der Wunsch, sich nicht auch wie einer zu benehmen, hindert ihn daran, einfach aufzulegen.

Gerade als er denkt, dass sie das Gespräch von sich aus beendet, holt sie noch einmal tief Luft. „Bruckner, es wäre ausgesprochen hilfreich, wenn du an dieser Cellospielerin festhieltest. Zumindest bis *Crossing Borders* erschienen ist. Ich muss dir ja wohl nicht sagen, dass du nur davon profitieren kannst."

„Hella, du hältst Leni da raus. Das ist meine Warnung an dich." Nun legt er doch auf und unterdrückt das Verlangen, das Telefon einfach gegen die nächste Wand zu werfen.

Dieses nervige Miststück war ihm von Anfang an unsympathisch. Hella gehört zum großen Ganzen. Der Kompromiss, den man wohl eingehen muss, wenn man bei einem Major-Label einen Plattenvertrag unterschreibt. Es behagt ihm nicht im Geringsten, dass sie sich auf Leni eingeschossen hat.

Sicher, er konnte bisher mit seinen Frauen nicht sonderlich punkten. Aber Leni wird in keinem Fall zum Spielball in diesem miesen Geschäft.

Nur über seine Leiche.

~oOo~

„Also. Ich bin ganz Ohr." Frieda wartet noch nicht mal ab, bis wir die Instrumente für den Abend sicher verstaut haben.

Ich seufze ergeben. „Ja, du hast recht. Ich habe mit ihm geschlafen und ich habe vor, es wieder zu tun." Das erregende Prickeln in meinem Unterleib bestätigt mein Vorhaben, und ich stelle die Beine fest zusammen, als Erinnerungen der vergangenen Nacht plötzlich vor meinem inneren Auge aufblitzen.

„Und wann hattest du vor, mir davon zu erzählen?" Sie reißt mich regelrecht in ihre Arme. „Völlig egal. Hauptsache, du hast es endlich getan."

„Was ist, hat die eiserne Jungfrau im Lotto gewonnen?" Spöttisch schiebt Susanne ihren Stuhl zurück.

„Ja, so könnte man es wohl sagen." Frieda lässt mich gar nicht los und ich bekomme langsam keine Luft mehr, befreie mich aus dieser Umklammerung. „Von *eisern* und *Jungfrau* kann dann wohl nach letzter Nacht keine Rede mehr sein." Diese letzten Worte sollten wohl nur mir gelten, doch ich nehme aus dem Augenwinkel wahr, wie Susanne die Notenblätter aus der Hand gleiten und sie uns anstarrt.

Wenn ich ihr jetzt die Zunge herausstrecken würde, wäre das wohl eher infantil, oder?

Letztlich gebe ich mich mit der Genugtuung zufrieden, dass sie die richtigen Schlüsse gezogen hat, und schenke ihr lediglich ein bestätigendes Lächeln, welches ich mit einem Zwinkern unterstreiche.

Tobias steht lässig an eine Laterne gelehnt, als wir das Theater verlassen. Ich gehe davon aus, das wird dann wohl auch Susannes letzten Zweifel fortwischen.

„Jeder kann es hören. Dieses Knistern." Frieda umfasst meinen Oberarm, lehnt sich zu mir und ich schubse sie lachend zur Seite. Mein Herz schlägt mir plötzlich in den Hals und Schmetterlinge übernehmen das alleinige Kommando in meinem Bauch, als er uns mit seinem

Rockstar-Lächeln beglückt, das sogar ich mittlerweile ganz gut leiden kann.

Wir waren nicht direkt verabredet und ich frage mich, wie lange er wohl schon auf mich wartet.

„Hey, Honey, ich dachte, du hättest nach deinem heißen Date mit diesem Russen Lust auf etwas Herzhaftes."

Er küsst mich nicht unbedingt jugendfrei und registriert die grölenden Rufe meines Orchesters mit einem Grinsen gegen meinen Mund. „Habe ich sie damit etwa schon beeindruckt?"

„Nein. Es tut mir leid, dich zu enttäuschen, dieser Applaus galt wohl eher mir." Lachend winke ich meiner eigenen Band zum Abschied.

„Bis später", flötet meine Schwägerin und ich vergrabe mein Gesicht in Tobias' Lederjacke.

Er nimmt mich in den Arm, legt sein Kinn in meinen Haaransatz. „Du schämst dich doch wohl nicht, das Lieblings-Groupie eines Rockstars zu sein, oder?"

Ich boxe ihn zwischen seine Rippen. „Ich will schwer für dich hoffen, dass ich ab sofort das einzige Groupie bin." Mit angehaltenem Atem warte ich auf seine Antwort. Bisher habe ich es nicht gewagt, auch nur einen einzigen Gedanken daran zu verschwenden, welche Auswirkungen die letzte Nacht für mich hat.

Tobias bleibt unvermittelt stehen, zwingt mich, ihn anzusehen.

„Leni, ich habe noch keine Ahnung, wohin uns das beide führen wird. Jedoch habe ich mir fest vorgenommen, es nicht zu versemmeln. Du bist großartig, wunderschön und wahrscheinlich mehr, als ich verdient habe. Du stehst hier, neben mir, obwohl du alle Details über mich und mein Leben finden kannst, und es macht dir nichts aus, dass ich in der Öffentlichkeit stehe." Er macht eine bedeutungsschwangere Pause, sieht kurz an mir vorbei, ehe er meinen Blick erneut einfängt. „Zumindest hoffe ich das, denn es gehört zu meinem Leben dazu." Er senkt den Kopf, küsst mich zart auf die Lippen, ehe er seine Stirn gegen meine legt. „Selbstverständlich bist du das einzige Groupie und ich hoffe ja wohl, dass ich der einzige Rockstar in deinem Leben bin." Verschmitzt ziehen sich seine Mundwinkel nach oben. „Denn seit heute muss ich befürchten, dass du diese Schwäche für Russen hast, die dich sogar dazu bringt, mich einfach unverrichteter Dinge im Bett zurückzulassen."

Meine Arme umschlingen seinen Nacken und ich küsse ihn. Denn der Kloß, der sich in meinem Hals gebildet hat, verhindert, dass ich etwas anderes darauf erwidern könnte.

Kapitel 24

„Besteht eigentlich noch die Möglichkeit, Premierenkarten an der Abendkasse zu kaufen?" Tobias rollt die Spaghetti auf seine Gabel.

Ich verschlucke mich fast an meinem San Pellegrino. „Du willst kommen?"

„Was ist das für eine Frage, Honey? Du hast ein Konzert heute Abend und ich wäre gern dabei." Er lässt die Gabel sinken und grinst mich an. „Vielleicht möchte ich ja auch mal in Versuchung kommen, Unterwäsche auf die Bühne zu werfen." Die Nudeln wandern in seinen Mund.

„Das solltest du lieber lassen. Oskar stolpert sonst noch über seine Füße." Lächelnd stütze ich mein Kinn auf die Faust, betrachte ihn über den Tisch hinweg. Die störrische Strähne, die ihm ständig in die Stirn fällt. Die ebenmäßigen Züge seines Gesichts. Die vollen Lippen.

Das alles erscheint mir noch immer surreal. Irrwitzig. Wenn mir vor einigen Wochen jemand erzählt hätte, dass ich mal mit diesem fürchterlich selbstverliebten Vorstadtcasanova, der sich erdreistet hat, nachts in mein Zimmer zu kommen, um mich ungefragt zu küssen, in einem Restaurant sitze – ich hätte laut gelacht.

Und jetzt kannst du es kaum erwarten, dass er dich wieder küsst.

„Du hast meine Frage noch nicht beantwortet, Honey."

„Welche Frage?" *Ach herrje, Leni, hör endlich auf zu träumen.*

„Nach der Abendkasse."

„Du bist dir sicher, dass du den Abend überstehen wirst?" Ich schiele ihn über den Rand meines Wasserglases hinweg an.

„Absolut." Sein Lächeln lässt meine Knie weich werden. *Da sind wir aber froh, dass du bereits sitzt, Leni Eggers.*

Mit einem Schulterzucken nehme ich die Premierenkarten aus meiner Tasche, lege sie vor ihn auf den Tisch.

Tobias zieht seine Augenbrauen in die Höhe. „Bedeutet das, du trägst die Karten mit dir herum und fragst mich gar nicht, ob ich sie gern hätte?"

„Mir war nicht klar, dass du tatsächlich Wert darauf …"

„Leni, ich lege Wert darauf!" Äußerst bestimmt nimmt er die Tickets an sich.

„Allerdings wird es keine After-Show-Party geben", gebe ich zu bedenken, noch immer überrascht von seinem Wunsch, sich das Ballett ansehen zu wollen.

Er blickt leicht schräg zu mir auf. „Sei dir sicher, Honey: Für dich wird es eine After-Show-Party geben." Der Bass-Bariton seiner Stimme landet unverzüglich in meinem Höschen. Und er weiß es. Mit einem anzüglichen Grinsen verschwinden die Karten in seiner Hosentasche.

Nach einem letzten tiefen Zug lasse ich die Zigarette in der Erde verschwinden. „Ich muss los. Drück mir die Daumen, Jo." Wie immer, unmittelbar vor einer Premiere, stehe ich am Grab meines Mannes. Hauche einen Kuss auf die Fingerspitzen, ehe ich sie zum Abschied auf seinen Grabstein lege.

Ich habe es nicht übers Herz gebracht, ihm Neuigkeiten von Tobias zu erzählen. Dafür wird noch genügend Zeit sein. Später.

Ein Kloß bildet sich in meinem Hals. Wie soll man seinem Ehemann auch erklären, dass das eigene Herz plötzlich für einen anderen schlägt? Das lässt sich wohl nicht mehr leugnen. Ich habe mich irgendwie in den Rockstar verliebt.

Das Gefühl, Johannes zu betrügen, ist plötzlich übermächtig und ich kämpfe gegen das schlechte Gewissen an.

Ach, Jo, ich habe es nicht darauf angelegt, es ist einfach so passiert.

Johannes war so viele Jahre der Mittelpunkt meines Lebens, selbst über seinen Tod hinaus, dass ich plötzlich Angst davor habe, mich selbst zu verlieren, durch diese Sehnsucht nach mehr, die Tobias in mir weckt.

Frieda würde mich sicher für verrückt erklären, doch wie soll ich etwas hinter mir lassen, das so viele Jahre mein Leben bestimmt hat?

Am Parkplatz angekommen, krame ich im Handschuhfach nach Taschentüchern.

Hör auf zu heulen, du dumme Gans. Genieß das Glück, du hast es dir verdient.

Zumindest wird das von allen ständig behauptet.

Etwas verkrampft mache ich mich auf den Weg ins Theater.

~oOo~

„Diese bezaubernde Cellistin hat dich also unter ihren Fittichen?" Seine Großmutter hakt sich bei ihm unter. Er hat die Gelegenheit genutzt, ihr eine Freude zu machen und sie ins Ballett auszuführen.

„Ja, das hat sie." Er legt seine Hand auf ihre, lächelt sie an, während sie die Treppen zum Theater emporsteigen.

„Dass ich das noch erleben darf." Sie schüttelt noch immer ungläubig den Kopf. „Ich hoffe für dich, dass du es auch ernst mit ihr meinst, Tobias."

„Na hör mal, ich bin im Begriff mir *Romeo und Julia* mit dir anzusehen, obwohl Leni für die Welt versteckt im Orchestergraben sitzen wird. Wenn das nicht ernst gemeint ist, was denn bitte dann?"

Sie drückt seinen Unterarm. „Dann wird es dich sicherlich freuen zu hören, dass der Orchestergraben in diesem Theater nicht unter der Bühne liegt. Also kannst du deine Leni anschmachten, während ich den Anblick des Romeos genießen werde." Sie kichert wie ein junges Mädchen und Tobias schenkt ihr einen überraschten Blick. Manchmal muss er sich sehr über seine Großmutter wundern. „Der Abend wird immer schöner, Oma."

„Für mich in jedem Fall, mein Junge." Dann sieht sie ihn an. „Ich wünsche mir so sehr für dich, dass sie die Richtige ist. Du bist lang genug ziellos herumgeirrt."

Er küsst ihren Handrücken. „Sie ist die Richtige."

„Dann brenne ich darauf, sie persönlich kennenzulernen."

„Du wirst sie mögen, ganz bestimmt."

„Daran zweifele ich keine Sekunde. Die Frau, die es schafft, dich an die Kette zu legen, muss etwas ganz Besonderes sein."

Ja, das muss sie wohl.

~oOo~

„Wie du es geschafft hast, dass er tatsächlich kommt?" Frieda wagt einen schnellen Blick in den Zuschauerraum, entdeckt Tobias und greift hinter ihrem Rücken aufgeregt nach meiner Hand.

„Indem ich ihm meine Premierenkarten gegeben habe, du Schlauberger."

„Er sitzt in jedem Fall neben meinen Eltern."

Meine Schwiegereltern.

Für einen kleinen Augenblick verknotet sich mein Magen.

Bei einer Premiere sind einige Reihen den Familien des Ensembles und des Orchesters vorbehalten. Oft sind es meine Eltern, die auf den reservierten Plätzen sitzen. Ebenso oft bleiben diese Plätze unbesetzt. *Heute sitzt dort Tobias mit seiner Großmutter.*

„Oh Gott, daran habe ich überhaupt nicht gedacht." Schweiß bricht mir aus. Sie werden sofort wissen, dass es einen neuen Mann in meinem Leben gibt.

Frieda dreht mich zu sich. „Leni, verlier jetzt bloß nicht die Nerven, hörst du? Meine Eltern werden sich für dich freuen. Niemand von uns hat erwartet, dass du bis an dein Lebensende allein bleibst." Sie klingt fast wütend und ich nicke, wenn auch wenig überzeugt.

Habe ich mir nicht eben noch selbst Vorwürfe gemacht?

Mir bleibt keine Zeit mehr, darüber nachzudenken. Paolo drängt uns an die Instrumente, und ich spucke Oskar drei Mal über die Schulter, ehe ich mich hinter meinen Pult setze.

Begleitet vom Applaus des Publikums und Tobias' Blicken, die sich förmlich in meine Haut zu brennen scheinen.

Tief durchatmen, Leni. Dieser Abend ist in mehr als einer Hinsicht eine Premiere.

Es bleibt nicht aus, dass Tobias erkannt wird. Als Frieda und ich nach der Veranstaltung ins Foyer treten, steht er in einer Menschenmenge und ich betrachte die aufgeregten, zum Teil erröteten Gesichter der Frauen unter ihnen.

Du wirst ihn niemals für dich allein haben.

Eifersucht durchspült mich und ich kralle meine Finger um den Handlauf der Freitreppe, die von den Garderoben in die Halle führt.

Er hat den obersten Knopf seines Hemdes geöffnet, die Ärmel hochgekrempelt. Frieda pfeift anerkennend durch die Zähne. „Himmel, Leni, er ist aber auch rattenscharf."

Ich ziehe eine Grimasse. „Und heiß begehrt."

Ein halbseitiges Lächeln liegt auf seinen Lippen, während er sich zumindest augenscheinlich angeregt mit einer offensichtlichen Verehrerin unterhält. Er sieht auf, entdeckt mich und das Lächeln verwandelt sich binnen Sekunden in ein Strahlen, das mich nach Luft schnappen lässt. Tausende Schmetterlinge erheben sich, als er auf mich zukommt. Seine Fans einfach hinter sich zurücklässt, nur um mich zu begrüßen.

„Du machst dir doch nicht ernsthaft Gedanken über seine Motive, oder? Scheiße, ich würde ihm einen Heiratsantrag machen, sollte er mich nur ein einziges Mal so ansehen." Meine Freundin drückt meinen Unterarm, ehe sie sich an Tobias vorbei, zu ihren Eltern gesellt, die mir kurz zuwinken.

„Hey, Rockstar. Dich kann man wohl keine Sekunde aus den Augen lassen."

Ich bemühe mich um einen belanglosen Tonfall, er durchschaut mich sofort. Blickt fast ein wenig reumütig über seine Schulter. „Plötzlich war ich umzingelt." Er zuckt mit den Schultern. „Dabei bist du heute der Rockstar, Honey."

Tobias küsst mich vor den Augen sämtlicher Gäste dieses Abends, lässt keinen Zweifel daran, aus welchem Grund er anwesend ist. „Komm mit, ich möchte dich meiner Großmutter vorstellen."

Er legt wie selbstverständlich einen Arm um mich und ich befürchte, mein Lächeln ist ein wenig zu selbstgefällig, als wir an den ausgesprochen neidischen Blicken vorbei durch die Menge schlendern.

Kapitel 25

„Weißt du eigentlich, wie scharf es mich macht, dir beim Spielen zuzusehen? Völlig konzentriert in deine Noten?" Kaum, dass meine Wohnungstür hinter ihm ins Schloss gefallen ist, umfasst Tobias meinen Hintern, hebt mich auf seine Arme. „Oh Gott, Leni, ich bin schon seit Stunden steinhart."

Was mir nicht verborgen bleibt. Lasziv reibe ich mich an ihm und er stöhnt gegen meinen Mund, während er mich quer durch meine Wohnung trägt.

„Also hat es dir gefallen?" Ich kann ein Lächeln nicht unterdrücken, deute ihm den Weg in mein Schlafzimmer. Dieser Ballettabend wird ihn einiges an Überwindung gekostet haben. Er wollte es ja so.

„Du hast mir gefallen." Er flüstert gegen meine Ohrmuschel und ich schließe die Augen, gebe meinen Hals für ihn frei.

„Dabei hattest du die freie Auswahl." Sofort krampft sich meine Kehle zusammen, als ich an all die Frauen denke, die ihn vor wenigen Stunden umflattert haben, wie Motten das Licht.

Tobias hält inne, sucht meinen Blick. „Leni, ich wollte das Konzert meiner Freundin sehen."

Meiner Freundin, nicht *einer* Freundin. Ich schlucke trocken.

Bin ich das? Seine Freundin?

Ich bin verheiratet … verwitwet. *Und er ist ein Rockstar.*

„Du hast eine tolle Oma", lenke ich vom Thema ab, ehe es mich noch mehr verwirrt.

„Sag ihr das bitte nicht zu oft. Sie bekommt schnell Oberwasser und spielt solche Sachen gegen mich aus."

Ich muss lachen. „Das werde ich ganz von deinem Benehmen abhängig machen, Rockstar. Es ist beruhigend zu wissen, dass sie auf meiner Seite stehen würde."

„Ich bin wirklich nicht zu beneiden. Sie liebt dich bereits jetzt abgöttisch, du hast ihren flegelhaften Enkel von der Straße geholt." Er lacht leise und mir wird ganz warm ums Herz, wenn ich nur daran denke, wie fürsorglich er sich nach dem Konzert um das Wohl der alten Dame gekümmert hat. Und an die stolzen Blicke, die sie ihrem Enkel geschenkt hat.

Er kann nicht schlecht sein, Leni. Egal, was die Zeitung über ihn schreibt.

„Oh Gott, Honey, ich bin süchtig nach dir." Seine Nasenspitze kitzelt meine Haut. Ich halte die Luft an.

Ich bin süchtig nach ihm.

Die Wucht, mit der mich diese Gewissheit trifft, lässt mich regelrecht schwindelig werden. Ich lege meine Hände um sein Gesicht, zwinge ihn, mich anzusehen. „Danke, dass du dabei warst."

„Wage es niemals wieder, daran zu zweifeln, dass ich es ernst meine." Seine Stimme ist sanft, doch die Entschiedenheit seines Tonfalls lässt mich leicht erzittern.

Ich wünschte, es wäre so einfach.

Tobias spürt meine innere Zerrissenheit, küsst mich zart. „Ich weiß ja selbst nicht, wie das passiert ist, ich war mir noch niemals in meinem Leben so sicher."

Er gibt sich wirklich Mühe, mir das in dieser Nacht auch zu beweisen.

~oOo~

Tobias beobachtet sie. Das Lächeln, das auf ihren Lippen liegt, obwohl sie schläft.

Diffuses Mondlicht wirft Schatten über ihr Gesicht und er fragt sich nicht zum ersten Mal, womit er sie verdient haben könnte. Der Abend im Theater war voller Überraschungen. Er hat schnell herausgefunden, wer auf den Plätzen neben seiner Großmutter und ihm Platz genommen hat. Die Blicke der fremden Frau waren nicht unbedingt subtil. Als sie sich ihm in der Pause vorgestellt hat, ist ihm für einen Augenblick das Herz in die Hose gerutscht. Er hatte keine Ahnung, dass Frieda nicht nur Lenis Freundin, sondern auch ihre Schwägerin ist.

Sein Blick fällt auf das goldgerahmte Bild neben Lenis Bett. Er braucht längst kein Licht mehr, um sich an das Gesicht des lachenden blonden Mannes auf dem Foto zu erinnern. Die Ähnlichkeit zwischen ihm und Frieda ist eigentlich nicht zu übersehen.

Eifersucht hinterlässt einen bitteren Nachgeschmack auf seiner Zunge.

Womöglich liegt er im Bett des anderen Mannes, der ihr so viel bedeutet hat. All diese Menschen haben eine Vergangenheit mit Leni, um die er sie beneidet.

Du hast eine Zukunft mit ihr, du Esel.

Es dauert dennoch eine ganze Weile, bis der Schlaf sich endlich gnädig zeigt.

~oOo~

Es ist noch früh am Morgen, als ich die Augen aufschlage.

Ein ungewohntes Gefühl, nicht mehr allein in diesem Bett zu liegen. Obwohl, in diesem Bett hat außer Frieda und mir noch niemand sonst übernachtet. Als Johannes starb, haben Oskar und sie es ohne mein Wissen einfach gekauft und unser ehemaliges Ehebett der Kirche gespendet. Ich habe getobt und geschrien, aber weder Frieda noch Oskar haben sich erweichen lassen. Wer weiß schon, wofür es gut war? In Johannes' Bett hätte ich Tobias nicht übernachten lassen.

Oder vielleicht doch?

Leise drehe ich mich um, betrachte den schlafenden Rockstar.

Gewöhn dich lieber noch nicht zu sehr an ihn. Was, wenn er das Interesse an dir wieder verloren hat?

Dieser Gedanke versetzt mir einen Stich und ich presse die Lippen aufeinander.

Sein Gesicht wirkt völlig entspannt und fast kann ich den kleinen Jungen erkennen, der er mal gewesen ist.

Vorsichtig streiche ich ihm durchs Haar, ehe ich das kuschelige Bett verlasse, um ins Bad zu gehen. Nicht, ohne auf Johannes' Bild zu schauen, das auf meinem Nachttisch steht.

Denk nicht darüber nach, Leni. Jo ist nicht mehr hier.

Stattdessen sollte ich über Frühstück nachdenken.

Immerhin bin ich gestern früh viel zu schnell aus Tobias' Bett verschwunden. Er hat eine Belohnung verdient. Dafür, dass er sich noch nicht bei Nacht und Nebel aus dem Staub gemacht hat.

Mit einem Honigkuchenpferdgrinsen im Gesicht putze ich meine Zähne und überlege, ob er wohl lieber Brötchen oder Croissants zum Frühstück mag. Eier und Speck sind im Kühlschrank. Ich könnte uns sogar den Luxus eines frisch gepressten Orangensaftes gönnen.

Nun übertreib nicht direkt, womöglich bleibt er dann für immer.

Wäre das schlimm?

Ich betrachte mein Spiegelbild, ziehe die Stirn kraus. *Welch merkwürdiger Gedankengang an einem Morgen wie diesem.*

Ich stelle das Wasser an und gönne mir eine ausgiebige Dusche. Alles an mir riecht nach Sex, mir ist ja selbst schon ganz schwindelig von den ganzen Endorphinen in der Luft.

Nur in ein Handtuch gewickelt, schleiche ich zurück ins Schlafzimmer.

„Und ich dachte schon, du hättest mich schon wieder für diesen Russen verlassen." Tobias' Hand fischt nach mir und ehe ich mich versehe, liege ich auf seiner Brust.

Ich kreische erschrocken auf, fasse mein Handtuch fester an den Enden. „Nein, ich gestehe, ich hätte mich für Croissants und Brötchen aus dem Staub gemacht", gebe ich lachend zu.

Er schnuppert an mir. „Mmh, nicht in diesem Handtuch, oder?"

„Das hatte ich eigentlich nicht vor …"

„Sehr gut. Dann hast du sicherlich nichts dagegen, wenn ich es an mich nehme?" Tobias dreht mich unter sich, lässt seinen Worten Taten folgen.

„Hast du denn keinen Hunger?" Ich runzle die Stirn, versuche ihm zu entkommen, was er zu verhindern weiß, mich mit seinem Gewicht tiefer in die Matratze drückt.

„Und ob ich Hunger habe."

Als er meine Brustwarze zwischen seine Zähne nimmt, beginnt daran zu zupfen, bricht mein halbherziger Widerstand. „Dabei habe ich mir den Sex gerade erst abgeduscht."

Meine Stimme gehorcht mir längst nicht mehr, was er mit einem unbescheidenen Grinsen zur Kenntnis nimmt.

„Ich liebe den Geruch nach Sex an dir, Honey." Er dreht mich auf sich. Seine mächtige Erektion klopft gegen meine Mitte und ich reibe mich an ihm.

Tobias umfasst meine Hüften. „Das ist ziemlich gefährlich."

„Hast du dich so schlecht unter Kontrolle, Rockstar?" Ich beuge mich vor, knabbere an seinem Kinn, seinem Ohrläppchen. Meine Brüste pressen sich gegen seinen Oberkörper, meine feuchten Haare streifen seine Haut, während ich nach den Kondomen taste. Er bekommt sie vor mir zu fassen.

„Bei dir verliere ich die Beherrschung, Honey." Ohne mich aus den Augen zu lassen, rollt er sich das Gummi über, hebt mich an.

„Ich habe aber auch ein Glück." Langsam lasse ich ihn in mich hineingleiten. Spüre, wie er mich dehnt. Mehr und mehr ausfüllt.

„Himmel, Honey, mach langsam." Tobias schließt stöhnend die Augen, umfasst meine Hüften. Ich denke gar nicht daran, verschränke meine Finger mit seinen.

„Zeit, die Beherrschung zu verlieren, Rockstar."

Mir stockt der Atem und ich setze mich auf den Boden. Mein Herz klopft wie wild, als mir Johannes entgegenlächelt. Aus der Zeitung meines Nachbarn – unmittelbar neben einem Bild von Tobias.

„Oh Gott, Jo …" Völlig betäubt lege ich eine Hand auf meine Brust, spüre, dass eine Panikattacke sich ihren Weg bahnt.

Atme, Leni. Atme.

Kalter Schweiß bricht mir aus, klebt unangenehm unter meinen Achseln.

Einundzwanzig – einatmen – *zweiundzwanzig* – ausatmen – *dreiundzwanzig.*

Mit zitternden Fingern nehme ich die Zeitung, schiebe mich an der Wand in eine aufrechte Position und stolpere irgendwie zu meiner Wohnung.

Wie können die es wagen? *Jo, mein Jo!*

Eine Träne fällt auf sein Bild, verwischt die Druckerschwärze. Ich brauche viele Sekunden, bis ich die Tür zu meiner Wohnung endlich geöffnet habe, nur um augenblicklich gegen sie gelehnt, wieder gen Boden zu rutschen.

Der Klingelton meines Handys lässt mich zusammenzucken.

Viel zu schrill in meinen Ohren. Ich erwarte keinen Anruf, will mit niemandem sprechen.

Das permanente Klingeln will einfach nicht aufhören. Ich presse die Hände auf meine Ohren und wiege mich hin und her. Schluchzer lassen meinen Körper erbeben.

Was habe ich nur getan?

Wie konnte ich meinen Ehemann verraten? Meine Prinzipien? Ihn an eine Zeitung verkaufen?

Nichts anderes habe ich getan, indem ich mich auf eine zweifelhafte Affäre mit Tobias Bruckner eingelassen habe. Das schlimmste Gefühl ist die Erkenntnis darüber, dass ich gestern Nacht nicht eine Sekunde an Johannes gedacht habe. *Oh Leni, Leni.*

„Leni? Ich glaube, das ist dein Handy …" Ich höre Tobias' Stimme aus dem Bad, doch ich fühle mich außerstande aufzustehen, oder ihm zu antworten.

„Leni?"

Plötzlich finde ich mich in seinen Armen wieder. „Um Gottes willen, was ist denn passiert?" Tobias wiegt mich hin und her. Wie ein kleines Baby heule ich gegen seine Brust, durchnässe mit meinen Tränen sein Shirt.

Ich höre das Rascheln der Zeitung, als er sie mit seiner freien Hand aufschlägt.

„I-ich ha-be Brötchen … und die … die Zei… Zeitung lag …" Meine Stimme wird von wilden Schluchzern begleitet.

Tobias drückt seine Lippen in mein Haar. „Pscht, es ist gut."

Ich lausche auf seinen Herzschlag, spüre, wie sich mein eigener langsam beruhigt. Wie die Wärme seines Körpers auf meinen übergeht und das Elend tatsächlich von mir abfällt.

Er zerknüllt die Zeitung zwischen den Fingern und ich sehe das Weiße seiner Fingerknöchel hervortreten, als sich ein Schlüssel im Schloss herumdreht.

„Leni? Hast du dein Handy nicht ... hockst du hinter der Tür?"

Frieda drückt gegen die Tür, schiebt uns damit in den Raum. Tobias hilft mir auf, verfrachtet mich auf die Couch.

„Frieda, das ist gut, dass du hier bist. Kannst du mir einen Gefallen tun und bei Leni bleiben, bis ich wieder da bin?"

Sie nickt, schiebt ihren Schlüssel zurück in die Tasche und Tobias nimmt mein Kinn zwischen Daumen und Zeigefinger. „Ich bin in spätestens zwei Stunden wieder da. Versprich mir, dass du in der Wohnung bleibst."

Mein Nicken genügt ihm als Antwort und mit einem flüchtigen Kuss ist er auch schon aus der Wohnung.

Ich wische mir über die Augen und atme tief ein. „Woher wissen die von Jo, Frieda?"

Sie setzt sich neben mich, legt ihre Hände auf meine Oberschenkel. „Schätzchen, sie wissen von dir und Jo ist ein Teil deines Lebens. Bitte, denk dir nichts dabei."

„Ich soll mir nichts dabei denken, dass ein Foto meines Mannes in der Zeitung erscheint? Der Unfall?" Aufgewühlt reibe ich mir über die Stirn. „Von mir ... damit kann ich leben. Aber von Jo?" Erneut beginne ich zu weinen. „Ich habe ihn verraten. Wie konnte ich das nur tun?"

Seine Schwester umgreift fast schmerzhaft meine Schultern. „Was redest du denn da? Niemand hat irgendwen verraten, Leni. Jo ist tot und du lebst, verdammt!" Eine steile Falte bildet sich über ihrem Nasenbein und sie beginnt, mich zu schütteln. Meine

Zähne schlagen aufeinander. Ich lege meine Hände übers Gesicht, als mich tiefe Verzweiflung erfasst. Schluchzer lassen mich regelrecht erbeben.

„Was, wenn deine Eltern …?"

Sie unterbricht mich unwirsch. „Mach dir um meine Eltern keine Sorgen. Ich habe bereits mit ihnen gesprochen. Der Artikel war in keiner Weise negativ. Weder für dich noch für Johannes. Es war einfach ein Artikel über dich."

Endlich lässt sie meine Schultern los und reißt mich stattdessen in ihre Arme. „Ach, Schätzchen, du warst so glücklich gestern Abend. Bitte, überstürze nichts. Tobias scheint es wirklich ernst zu meinen und ihr seid so ein schönes Paar. Du hast ein bisschen Glück verdient."

Ein zittriger Seufzer löst sich aus meiner Kehle.

Wenn ich nur wüsste, was ich tun soll. Was das Richtige ist.

~oOo~

Tobias fährt viel zu schnell. Er braucht dringend ein Ventil gegen diese unbändige Wut, die ihm die Luft abschnürt.

Irgendein Pressefuzzi muss Leni gestern bis auf den Friedhof gefolgt sein. Ein Bild der trauernden Witwe am Grab ihres Mannes.

Und dieser Schmierfink von Reporter hat sogar noch tiefer in Lenis Vergangenheit gegraben. Ein Bild ihres vor drei Jahren verunglückten Ehemannes ist dekorativ neben seinem eigenen abgebildet. Die Geschichte um den tragischen Unfall, Lenis Engagement im Theater. Die *Gegensätze der Männer im Leben der Leni E.*

Er könnte kotzen.

Tobias zweifelt nicht eine Minute daran, zu wissen, auf welchem Mist diese Geschichte gewachsen ist.

Hella. Er hofft, dass sie ihr Testament gemacht hat, denn wenn er sie in die Finger bekommt, ist es dafür definitiv zu spät.

Seine flache Hand schlägt gegen das Lenkrad. Damit hätte er rechnen müssen, er hat den Fehler begangen, sie zu unterschätzen.

Derartig hilflos hat er sich noch niemals gefühlt.

Sein Handy klingelt, er bestätigt das Gespräch, bemüht sich um Gelassenheit. „Hella, wie schön von dir zu hören. Ich bin gerade auf dem Weg zu dir."

„Verflucht, ich habe geahnt, dass die Presse sie liebt. Hier laufen die Telefone heiß. Jeder will ein Interview mit euch beiden." Der Triumph in ihrer Stimme verknotet seine Eingeweide. „Ich ordere dir schon einen Kaffee. Beeil dich." Ohne ihn noch einmal zu Wort kommen zu lassen, drückt sie ihn weg und Tobias atmet tief in den Brustkorb.

Du hast es nicht anders gewollt.

Bisher hatte er Skrupel, doch mit dieser Geschichte ist sie eindeutig zu weit gegangen. Mit quietschenden Reifen wendet er den Mercedes.

Er muss zuerst ins Loft.

~oOo~

Frieda gießt mir noch einen Kaffee ein und ich drehe die Tasse zwischen meinen Fingern. „Hast du Hunger? Ich habe Brötchen geholt." Irgendwie hatte ich mir mein Frühstück anders vorgestellt.

„Nein, danke. Aber du solltest etwas essen."

Ich schüttele verneinend den Kopf. Mir ist der Appetit gründlich vergangen.

„Ich war hysterisch, Frieda, oder?" Plötzlich komme ich mir so albern vor. Tobias hat die Zeitung mitgenommen, Frieda hat mir den Inhalt des Artikels in groben Zügen wiedergegeben.

„Nein, das warst du nicht." Sie greift nach meiner Hand. „Das ist eine völlig neue Situation. Du musst dich erst hineinfinden, plötzlich derartig im Rampenlicht zu stehen. Die Leute sind neugierig auf die Frau an Tobias Bruckners Seite."

Fahrig streiche ich durch mein Haar. „Ich weiß gar nicht, ob ich das überhaupt bin."

Frieda nimmt einen Schluck aus ihrer Tasse, sieht mich nachdenklich an. „Du möchtest mir damit jetzt nicht sagen, dass du dich gegen den Rockstar entscheidest, oder?"

Ich zucke mit den Schultern und sofort schießen mir erneut die Tränen in die Augen. Ich wische sie weg. „Ich habe keine Ahnung. Tobias ist so ganz anders, als es Johannes war."

„Na, Gott sei Dank."

Sie betrachtet meine Zimmerdecke und ich runzle die Stirn. „Frieda, das ist nicht hilfreich."

„Leni, Johannes war stinklangweilig. Er war mein Bruder und ich vermisse ihn schrecklich. Doch ich habe nie verstanden, was du an ihm gefunden hast."

„Ich habe ihn geliebt." Erneut kullern die Tränen.

„Das weiß ich doch, du Dummerchen." Sie seufzt leise. „Das war taktlos von mir, entschuldige bitte. Leni, Tobias ist großartig. Zumindest gibt er sich wirklich Mühe, großartig zu sein. Und wenn du wegen eines dämlichen Reporters plötzlich alles infrage stellst, dann solltest du offen mit ihm reden und nicht darauf warten, dass er sich unsterblich in dich verliebt."

Ich verziehe mein Gesicht. „Er ist ein Rockstar, Frieda. Er verliebt sich nicht in mich. Jetzt gibt er sich vielleicht noch Mühe, doch was, wenn er erst mal das Interesse an mir verloren hat? Dann bin ich unsterblich in ihn verliebt und er …" Allein bei dem Gedanken daran, legt sich ein Schraubstock um mein Herz, und leise füge ich hinzu: „Jetzt komme ich vielleicht noch halbwegs glimpflich davon. Ich sollte dem Reporter wohl dankbar sein."

„So siehst du das?"

Ich nicke bestimmt. „Ja, so sehe ich das."

Mein Handy klingelt und das Gesicht meiner Mutter erscheint im Display. Ich lege den Kopf auf meine Arme. „Ich kann nicht mit ihr sprechen. Frieda, bitte, du musst da rangehen."

Kapitel 26

~oOo~

„Gut, dass du endlich hier bist. Wir müssen unbedingt die Termine für die nächsten Wochen durchgehen. Wer hätte damit gerechnet, dass deine Kleine einschlägt wie eine Bombe?" Mit einem siegessicheren Lächeln und leise vor sich hin summend, blättert die PR-Agentin durch ihren Kalender.

Tobias unterdrückt den Würgereiz, als er ihrer ansichtig wird, macht zwei große Schritte durch den Raum und schlägt seine Hand auf den Kalender.

Endlich sieht sie auf und das Lächeln verschwindet bei seinem Anblick unverzüglich aus Hellas Gesicht. *Sehr gut.*

„Ich habe dir gesagt, du sollst Leni da raushalten!" Er presst die Wörter zwischen den Zähnen hervor und betet inständig, dass er sich nicht vergisst.

Hella scheint ihre Fassung wiedergefunden zu haben. „Und ich habe dir gesagt, du brauchst eine gute Presse. Als du die Möglichkeit dazu hattest, hast du die Lizenzen der Fotos deiner Versteigerung selbst erworben, Bruckner. Du hast mir gar keine Wahl gelassen." Sie baut sich hinter ihrem Schreibtisch auf, verschränkt die Arme vor der Brust.

„Du bist zu weit gegangen, indem du den Reporter auf sie angesetzt hast."

„Jetzt mach mal einen Punkt, mein Freund. Ich habe ihn lediglich gebeten, die Augen offenzuhalten. Dass er ihr direkt bis auf den Friedhof folgt, in ihrer Vergangenheit wühlt, konnte ich nicht ahnen."

Er holt tief Luft, wirft den Umschlag auf ihren Schreibtisch. Sie sieht ihn fragend an, ehe sie das Couvert an sich nimmt, hineinsieht.

Erkenntnis huscht über Hellas nun leichenblasses Gesicht und sie setzt sich langsam auf ihren Stuhl, ohne ihn anzusehen. „Woher hast du das?"

„Ich bin ein *Rockstar*, Hella. Meine *Weibergeschichten* sind legendär. Wenn man hin und wieder die richtigen Frauen gegen Bäume vögelt, erfährt man einiges." Seine Stimme trieft vor Sarkasmus. „Du hast dir das zu Nutzen gemacht, denn du lebst ausgesprochen gut von der Provision unserer – *meiner* – schlechten Presse, nicht wahr? Nach diesem Foto waren wir in den Charts. Verkauf mich nicht für dumm, Hella." Er beugt sich über den Schreibtisch, taxiert ihren Blick. „Vor allen Dingen unterschätze mich niemals wieder."

„Tobias, ich ..."

Sieh an, plötzlich ist er nicht mehr nur Bruckner?

Er stellt sich aufrecht, fährt ihr über den Mund. „Ich muss dich nicht daran erinnern, was es für den Ruf deiner Agentur bedeutet, wenn das in die falschen Hände geriete."

„Du kannst nichts von dem beweisen." Ihre Stimme klingt bei Weitem nicht so fest, wie sie es sich sicherlich wünschen würde. Ein letzter erbärmlicher Versuch, nicht die Oberhand zu verlieren.

„Ich weiß, dass es deine Assistentin war, die mich in die richtige Position geschoben hat, damit der von dir bestellte Fotograf meinen Arsch besonders ansprechend ablichtet. Mich würde interessieren, mit welchen Musikern du das oder ähnlich Schmieriges noch abgezogen hast, um die Verkaufszahlen in die Höhe zu treiben." Er atmet durch. „Doch das lässt sich sicherlich schnell herausfinden. Bisher war mir das zu anstrengend, denn es hat *Beyond* nicht geschadet und ich habe ein dickes Fell. Aber jetzt …?" Tobias ballt seine Hände zu Fäusten. „Es würde die Chefetage des Labels bestimmt interessieren, dass du verantwortlich bist für die schlechten Schlagzeilen der Musiker, die dort unter Vertrag stehen, um an die fetten PR-Aufträge zu kommen."

Sie lacht freudlos auf. „Die wollen auch nur Geld mit euch verdienen und das hat bisher ganz hervorragend funktioniert."

„Hella, fordere mich nicht heraus. Das ist ein gut gemeinter Rat." Er ist selbst verwundert, mit welcher Ruhe und Besonnenheit ihm diese Worte über die Lippen kommen, obwohl in ihm ein Orkan tobt, und wendet sich in Richtung Tür, nur um sich noch einmal umzudrehen. „Danke für den Kaffee, Hella. Du kannst den Umschlag behalten. Ich habe die Originale und die Telefonnummer deiner ehemaligen Assistentin, die dank meiner Hilfe einen besseren Job gefunden hat. Du hättest ihr vielleicht nicht kündigen sollen, nachdem sie in fragwürdiger Pose in der Zeitung erschienen ist. Potenzielle Chefs betrachten diese Art der Öffentlichkeitsarbeit eher als zu ambitioniert."

~oOo~

Das Taschentuch in meiner Hand ist bis zur Unkenntlichkeit zerfleddert und ich drücke die zweite Zigarette tief in die Erde. Ich habe es zu Hause nicht mehr ausgehalten, also bin ich an den Ort geflüchtet, der vor drei Jahren zu meiner Zuflucht geworden ist. Doch ich finde nicht die richtigen Worte, um Johannes an meinen Gedanken teilhaben zu lassen. Alles, was ich sagen würde, wäre eine Offenlegung meiner Untreue. Also schweige ich verzweifelt und gestatte mir lediglich die heißen Tränen, die einfach nicht versiegen wollen.

„Dachte ich es mir, dass ich dich hier finde." Tobias' sanfte, sonore Stimme lässt mich erschrocken zusammenfahren. Ich sehe das Entsetzen auf seinem Gesicht, als ich mich zu ihm umdrehe. Er hat sich schnell wieder im Griff, schenkt mir ein Lächeln, das mein Herz stolpern lässt.

„Wie hast du mich gefunden?" Ich verachte mich für das Zittern in meiner Stimme.

Er dürfte nicht hier sein. An meinem Ort. An Johannes' Ort.

Das alles wirkt so abwegig und grundverkehrt. Ich reibe meine Hände hilflos gegeneinander, weiche seinem Blick aus.

„Der Artikel in der Zeitung. Es war nicht so schwer, eins und eins zusammenzuzählen."

Ich höre, wie er einen Schritt auf mich zu macht, und spüre, wie ich mich versteife, doch er redet weiter, ohne mich zu berühren. „Ich bin eine halbe Stunde über den Friedhof spaziert. Zum Glück ist er nicht groß …"

„Tobias, ich …" Meine Augenlider flattern und mein Herz schlägt traurig und zerrissen gegen meinen Brustkorb. Ich hasse es, mich so unsicher und schwach zu fühlen.

Das ist einfach zu viel. Er ist zu viel.

„Leni, bitte, es tut mir leid, dass das passiert ist. Ich hatte keine Ahnung, dass dieser Journalist …"

Mein Zeigefinger schnellt hoch und er hält mitten im Satz inne. Mein Blick sucht Johannes' gemeißelten Namen, ohne darin den Trost zu finden, nach dem ich mich so bitter sehne. „Es ist in Ordnung. Es war töricht von mir, nicht darüber nachzudenken, welche Konsequenzen es für mich hat, wenn man mich mit dir zusammen sieht." Ich schlucke trocken. „Du hast mich gewarnt, und ich habe nicht zugehört." Die Buchstaben auf Johannes' Grabstein scheinen plötzlich hin und her zu tanzen und ich kneife die Augen zusammen. „Tobias, ich hätte mich nicht darauf einlassen sollen."

Er kommt noch einen Schritt näher. „Honey, ich …"

„Hör auf, mich so zu nennen. Bitte, Tobias. Ich bin noch nicht so weit. Ich dachte, ich wäre es." Meine Stimme bricht und ich wische mir über die Augen, selbst wenn das Taschentuch längst keine Tränen mehr aufnimmt. „Aber ich bin es nicht."

Um meine Worte zu unterstreichen, sehe ich ihn an. Mit zusammengezogenen Augenbrauen hält er meinem Blick stand. „Ich bin nicht bereit, das hinzunehmen."

Die Entschlossenheit seiner Stimme lässt mich innerlich beben. Ich ignoriere den Wunsch, mich an ihn zu schmiegen. Diese Sehnsucht danach, dass er seine starken, schützenden Arme um mich legt und mir die Welt verspricht. Ich wappne mich gegen den Schmerz, den dieser Abschied in mir heraufbeschwört.

Mein Magen krampft sich zusammen und mein Brustkorb wird zu eng. Ich fühle, wie meine Kraft schwindet. „Mach es mir nicht so schwer." Ein belegt klingendes Flüstern. Zu mehr bin ich nicht imstande, ohne in Tränen auszubrechen.

Das ist sein Zeichen, um die letzte Distanz zwischen uns zu überwinden. Ich zucke zusammen, als er mein Gesicht in seine großen Hände nimmt. Die Schwielen seiner Fingerspitzen streichen über meine tränenfeuchten Wangen. „Leni, du machst dir keine Vorstellung davon, wie schwer ich es dir machen werde." Seine braunen Augen sind dunkler als üblich und ich konzentriere mich auf die goldenen Sprenkel in seinen Iriden. Er fixiert meinen Blick. „Ich hätte niemals gedacht, dass ich das mal sagen werde. Zum ersten Mal in meinem Leben begegne ich einer Frau, der ich auf Augenhöhe begegnen kann. Die *mir* auf Augenhöhe begegnet und mir zeigt, dass es mehr gibt als hirnlose Gespräche und wahllose Bettgeschichten." Er kommt einen weiteren Schritt näher und sein Atem kitzelt meine Haut. „Du lässt mein Herz höherschlagen. Ich freue mich darauf, dich zu sehen, und ich vermisse dich, wenn du nicht bei mir bist. Ich bin ganz vernarrt in diese kleinen Seufzer, die du von dir gibst, wenn ich dich küsse, und ich mag das Lächeln auf deinen Lippen, selbst wenn du schläfst." Sein Daumen streicht über meine Unterlippe. „Du verzauberst mich mit deinem Cello und mit der Art, wie du es spielst. Ich bin süchtig nach deinem Geruch und ich sehe nicht ein, warum ich auf all das verzichten sollte, nur weil ein verschissener Reporter übers Ziel hinausgeschossen ist." Er hebt mit dem Zeigefinger mein Kinn.

Ich sollte etwas erwidern, doch ich bin zu betäubt, meine Kehle wie zugeschnürt.

Tief in meinem Inneren weiß ich, dass er jedes einzelne Wort so meint, wie er es gesagt hat. Und das macht es mir nicht leichter, ihn gehen zu lassen.

Du bist in ihn verliebt, du dumme Gans.

Ja, das bin ich und deshalb muss ich einen Schlussstrich ziehen.

Ich schüttele fast unmerklich meinen Kopf, verschließe meine Augen vor dem Anblick dieses wunderschönen

Mannes, der mir ganz offensichtlich eine Liebeserklärung gemacht hat. Vielleicht die allererste seines Lebens.

Am Grab meines Mannes. *Scheiße, Leni!*

Meine Hände legen sich über seine, lösen sie von meinem Gesicht. Ich presse meine Lippen auf seinen Handrücken. „Es tut mir leid. Ich kann nicht." Eine weitere Träne fällt auf seine Haut und ich beobachte, wie sie abperlt, zu Boden tropft.

Kraftlos lässt er die Arme sinken, sieht blicklos an mir vorbei. „Nichts muss dir leidtun, Leni. Mir tut es leid, dass ich dich nicht beschützen konnte. Uns nicht vor so etwas beschützen konnte."

Die Knöchel seiner geballten Fäuste treten weiß hervor und seine Kiefermuskeln zucken. Er massiert resigniert seinen Nacken. „Für den Augenblick akzeptiere ich deine Entscheidung. Doch du sollst wissen, dass ich nicht aufgebe, Leni Eggers." Er betrachtet eingehend den Grabstein, fährt sich durchs Haar, und mir kommt es so vor, als wäre er in ein stummes Zwiegespräch mit Jo vertieft.

Ich atme bebend durch hohle Wangen ein, wende mich ab. Nicht fähig, gegen diese Flut an Emotionen anzukämpfen.

Wische mit dem Zeigefinger über mein Gesicht. Versuche verzweifelt, nicht einfach zusammenzubrechen.

Das Knirschen seiner Schuhsohlen auf den Kieseln des Weges verrät mir, dass Tobias sich entfernt.

Erst jetzt gestatte ich mir, meinen zitternden Beinen nachzugeben, und lasse mich auf meine Knie fallen.

~oOo~

Viel zu betäubt, um zu realisieren, was ihre Worte bedeuten, setzt sich Tobias hinters Steuer.

Blind für seine Umgebung starrt er aus der Windschutzscheibe auf die umliegenden Gräber. Langsam gewinnt die Verzweiflung Oberhand und seine Handballen schlagen unkontrolliert auf das Lenkrad seines Wagens ein.

Tränen brennen hinter seinen Augen, und er öffnet die Tür, steigt aus und tritt mit aller Gewalt gegen einen Begrenzungsstein. Heißt den stechenden Schmerz willkommen, der durch sein Bein fährt.

Wild fluchend rauft er sich die Haare und dreht sich um die eigene Achse, ehe er humpelnd zu seinem Mercedes zurückkehrt.

So einfach werde ich es dir nicht machen, Leni Eggers.

Kapitel 27

Meine Tage sind gefüllt mit Proben, die Abende mit Konzerten. Ich habe keine Zeit, über Tobias Bruckner nachzudenken. Oder darüber, was geschehen ist.

Es scheint fast so, als hätte ich wieder in einen normalen Alltag gefunden. Zumindest bei Tag.

Die Nächte sind tückisch. Allein die Tatsache, dass jeden Abend etwas auf meiner Fußmatte liegt, lässt mich zu einem heulenden Elend mutieren.

Tobias hält Wort und gibt nicht auf. Meine Wohnung ist ein einziges Blumenmeer.

Während Frau Schneider aus dem Erdgeschoss sich über die Pralinen gefreut hat, sind die ersten Rosen noch in meinem Mülleimer gelandet. Jedoch habe ich es nach dem fünften Strauß nicht mehr übers Herz gebracht, sie wegzuwerfen. Mittlerweile stehen die Blumen sogar in meinem Putzeimer, aus Ermangelung an Vasen.

Lediglich die kleinen Kärtchen liegen auf meinem Nachttisch. *Du fehlst mir.* Mehr schreibt er niemals darauf.

Du fehlst mir auch. Das wird er nicht erfahren.

Die Zeitungen haben sich nach diesem furchtbaren Artikel zurückgehalten. Ich habe zumindest keine weitere Schlagzeile über Tobias und mich und unsere Beziehung zueinander gefunden.

Welche Beziehung? Darüber gibt es wirklich nichts mehr zu berichten, Leni.

Ich sollte Erleichterung darüber empfinden, oder? Doch die leisen Zweifel an meiner Entscheidung beginnen langsam, mich von innen heraus aufzufressen.

Vielleicht habe ich überreagiert? Zu vorschnell gehandelt?

Ich habe etwas beendet, noch bevor es eine Chance hatte, zu wachsen.

Weil ich dem Rockstar keine tiefen Gefühle zugetraut habe und sie bei mir nicht zulassen wollte. Angst davor hatte, verletzt zu werden.

Jos Bild in der Zeitung, der direkte Vergleich zu Tobias. Hätte ich das ignorieren sollen?

Ich habe Johannes so sehr geliebt und wir wären auch heute noch glücklich verheiratet, würde er noch leben.

Wie hätte ich darüber hinwegsehen können?

Nichts macht diese Männer vergleichbar. Umso unverständlicher, dass ich mich in Tobias verlieben konnte. Was sagt das über mich aus?

Dass du einfach eine Schissbuchse bist.

Nichts anderes. Anstatt das Glück zuzulassen, habe ich es von mir gestoßen.

Zu guter Letzt habe ich nur mich selbst verletzt.

Und ihn, kannst du das nicht sehen?

Er wird darüber hinwegkommen. Immerhin ist er ein Rockstar, oder nicht? Ich habe an seinem Ego gekratzt. Doch sobald die nächste Blondine mit langen Beinen und dicken Möpsen seinen Weg kreuzt, wird er mich vergessen haben. Und ich werde davon in der Zeitung lesen und mich womöglich ewig fragen, was hätte sein können, wenn ich es nur zugelassen hätte.

Allein der Gedanke an eine andere Frau an seiner Seite verknotet meine Eingeweide. Es wäre so einfach, das Telefon in die Hand zu nehmen und Tobias anzurufen.

Ja, und dann? Was willst du ihm sagen?

Solange ich das nicht weiß, bleibt eben alles so, wie es ist.

Schwermütig schultere ich mein Cello und hieve die Einkäufe aus dem Kofferraum des Minis, die fast ausschließlich aus Schokoladeneis bestehen. Ich kann nur hoffen, dass ich noch genügend Platz im Gefrierschrank dafür habe, denn sonst käme ich in die Verlegenheit, das gesamte Eis schon heute Nacht zu vernichten. Was keine sonderliche Anstrengung bedeuten würde, denn seit meiner Trennung von Tobias ernähre ich mich quasi von Schokoladeneis. Eine Tatsache, die auch meiner Mutter nicht verborgen geblieben ist. Bisher habe ich die Essenseinladungen meiner Eltern erfolgreich umgehen können, selbst wenn ich weiß, dass ich nicht mehr lange darum herumkommen werde.

Allerdings wären zum jetzigen Zeitpunkt die mahnenden Worte meiner Mutter mehr, als ich ertragen könnte. Ich habe es schon im Ohr, ihr: Das habe ich dir doch gleich gesagt.

Tja, Mama, nur leider kann ich mir dafür weder etwas kaufen noch hilft es mir über meinen Liebeskummer hinweg.

Denn ich leide unter handfestem Liebeskummer und es ist schon schwierig, mir Frieda vom Hals zu halten. Sie tanzt seit Tagen wie eine Glucke um mich herum und lässt wirklich keine Gelegenheit aus, mir unter die Nase zu reiben, was sie von meiner Entscheidung hält, Tobias aus meinem Leben zu verbannen.

Lieber ein Ende mit Schrecken als ein Schrecken ohne Ende.

Ich hasse dämliche Sprichwörter. Noch mehr, wenn sie augenscheinlich recht behalten.

Mit traurigem Lächeln öffne ich die Haustür.

Es liegt nichts auf meiner Fußmatte. Die Enttäuschung darüber trifft mich wie ein Faustschlag in den Magen und ich halte mitten im Schritt inne. Ertappe mich dabei, wie ich den gesamten Hausflur durchsuche. *Womöglich sind sie ja versehentlich bei meinem Nachbarn ...?*

Mit einem frustrierten Seufzen trete ich in die Wohnung, stelle meine Einkaufstasche auf den Küchentisch, verstaue das Eis, ehe ich das Cello im Wohnzimmer abstelle und die Blumen betrachte, die seit gestern hier stehen.

Siehst du, jetzt hast du aufgegeben. All diese leeren Rockstar-Versprechen.

Selbstverständlich bin ich mir bewusst darüber, dass ich mir nur etwas vormache. Immerhin war ich diejenige, die es beendet hat. Meine Augen werden feucht und ich blinzle hektisch dagegen an.

Was blieb ihm anderes übrig, du dusselige Kuh? Hast du wirklich gehofft, dass er dir bis an sein Lebensende hinterherläuft?

Vielleicht hätte ich mir einfach ein wenig mehr Durchhaltevermögen gewünscht, denn ich fühle mich einfach schrecklich.

Jetzt ist eindeutig der richtige Zeitpunkt für den ersten Eisbecher des Abends.

Auf dem Weg in die Küche entdecke ich den Umschlag, der wohl unter meiner Tür hindurchgeschoben wurde. Mein Herz überschlägt sich, als ich ihn mit zitternden Fingern aufhebe. Das Eis ist längst vergessen.

Ungeduldig reiße ich den Umschlag auf.

Noten?

Ohne meinen Blick von den mit Bleistift gezeichneten Noten zu nehmen, lasse ich mich auf einen Küchenstuhl fallen. Mein Gehirn beginnt augenblicklich, die aufgezeichneten Notensätze in Rhythmus und Melodie zu bringen, die ich leise vor mich hin summe.

Oh, heilige Maria, Mutter Gottes, er hat dir einen Song geschrieben?

Gut, es steht kein Text dabei, aber *heilige Scheiße*, das ist ein Song. Ich lege völlig überwältigt eine Hand über den Mund, schüttele ungläubig mit dem Kopf.

Das ist Wahnsinn. Absoluter Wahnsinn.

Und wunderschön.

Ob ich es auf dem Cello ...? Immerhin habe ich Musik studiert, oder nicht?

Ohne Tobias' Essenz dieser Melodie zu kennen, übertrage ich die Noten auf mein Cello, bringe sie in ein Arrangement, das meinen Gefühlen am nächsten kommt.

Und ich kann die Tränen nicht aufhalten, die mir dabei unentwegt übers Gesicht laufen.

~oOo~

Tobias sitzt auf dem abgewetzten Ledersofa, das an der Wand des Aufenthaltsraums des Masterstudios seinen Platz gefunden hat.

Sie kommen gut voran. Endlich wieder im Studio zu sein, bedeutet, ein weiteres Kapitel abzuschließen und ein neues zu beginnen. Die Songs sind geschrieben, zwölf von ihnen schaffen es aufs Album. Das Label ist zufrieden, der Manager ist zufrieden und auch *Beyond* könnte nicht zufriedener sein.

Tobias ist mal wieder zu früh dran. Er findet einfach keinen Regler gegen diese innere Unruhe, die ihn bereits seit Tagen um den Schlaf bringt. Er sollte vielleicht einfach bei Leni auftauchen und ihr diese grenzwertige Idee, ihn zu verlassen, aus dem Hirn küssen.

Er weiß, dass sie auch etwas für ihn empfindet. Etwas anderes ist für ihn gar nicht hinnehmbar. Doch intuitiv weiß er auch, dass sie den nächsten Schritt machen muss, damit sie beide überhaupt eine Chance haben.

Mit einem gedankenverlorenen Lächeln erinnert er sich an den Abend nach dem Konzert. Als sie ihm gegenüber zugeben musste, dass Tobias Bruckner, Bassist von *Beyond*, ihr angeblich Blumen schickt, weil er einen Narren an ihr gefressen hat.

Tja, er hat einen Narren an dieser Frau gefressen. Mehr als das.

Jetzt passt eben dieser Tobias Bruckner regelmäßig die Zeiten ab, wenn er sicher sein kann, dass sie im Theater ist, um ihr diese verflixten Blumen direkt vor die Tür zu legen.

Leni hat ihm mit ihrer Entscheidung den Boden unter den Füßen weggezogen. Eine Situation, mit der Tobias völlig überfordert ist.

Ja, er ist verliebt, verfluchte Hölle. Es ist einfach so geschehen, ohne dass er sich dagegen hätte wehren können.

Musik war bisher das Einzige, was ihn jemals interessiert hat. Das Einzige, wofür er Verantwortung übernommen hat. Egal, was die Presse auch über ihn berichtet hat, wie er sich in der Öffentlichkeit gegeben hat, wenn er auf der Bühne steht, ist er zu Hause. Dafür hat er bisher gelebt. Geatmet.

Jetzt haben sich seine Prioritäten verschoben. Ohne dass er damit hätte rechnen können, tritt diese Frau in sein Leben, wirbelt es komplett durcheinander.

Die nächsten Abende spielt sie keine Vorstellung, also hat er ihr bereits heute Morgen eine ausgesprochen persönliche Kleinigkeit unter der Tür hindurchgeschoben. Die Melodie hatte er bereits im Kopf, nachdem er sie zum ersten Mal getroffen hat.

Der Text hingegen ist erst entstanden, nachdem sie ihm auf dem Friedhof den Laufpass gegeben hat.

Er kann ihn längst auswendig, denn er ist bereits perfekt. Mit einem Seufzer greift er nach der Akustikgitarre, schließt die Augen, beginnt zu spielen.

it's been dangerous to lay in your arms
heart to heart
your breath on my skin
I'll can save you at last but you kissed me goodbye
nothing lasts forever, honey
I know you've suffered, but I'll come to harm
maybe I should have better taken a little care with this love
it's been dangerous to lay in your arms, but nothing lasts
forever

„Hey, hey, hey, was hören meine müden Ohren, Bruckner?"

Tobias öffnet die Augen, er hat Konrad nicht reinkommen hören.

„Nichts. Das ist nichts." Ertappt stellt er die Gitarre zurück, fährt sich verlegen durchs Haar. Er hat ewig keine Songs mehr geschrieben und dieser ist wirklich nichts für die Öffentlichkeit. Zumindest nicht in diesem Stadium.

„Und ob das was ist. Komm, lass hören." Konrad greift zur Gitarre, spielt die Melodie nach Gehör. Hebt anerkennend die Augenbrauen. „Das ist wirklich gut. Wir sollten überlegen, ob wir der Scheibe einen dreizehnten Song gönnen. Wirklich, das ist ein Dosenöffner." Er sieht Tobias an, grinst süffisant. „Aber ich gehe davon aus, du willst eine bestimmte Dose damit öffnen?"

War Konrad schon immer so vulgär? Hat ihn das noch niemals vorher gestört?

Tobias' Gesicht verzieht sich genervt. „Er ist noch nicht fertig."

„Das kriegen wir hin."

Ehe Tobias widersprechen kann, betritt Christian den Raum.

„Stell dir vor, unser Tobias hat einen Song beigesteuert. Und ich sehe die Weiber schon aus ihren Schlüpfern hüpfen." Konrads Enthusiasmus scheint nicht zu bremsen zu sein, denn er beginnt sofort zu spielen.

Christian setzt sich interessiert auf die Couch. „Wo ist der Text?"

„In meinem Kopf, und da bleibt er auch." Tobias erhebt sich, nimmt Konrad die Gitarre aus der Hand.

„Er ist noch nicht fertig", wiederholt er seine Worte. „Und wenn ihn jemand singt, dann ich selbst."

„Warum nicht? Wenn der Text was kann, dann sollst du deine Lorbeeren ernten, oder meinetwegen auch die kleine Cellistin, der wir einen Song von dir verdanken."

Kapitel 28

Ein Schlüssel dreht sich in meinem Schloss und müde hebe ich ein Augenlid. „Geh weg, ich schlafe."

„Das denke ich nicht. Du wirst jetzt duschen und dich aufhübschen. Oskar und ich sind der Meinung, du brauchst laute Musik, jede Menge Alkohol und deine besten Freunde, um dich wieder auf Spur zu bringen."

Frieda baut sich vor meiner Couch auf, zieht an meiner kuscheligen Wolldecke. „Ach, sieh an. Der Rockstar hat sein Hemd hier vergessen?" Ihr Mundwinkel hebt sich und ich erobere die Decke zurück, bedecke das verräterische Stück Stoff, in dem ich bereits seit Tagen nächtige.

„Das geht dich nichts an."

„Nein, aber ich denke mir meinen Teil. Los, auf mit dir. Oskar wird in einer guten halben Stunde mit dem Taxi vorfahren. Wir gehen aus."

„Ich gehe mit Sicherheit nirgendwohin." *Wieso hat diese Person noch immer einen Schlüssel zu meiner Wohnung?*

„Allerdings wirst du das! Die Zeit der Trauer ist um, deine Schonzeit ist vorbei. Erst Johannes, jetzt der Rockstar. Auch unsere Nerven sind nur begrenzt belastbar. Zack, zack. Sonst nehmen wir dich so mit." Sie klopft auf meine Oberschenkel und ich setze mich zumindest auf, reibe über meine Augen und gähne, dass meine Kiefer knacken.

Frieda nimmt Tobias' Notenblätter vom Tisch, studiert sie eingehend. Beginnt, ebenso wie ich, leise vor sich hin zu summen. Dann schielt sie mich an. „Behaupte nur weiter, dass er nicht in dich verliebt ist."

„Ach, lass mich in Frieden." Um ihr zu entkommen, schlurfe ich ins Bad. Betrachte mein Gesicht im Spiegel. Dicke Augenringe haben längst die Herrschaft übernommen und auch ansonsten gab es schon bessere Tage in meinem Leben.

Hoffentlich ist es dunkel dort, wo auch immer sie mich hinschleppen, meine sogenannten Freunde.

Ich hänge Tobias' Hemd an den Haken hinter meiner Tür, nicht ohne vorher noch einmal daran zu schnuppern. Es riecht längst mehr nach mir als nach seinem urbanen, männlichen Geruch. Mit ein wenig Fantasie kann ich ihn noch wahrnehmen und schmiege meine Wange in den weißen Stoff.

Verdammt, Leni, das muss ein Ende finden.

Nach einer hastigen Dusche husche ich in mein Schlafzimmer, nur um Frieda mit dem Kopf in meinem Schrank vorzufinden. Sie hat ein Kleid auf mein Bett geschmissen, das ich skeptisch betrachte. „Nicht in deinen Träumen." Ich hebe das viel zu kurze silberne Paillettenkleid hoch und schiebe mich an ihr vorbei, um es wieder an den Ort zurückzuschaffen, wo es hingehört: in die hinterste Ecke meines Schrankes.

Sie reißt es mir förmlich aus den Händen, wirft es zurück. „Und ob. Du brauchst dringend Glitzer, mein Herz. Und hier", sie hält einen weiteren Fehlkauf in die Höhe, „ist das passende Schuhwerk zu diesem sündigen Fummel."

„Na klar, und wer bringt mich ins Krankenhaus und schiebt mich die nächsten Wochen im Rollstuhl durch die Gegend, wenn ich mir die Hacken breche? Frieda, das ist völliger Irrsinn."

Sie lässt meinen Einwand nicht gelten. „Zieh dich um. Ich klebe dir gleich die Zehen zusammen und schon spürst du den Schmerz nicht mehr."

„Du klebst mir …, bitte was?"

„… den dritten und vierten Zeh zusammen. Was meinst du wohl, wie ich die Nächte in derartig hohen Schuhen überlebe, du Dummerchen?" Sie deutet auf ihre zehn Zentimeter hohen High Heels. „Ich suche mal eben Pflaster in meiner Tasche."

Damit lässt sie mich stehen und mein dramatischer Seufzer verhallt ungehört.

~oOo~

Tobias steht in der Loge des *Theos*, lässt seinen Blick über die Menge schweifen und hebt die Flasche Bier an die Lippen. Plötzlich bleibt sein Blick an Leni hängen.

Das gibt es doch nicht.

Er versucht, seinen Herzschlag zu beruhigen, und leckt sich über die Lippen. Sie tanzt mit geschlossenen Augen, das kann er im Licht der Scheinwerfer erkennen, welche punktuell die Tanzfläche erhellen. Das Kleid, das sie trägt, raubt ihm den Atem. Schmale Träger, ein tiefes Dekolleté. Es endet auf der Hälfte ihrer Oberschenkel und schmiegt sich perfekt an jede ihrer Rundungen. Am liebsten würde er sie an den Haaren in seine Höhle schleifen und ihr verbieten, so etwas in der Öffentlichkeit zu tragen.

Jetzt geht es mit dir zu Ende, Bruckner.

Ihr entzückender Hintern schwingt hin und her. Völlig selbstvergessen liegen ihre Hände in ihren Haaren. Er keucht auf, trinkt sein Bier in gierigen Schlucken, unschlüssig, wie er sich nun verhalten soll.

Bis ihm das klar wird, begnügt er sich damit, sie aus der Ferne zu beobachten.

Als er den Hurensohn sieht, der Leni von hinten antanzt, die Hände auf ihre Hüften legt, obwohl sie offensichtlich nicht damit einverstanden ist, umschlingt er den Flaschenhals, bricht ihn fast mit bloßen Händen. Er konnte solche Typen noch niemals leiden. Und schon überhaupt nicht, wenn sie sich an seinem Mädchen vergreifen. Denn das ist sie: sein Mädchen.

Ohne weiter darüber nachzudenken, begibt sich Tobias an der Security vorbei in den unteren Bereich des Clubs. Er drängelt sich durch die Traube Frauen, die anscheinend nur darauf gewartet zu haben scheinen, dass die Jungs von *Beyond* sich endlich aus dem VIP-Bereich trauen. Ignoriert das enttäuschte Geseufze und schiebt sich an den schwitzenden tanzenden Körpern vorbei.

Leni hat sichtlich Mühe, sich den Mann vom Hals zu halten. Ihr Gesicht ist wutverzerrt und immer wieder wischt sie dessen Hände von ihrem Körper.

„Ach komm schon, stell dich nicht so an. So wie du tanzt, hast du nur darauf gewartet, dass ich nett zu dir bin."

Tobias gefriert das Blut in den Adern, als er die Worte hört. Er bekommt den Blindgänger im Genick zu fassen, zerrt ihn von der Tanzfläche. „Lass deine schmierigen Finger von der Frau, sonst breche ich dir jeden einzelnen Knochen." Er presst die Worte zwischen den Zähnen hervor. Sein Nacken beginnt unangenehm zu prickeln, als der Wicht sich unter seinem Griff beginnt zu winden.

„Was fällt dir ein, du Wichser?"

„Du kannst von Glück sagen, dass es hier zu viele Zeugen gibt, sonst würde der Wichser dir anständig die Fresse polieren." Tobias schleudert das Sackgesicht dem Türsteher des *Theos* vor die Füße, der die Situation sofort erfasst. „Verschwinde und lass dich nie wieder hier blicken, wenn dir dein Leben lieb ist."

Die Frauen sind ihm gefolgt, belagern den Ausgang, doch Tobias hat keine Augen für weibliche Fans. Er macht sich auf die Suche nach Leni, sieht sie in der Damentoilette verschwinden.

~oOo~

Kaltes Wasser läuft über meine Handgelenke. Ich wusste von Anfang an, dass es eine blöde Idee war, auszugehen.

Noch blöder war die Idee, ausgerechnet in diesen Club zu kommen. Oskar und Frieda ließen sich jedoch nicht davon abbringen. Ich kann dieses Zufalls- und Schicksalsgequatsche der beiden wirklich nicht mehr hören. Als wäre ich so naiv zu glauben, dass die beiden nicht auch darauf spekuliert haben, dass Tobias ebenfalls hier sein wird.

Immerhin weiß ich von Tobias selbst, dass die Band im *Theos* gern die Abende verbringt, und ich bin mir ziemlich sicher, dass andere Menschen das auch wissen.

Selbst, wenn auch ich insgeheim gehofft habe, ihn zu treffen, war ich auf dieses Gefühlschaos nicht vorbereitet. Mein Puls normalisiert sich langsam und ich atme tief ein.

Frieda erscheint hinter mir. Die Arme vor der Brust verschränkt, betrachtet sie mich herausfordernd durch den Spiegel. „Meine Gebete wurden erhört. Du gehst jetzt raus und sprichst mit ihm."

„Wann hörst du endlich auf, mich zu bevormunden, Frieda?" Ich ziehe unwillig die Augenbrauen zusammen, trockne meine Hände ab.

„Wenn du endlich vernünftig wirst, Leni. Jeder sieht, wie sehr du leidest. Ohne Grund, wie mir scheint. Und wenn du mich fragst, er sieht auch nicht viel besser aus als du."

„Wie gut, dass dich niemand fragt." Ich drehe mich zu ihr, lehne mich gegen das Waschbecken.

Sie kommt einen Schritt auf mich zu. „Leni, verkaufe mich nicht für dumm. Du hast ebenso gehofft, dass er hier ist, wie Oskar und ich. Denn welche bessere Möglichkeit gibt es, um einen möglichen Fehler wiedergutzumachen, als ein zufälliges Aufeinandertreffen dafür zu nutzen, um sich auszusprechen? Glaub mir, diese Masche habe ich erfunden. Du musst keine Zugeständnisse machen, für die du dich noch nicht bereit fühlst, doch du solltest das unbedingt wieder in Ordnung bringen. Schon allein für dein eigenes Seelenheil."

„Und du bist der Meinung, dass dieser Club der richtige Ort ist, um sich auszusprechen?" Meine Stimme trieft vor Ironie.

„Das vielleicht nicht unbedingt. Aber die Wahrscheinlichkeit, dass ihr hier aufeinandertrefft – zufällig versteht sich –, lag bei achtzig Prozent. Ein anderer Ort ist weder Oskar noch mir eingefallen. Und dass du ihn nicht anrufen wirst, dessen waren wir uns zu hundert Prozent sicher. Du siehst also …" Sie zuckt belanglos mit den Schultern ob dieser für sie einzig logischen Theorie. Frieda nickt in Richtung Tür. „Er steht übrigens draußen und wartet auf dich."

Schon stöckelt sie von dannen und ich lasse meinen Kopf in den Nacken fallen, starre gegen die dreckig weiße Decke dieses Etablissements.

Zeit für Geständnisse, Leni Eggers. Zieh endlich deinen verdammten Kopf aus dem Sand und steh zu deinen Gefühlen. Wie verwirrend das auch sein mag.

Kapitel 29

Schweiß bricht mir aus und mein Puls scheint schon wieder mit mir durchzugehen. Als ich die Tür öffne, steht Tobias unmittelbar vor mir. Er trägt die alte Lederjacke, die ihm so verdammt gut steht. Das dunkle Haar wirkt zerzaust, ganz so, als wäre er stundenlang mit seinen Fingern hindurchgefahren. Sein Geruch steigt in meine Nase, weckt Erinnerungen an eine andere Zeit. Er ist so unglaublich attraktiv, dass es mir schier den Atem raubt.

„Geht es dir gut?" Er sieht mich sorgenvoll an, hebt seine Hände, nur um sie augenblicklich wieder in seine Hosentaschen zu schieben. Mein Herz krampft sich schmerzhaft zusammen, denn ich wünsche mir nichts sehnlicher, als ihn hautnah an mir zu spüren.

Ich zwinge mich zu lächeln. „Ja. Danke für deine Hilfe. Er war wirklich aufdringlich und hat wahrscheinlich nur den Moment abgepasst, als Oskar und Frieda zur Bar gegangen sind."

Tobias nickt. „Gern geschehen." Mit einem letzten flüchtigen Blick auf mein Kleid dreht er sich um. *Das kann er doch nicht tun, oder? Mich jetzt hier stehen lassen?*

Doch dass er genau das kann, beweist er mir, indem er ohne ein weiteres Wort die Treppe zum VIP-Bereich hinaufsteigt. Ohne ein einziges *Honey* aus seinem Mund oder einem Rockstar-Lächeln verschwindet er aus meinem Sichtfeld.

Er hält sich nur an deinen Wunsch, du Schaf.

Ich stehe wie erstarrt vor den Toiletten, den Blicken der geifernden Weiber ausgesetzt, die diese Szene beobachtet haben. Mit bebenden Nasenflügeln bahne ich mir den Weg zur Bar.

Alkohol erscheint mir als die sinnvollste Methode, um für mein Seelenheil zu sorgen, liebste Frieda!

~oOo~

Scheiße, was ist denn nur los mit ihm?

Völlig fassungslos über sich selbst kehrt er in den VIP-Bereich zurück und lässt sich in einen der Loungesessel fallen.

Es hat ihn fast übermenschliche Willenskraft gekostet, sie nicht an sich zu ziehen und ihr zu sagen, wie scharf sie aussieht und was es mit ihm gemacht hat, sie tanzen zu sehen. Stattdessen hat er nicht ein vernünftiges Wort über die Lippen bekommen.

In ihrer Gegenwart ist er sich plötzlich wie ein dummer Schuljunge vorgekommen, der seine Lehrerin anhimmelt, und das hat ihm schlichtweg die Sprache verschlagen.

Eine Kellnerin stellt ein Bier vor ihn auf den Tisch und er wünscht sich, es wäre etwas Stärkeres. Irgendetwas, das seine Sinne betäubt. Er sollte nach Hause gehen, ehe ein Unglück passiert. Denn wenn so etwas wie eben auf der Tanzfläche noch einmal passiert, steht zu befürchten, dass er irgendjemanden umbringt. Aus Wut auf sich selbst und die Welt. Und weil es ihn immens erleichtern würde, irgendwem seine Fäuste ins Gesicht zu rammen.

Patrick nimmt den Sessel neben seinem und schlägt ihm freundschaftlich auf den Oberschenkel. Es ist einer der wenigen Abende im Jahr, die sein Freund sich ihnen anschließt. „Hey, Alter, alles in Ordnung bei dir?"

Tobias wischt sich durchs Gesicht, dreht seine Flasche zwischen den Fingern. „Nichts ist in Ordnung, aber das wird schon wieder."

„Leni?" Patrick nickt über die Loge, ohne Tobias aus den Augen zu lassen. Statt zu antworten, ext Tobias sein Bier.

„Dich hat es ganz schön erwischt." Kein hämisches Grinsen, lediglich eine Feststellung, die Tobias nicken lässt.

„Und ich habe keine Ahnung, wie ich damit umgehen soll", gibt er zu, ohne seinen Freund anzusehen.

„Wenn sie es wert ist, solltest du mit ihr von hier verschwinden und die Sache unter vier Augen regeln."

Jetzt dreht er doch seinen Kopf, verengt seine Augen zu Schlitzen. „Selbstverständlich ist sie es wert."

Patrick lehnt sich zurück, hebt eine Augenbraue in die Stirn. „Dann habe ich wirklich keine Ahnung, was du hier noch zu suchen hast, Bruckner. Legst du es darauf an, dass ein anderer Schwachkopf sie dir vor deinen Augen wegschnappt? Ich hatte dich nicht für einen solchen Idioten gehalten."

„Das sagst du mir? Du, der direkt die Flucht ergriffen hat, weil er sich in eine Frau verliebt hat?"

„Du vergisst wohl, dass ich diese Frau geheiratet habe?"
Patrick nimmt selbstgefällig einen Schluck aus seiner
eigenen Flasche.

Tobias sieht an ihm vorbei, lacht freudlos auf. „Daran ist
bei Leni und mir gar nicht zu denken."

„Wenn du so weitermachst, bestimmt nicht. Wo hast du
deine Eier gelassen? Du bist doch sonst kein Feigling."

„Nein, das bin ich nicht. Bei Leni ist es anders. Sie ist
anders."

„Und das verändert dich. Unweigerlich. Und nicht zum
Schlechteren. Du schreibst wieder, habe ich gehört."
Patrick grinst und Tobias schnaubt abfällig.

„Du solltest wirklich auf die Suche nach ihr gehen." Sein
Freund erhebt sich wieder, stellt sich zu den anderen
Jungs. Und Tobias knibbelt unschlüssig am Etikett seiner
leeren Bierflasche.

~oOo~

„Noch eine Runde." Mein Finger deutet eine kreisende
Bewegung über den leeren Shots an, selbst wenn mir mein
Arm schon ziemlich schwer erscheint.

Der Kellner beugt sich über den Tresen, sieht zwischen
uns hin und her. „Seid ihr sicher?"

„Sicher sind wir sicher, Süßer." Oskar stemmt eine Faust
in seine Hüfte und klimpert mit den Wimpern, was mich
zum Lachen bringt.

„Süßer! Ich werd' verrückt." Frieda prustet und legt Oskar eine Hand auf die Schulter. „Dem wächst vor Schreck der Schwanz nach innen, wenn du ihn weiterhin so offensiv anmachst."

Oskar leckt sich über die Lippen und grinst. „Irgendwann lande ich vielleicht einen Treffer." Wie in Zeitlupe verschwindet das Grinsen aus seinem Gesicht und ich folge seinem Blick. Sehe Tobias auf uns zukommen.

Fahrig streiche ich mein Haar aus dem Gesicht. „Oh nein."

Oskar hebt beschwichtigend die Hände, ohne Tobias aus den Augen zu lassen. „Ich habe bestimmt mehr Muskeln in meinen Unterschenkeln als er in seinen Armen, also wenn er auf dumme Gedanken kommt ..."

Frieda stupst ihn in die Seite. „Erinnere dich! Der Rockstar gehört zu unserem Plan."

Oskar sieht sie an. „Ich bin trotzdem der festen Überzeugung, dass meine Beine ganz wunderbar aussehen, wenn sie sich um seinen schönen Hals legen und zudrücken."

Frieda lacht und ich werde wütend. „Ihr seid wirklich bescheuert. Und betrunken. Wenn jemand die Beine um seinen Hals legt, dann ich."

Plötzlich liegt alle Aufmerksamkeit auf mir. Ich spüre die Röte meinen Hals heraufklettern. „'tschuldigung. Da spricht der Tequila aus mir."

„Hörst du, Oskar, es war der Tequila." Friedas Zunge drückt sich gegen die Innenseite ihrer Wange und ich wünsche ihr wirklich nicht, dass sie sich diese aus Versehen abbeißt. Das stelle ich mir ausgesprochen schmerzhaft vor.

Oskar nimmt zauberhaft lächelnd die nächsten Shots entgegen, die der süße Kellner vor uns abstellt. Der arme Kerl weiß gar nicht, wohin er sehen soll, und ist offensichtlich erleichtert, als er unsere Karten endlich markiert hat.

„Leni, kann ich mit dir sprechen?"

Noch ehe ich antworten kann, schiebt mich Frieda in seine Richtung. „Selbstverständlich. Oskar und ich wollten gerade auf die Tanzfläche." Sie legt ihre Wange gegen meine. „Melde dich bei mir, wenn du mit ihm verschwindest." Es sollte wohl geflüstert sein, doch ihre Stimme klingt unangenehm schrill in meinen Ohren.

Tobias sieht den beiden hinterher, ehe er sich mir zuwendet. Ich fühle mich ein wenig über den Pegel und absolut außerstande ein ernstes Gespräch zu führen.

Kleine Kinder und betrunkene Frauen ... da gab es auch ein Sprichwort, oder?

„Ich fürchte, ich habe zu viel getrunken, Rockstar", gebe ich kichernd zu, was ihn leicht lächeln lässt.

„Dann bringe ich dich nach Hause und wir sprechen morgen." *Warum hat jeder plötzlich das Gefühl, mich bevormunden zu müssen?*

„Ich will aber noch gar nicht nach Hause." Enerviert lege ich meine Stirn in Falten und drehe mich demonstrativ zur Bar, lehne mich auf die Theke, um den süßen Kellner auf mich aufmerksam zu machen. *Zeit für einen Tequila.*

„Du solltest dich nicht so hinstellen." Tobias stellt sich hinter meinen Rücken.

„Sonst sieht er mich nicht."

„Jeder hier sieht dich, Honey. Du bist nicht zu übersehen in diesem Kleid."

„Honey? Jetzt bin ich also wieder *Honey*?" Ich wende mich um, betrachte den Rockstar angriffslustig.

Er senkt den Kopf, kommt mir gefährlich nah. „Du warst niemals jemand anderes. Und jetzt gehen wir."

Ehe ich mich versehe, hat er mich schon geschnappt und zieht mich hinter sich her in Richtung Ausgang.

„Tobias, ich will nicht."

Er bleibt unvermittelt stehen, sodass ich fast in ihn hineinlaufe. „Hör auf zu zappeln, Honey, sonst werfe ich dich über meine Schulter und trage dich hier raus." Seine Stimme vibriert durch meinen Körper und mein Unterleib zieht sich voller Vorfreude zusammen.

Ach, du liebes bisschen, ich habe definitiv zu viel getrunken.

„Na, auf die Schlagzeile in der Zeitung wäre ich gespannt. *Geheimnis gelüftet. So kommt Tobias Bruckner an seine Frauen. Leni E. hatte keine Chance.*"

Ein Schatten fällt über sein Gesicht und ich beiße mir auf die Zunge. „Ups. Ich habe zu viel getrunken, das habe ich dir doch gesagt."

Ohne etwas zu erwidern, nimmt er meine Hand und dieses Mal folge ich ihm ohne Widerspruch. Vorbei an den blöden Weibern, die mich vorhin an den Toiletten noch arrogant gemustert haben und denen das alberne Kichern anscheinend vergangen ist.

Jaaaa, da bleibt euch glatt die Spucke weg, heee? Er nimmt mich mit und keine von euch. Pah!

Kurz davor, ihnen die Zunge herauszustrecken, zieht mich Tobias vor seinen Körper, dirigiert mich an der Kasse vorbei und raus aus dem *Theos. Mir ist auch wirklich nichts vergönnt.*

„Ich habe noch nicht bezahlt, Rockstar."

„Der Laden wird deshalb nicht pleitegehen."

Da ist aber jemand schlecht gelaunt …

Ich spitze die Lippen und rümpfe die Nase.

Der Rockstar knurrt leise und öffnet die Hintertür des ersten Taxis, zwingt mich auf die Rückbank, ehe er sich neben mich setzt und dem Fahrer seine Adresse nennt.

„Hey, wieso fahren wir zu dir?"

Sein Blick taxiert mich finster. „Damit du mich nicht vor die Tür setzen kannst."

Autsch.

Kleinlaut räuspere ich mich und sehe angelegentlich unbeteiligt aus dem Fenster. Doch mein Gedankenkarussell dreht sich unentwegt und viel zu schnell für meinen Geschmack.

Kapitel 30

„Möchtest du auch einen Kaffee?" Tobias steht in seiner Küchenzeile, stellt sich selbst eine Tasse unter den schicken Vollautomaten.

„Nein, danke."

Er sieht mich kurz an, nimmt ein Wasser aus dem Kühlschrank. Stellt die kleine Flasche vor mich. „Falls der Nachdurst dich um den Schlaf bringt. Ich überlasse dir heute Nacht mein Bett."

„Ich dachte, du wolltest reden?" Ich drehe den Schraubverschluss auf, trinke gierig einen ersten Schluck.

„Wenn du nüchtern bist."

„Ich bin nicht sternhagelvoll, Rockstar. Ich habe gegen meinen Frust angetrunken und ich war noch nicht damit fertig, als du mich verschleppt hast."

„So, du hast also Frust?" Er selbst nimmt seinen Kaffee und geht zu seiner Couch. Lässt mich mal wieder einfach stehen. Ich nehme leicht angesäuert die Verfolgung auf. Meine hohen Hacken bringen mich fast zu Fall, sodass ich sie einfach ausziehe und an Ort und Stelle liegen lasse.

Die Pflaster an meinen Zehen sind unvorteilhaft verrutscht und ich knibbele sie mir umständlich ab. Zumindest versuche ich es.

Tobias beobachtet mich mit einer Mischung aus Unverständnis und unverhohlener Verwunderung. „Was genau machst du da?"

„Frieda hat meine Zehen verklebt, damit ich in den Dingern tanzen kann. Wenn sie das noch mal versucht, verkloppe ich sie. Du machst dir keine Vorstellung, wie eng diese Schuhe sind." Ich stöhne erleichtert auf, als ich mich ihm gegenüber in einen Sessel plumpsen lasse, meine schmerzenden Füße massiere. Das Kleid rutscht weit über meine Oberschenkel und ich bemerke Tobias' Blicke, die sich in meine Haut brennen.

Ich streiche mit dem Zeigefinger über meine Schenkel, lasse ihn unter mein Kleid gleiten und höre ihn schwer einatmen. Mit einem siegessicheren Lächeln lecke ich über meine Lippen, schenke ihm einen offensiven Augenaufschlag. „Verlierst du gleich wieder die Beherrschung, Rockstar?"

Er springt regelrecht auf, zieht mich hoch und schon liegen seine Lippen auf meinen.

Sein Kuss ist hart, fordernd, fast verzweifelt.

Meine Finger graben sich in seinen Hintern, kratzen über seinen Rücken, umgreifen seinen Nacken. Ich stöhne in seinen Mund, presse mich noch näher an ihn, sofern das überhaupt möglich ist. Alles in mir schreit nach Erlösung aus meiner selbst gewählten Enthaltsamkeit. Meine Brüste wiegen schwer, drücken gegen mein Kleid und ich lege ein Bein um seine Mitte. Wünsche ich mir doch nichts sehnlicher, als dass er mich hochhebt, oder noch besser auszieht, oder mich einfach gegen die Wand vögelt, wie er es ja perfektioniert hat.

Doch er löst sich von mir. Mit schwerem Herzschlag atme ich stockend ein.

„Du solltest schlafen gehen." Seine Stimme klingt atemlos, rau und belegt. Sein Herz schlägt ebenso schnell wie meines.

Und er bittet mich, schlafen zu gehen!?

„Etwa allein?" Etwas schockiert über seine Worte lege ich den Kopf zurück.

Tobias sieht mich an, und der Blick aus seinen fast schwarzen Augen ist unergründlich. „Das, was ich dir zu sagen habe, kann bis morgen warten, Leni Eggers."

„So? Kann es das? Und was, wenn ich nicht bis morgen warten will?"

Ganz schön bockig für dein Alter, Fräulein. Na und?

„Du kannst mich nicht einfach küssen … *so* küssen … und mich dann ins Bett schicken." Aufgebracht streiche ich mir mein Haar zurück, beginne vor ihm hin und her zu laufen. „Du aufgeblasener Mistkerl. Ich weiß genau, worauf das hinausläuft. Du versprichst mir die Welt und ich verliebe mich Hals über Kopf in dich. Vergesse meinen toten Ehemann. Schmiede womöglich Zukunftspläne mit einem Rockstar." Meine Hände gestikulieren wild durch die Luft. „Ach du meine Güte, und dann verlässt du mich für irgendeine dahergelaufene Tussi, die dir bei eurer nächsten Tour, dem nächsten Konzert schöne Augen macht. Ihr Höschen mitsamt Telefonnummer auf die Bühne wirft."

„Du hast mich verlassen."

Tonlose vier Worte aus seinem Mund.

Ich halte mitten im Schritt inne, drehe mich zu ihm.

„Du bist einfach gegangen", stelle ich fest.

Selbst wenn ich weiß, dass das so nicht ganz richtig ist. Seine Blumen stehen in jedem Zimmer meiner Wohnung. Aber ich werde mich hüten, es ihm so einfach zu machen. Er ist gegangen. Punkt.

„Leni, ich bin nicht Don Quichotte. Ich kämpfe nicht gegen Windmühlen. Vor allen Dingen werde ich in keinen Konkurrenzkampf mit Johannes treten. Ich stehe vor dir, ich atme. Du weißt, wie ich für dich empfinde. Zumindest solltest du das mittlerweile wissen. Und solange du nicht mit deiner Ehe abgeschlossen hast", er sieht kurz gegen die Decke, ringt mit seinen nächsten Worten, „es endlich akzeptierst, dass dein Ehemann nicht mehr wiederkommt, gibt es für uns beide keine Zukunft."

Ich presse meine Lippen aufeinander. Mein Magen verknotet sich. „Fein. So siehst du das also, ja? Die arme Witwe, die so sehr in ihrer Trauer gefangen ist, und du *armer schwarzer Kater*, der nicht dagegen ankommt? Das ist lächerlich. Mein Mann ist tot. Gestorben. Vor drei Jahren mitten aus dem Leben gerissen von einem besoffenen Scheißtypen, der die Vorfahrtsregeln nicht beachtet hat. Wir hatten Pläne, verstehst du? Wir wollten Kinder, eine eigene Familie. Und was ist mit dir? Willst du eine Ehefrau? Etwa mich?" Ich deute verächtlich auf mich selbst. Meine Stimme trieft vor Ironie, doch ich bin zu sehr in Rage, um mich zu zügeln. Er hat es darauf angelegt.

„Und was ist mit Kindern, Tobias Bruckner? Wie viele hättest du gern? Also, ich hätte gern zwei. Einen Jungen und ein Mädchen. Gern in dieser Reihenfolge. Und weißt du auch, warum? Ich liebe Klischees. Meine Welt soll rosarot sein. Voller Einhörner, Regenbögen und Glück. Und mit ein bisschen Glitzer. Deshalb hat Frieda mir diesen Fummel ausgesucht." Ich ziehe am Träger meines Kleides, er folgt meiner Bewegung. „Weil es glitzert!"

Sein Gesicht wird aschfahl und er legt eine Hand in den Nacken. Öffnet seinen Mund, um etwas zu erwidern. Ich lasse ihn nicht zu Wort kommen.

„Sag du mir nicht, was ich verloren habe, und vor allen Dingen schreibe mir nicht vor, um was oder wen ich trauern darf. Sag mir, was ich durch dich gewonnen hätte, Rockstar! Dein nackter Arsch war in der Zeitung, nicht meiner. Du sammelst die Höschen deiner Fans. Das stand groß und breit in der Überschrift. Kannst du mir schwören, dass das niemals wieder passiert?" Ich mache zwei Schritte auf ihn zu, greife an ihm vorbei nach meiner Wasserflasche „Du hast völlig recht – ich sollte schlafen gehen."

~oOo~

Tobias sieht ihr hinterher, wie sie barfuß und hoch erhobenen Hauptes in den hinteren Teil des Lofts verschwindet. Die Tür zu seinem Schlafzimmer hinter sich schließt.

Er ballt eine Faust, entspannt sie wieder.

Atmet tief ein, zählt bis zehn.

Okay, Bruckner, der Ball liegt eindeutig in deiner Hälfte.

Hilflos kratzt er sich über den Kopf, wischt sich übers Gesicht. Stellt den Kaffee zurück und nimmt sich stattdessen die Flasche Scotch aus dem Schrank.

Jetzt sollte er wohl gegen seinen Frust antrinken, denn an Schlaf ist überhaupt nicht zu denken.

~oOo~

Meine Blase zwingt mich, aufzustehen. Eigentlich bin ich noch nicht bereit für eine Konfrontation mit Tobias. In der Hoffnung, dass er noch schläft, schleiche ich auf Zehenspitzen ins anliegende Bad. Lege das Gesicht in meine Handflächen, während ich mich erleichtere.

Verdammt, Leni, warum hast du nicht einfach deinen Mund gehalten?

Vielleicht schaffe ich es, mich wegzuschleichen, ohne dass er es bemerkt?

Das wäre ausgesprochen kindisch, würde mir aber vielleicht einen letzten Rest Würde erhalten.

Ich betätige die Spülung, wasche meine Hände. Gebe mir wirklich Mühe, den Blick in den Spiegel zu verhindern, doch er lässt sich leider nicht vermeiden.

Vom gestrigen Glitzern ist wirklich nicht viel übrig geblieben. Mit Wasser werde ich der verlaufenen Wimperntusche irgendwie Herr.

Ich drücke Zahnpasta auf meinen Zeigefinger und hoffe, dass damit der pelzige Geschmack auf meiner Zunge verschwindet.

Einigermaßen wiederhergestellt, öffne ich die Badezimmertür und lausche ins Loft. Höre das leise Gitarrenspiel durch die Zwischentür. Er muss sie irgendwann in der Nacht geschlossen haben.

Ich erkenne die Melodie und mein Herz setzt zwei Schläge aus, als ich mein Ohr dagegenhalte, um sie besser verstehen zu können.

Mit geschlossenen Augen lasse ich seine Version auf mich wirken. Tränen kullern erst, als er beginnt zu singen.

~oOo~

„Tobias ..."

Erschrocken fährt er zusammen, als er die Hand auf seiner Schulter spürt. Ihre Stimme hört. Er schließt für einen Sekundenbruchteil die Augen, ehe er aufsieht.

Leni trägt sein T-Shirt, das wesentlich länger ist als dieses verfluchte Kleid von gestern Abend. Ein nackter Fuß über den anderen gestellt, sieht sie auf ihn herab.

Noch niemals hat sie verletzlicher ausgesehen als in diesem Moment. *Sie hat geweint.* Sein Herz zieht sich zusammen.

„Entschuldige, ich wollte dich nicht wecken." Mit einem unsicheren Lächeln stellt er die Gitarre an die Couch, macht Anstalten, sich zu erheben. „Möchtest du einen Kaffee?"

Sie schüttelt den Kopf, drückt ihn zurück. Reibt ihre Hände nervös gegeneinander. „Ich möchte mich entschuldigen. Ich hätte dir nicht all diese Dinge an den Kopf werfen dürfen."

„Kein Problem. Du hast ja recht damit. Was weiß ich schon von Liebe?" Er lacht bitter auf. „Bisher war mir das Gefühl fremd."

Sie setzt sich im Schneidersitz vor ihn. „Bisher?"

Er weicht ihrem Blick aus. „Leni, was möchtest du jetzt von mir hören?"

Plötzlich liegt ihre Hand auf seinem Oberschenkel. Eine hauchzarte Berührung, die ihn zu verbrennen droht.

„Die Wahrheit."

„Die Wahrheit?" Tobias hält es nicht aus, ihr so nah zu sein, stellt sich ans Fenster. „Leni, ich …" Ein tiefer Atemzug, ehe er fortfährt. „Musik war immer das Wichtigste in meinem Leben. Dafür lebe ich, deshalb existiere ich." Er sieht sie kurz an. „Das kannst du vielleicht am besten nachvollziehen." Sie nickt und er wendet sich wieder ab. „Dass ich kein Kostverächter bin, bestreite ich nicht. Das ist ein netter Nebeneffekt, wenn man erfolgreich und dabei auch noch einigermaßen ansehnlich ist." Ein zynisches Grinsen schleicht sich auf sein Gesicht. „Aus welchem Grund hätte ich auch Nein sagen sollen? Diese Frauen werfen sich dir förmlich an den Hals und betteln regelrecht darum, in deinem Bett zu landen. Ich habe niemanden damit verletzt. Zumindest nicht willentlich. Es war immer eine oberflächliche Sache. Keine Gefühle, keine Bedingungen. Ein bisschen Spaß und auf Wiedersehen. Oder eben nicht. Es hat mich niemals interessiert, ob ich ihnen mit schnellem Sex gerecht werde, oder was sie dazu veranlasst hat, ausgerechnet in meinem Bett zu landen. Weil mich diese Frauen niemals wirklich interessiert haben."

Er dreht sich zu ihr um. Es kommt ihm vor, als würden ihre riesigen grauen Puppenaugen ihm direkt bis in seine Seele sehen. Er schluckt trocken. „Bis ich dich getroffen habe. Du warst … bist etwas Besonderes. Es hat etwas gedauert, bis ich es erkannt habe. Ja, es stimmt, ich bin eifersüchtig auf Johannes. Auf das, was ihr miteinander hattet. Denn in mir steckt die Angst, dass du dir all das von mir nicht wünschst. Das ist wirklich lächerlich, oder Leni?"

Er benutzt absichtlich ihre Worte gegen sich selbst, denn er hätte es nicht besser umschreiben können. „Dabei habe ich keine Ahnung, wo diese Angst so plötzlich herkommt und ob ich dir all deine Wünsche überhaupt erfüllen kann, so wie er es vielleicht getan hätte, wenn er die Chance dazu gehabt hätte. Und doch bist du die erste Frau in meinem Leben, die es schafft, mich um den Schlaf zu bringen."

Leni erhebt sich, kommt auf ihn zu, und er hält ihrem durchdringenden Blick stand. „Du berührst mein Herz. Und ehe du mich fragst: Ja, ich bin verliebt in dich. Ich wiederhole mich gern: Das ist mir ernst. Verflucht ernst sogar. Ich habe noch niemals zuvor Zukunftspläne geschmiedet, die nichts mit meiner Musik zu tun hatten. Deshalb kann ich dir die Frage nach Kindern und einer eigenen Familie nicht beantworten. Ich müsste dich anlügen, und das werde ich nicht tun. Auch ich finde Klischees bestimmt ganz nett, aber ich bin nicht Idealist genug, um daran zu glauben, dass es immer nur Glitzer geben wird."

Jetzt steht sie vor ihm, legt ihren Kopf in den Nacken, um ihn ansehen zu können. Dieses kleine resolute Persönchen, der er tatsächlich die Welt versprechen würde, wenn sie ihn darum bittet. Ihr zarter Duft steigt ihm in die Nase, gemischt von Zahnpasta und dem Geruch seines Shirts, das er selbst getragen hat, ehe sie es sich für die Nacht ausgeliehen hat.

Es beschert ihm ein warmes Gefühl in der Magengegend, sich einbilden zu können, dass sie es genau aus diesem Grund angezogen hat.

Ihre Hände umrahmen sein Gesicht, und ohne dass sie ein Wort zu ihm gesagt hätte, zieht sie seinen Kopf zu sich, küsst ihn zart. Fast zurückhaltend.

Er legt seine Arme um ihre schmalen Schultern, genießt die Nähe ihres Körpers, der ihm so sehr gefehlt hat, dass es fast körperlich schmerzt, sich an die Zeit zu erinnern, als er sie nicht in seinen Armen halten konnte, nicht küssen konnte.

Er unterbricht den Kuss. „Leni, ich …"

Sie legt einen Finger über seine Lippen und schüttelt den Kopf.

„Nein, bitte, sag nichts mehr. Ich habe genug gehört. Schlaf mit mir, Tobias Bruckner. Du hast mir so unendlich gefehlt." Tränen schwimmen in ihren Augen und er hebt sie hoch, trägt sie in sein Schlafzimmer und liebt sie.

Liebt sie so, wie sie es verdient hat.

In seinem Bett.

In weichen Laken und mit dem einzigen Wunsch, sie aus tiefstem Herzen wieder glücklich zu sehen.

~oOo~

Kapitel 31

Frischer Kaffeeduft verführt mich dazu, träge meine Augen zu öffnen. Ich knautsche das Kissen unter meinem Kopf zusammen und ziehe mir die Decke bis unters Kinn. Atme den Geruch nach Tobias tief ein und seufze wohlig.

Ich habe es also zugelassen. Das Glück. Und es fühlt sich gut an. Richtig.

Mein Blick schweift durch Tobias' Schlafzimmer. Dieser eher spartanisch eingerichtete Raum ist in der letzten Zeit zu meinem zweiten Schlafzimmer geworden. Mit einem Lächeln drehe ich mich zur Seite. Vielleicht ist es an der Zeit, diesem Zimmer meinen Stempel aufzudrücken? Hier ein Bild, dort eine Blume? Ja, das wäre ganz hübsch.

„Guten Morgen, Honey." Mein Rockstar erscheint in der Tür. Er trägt lediglich eine Shorts und präsentiert mir ansonsten seinen ausgesprochen sündigen Körper.

„Mmh, Kaffee." Ich setze mich auf, nehme die Tasse entgegen.

Tobias küsst meine Nasenspitze. „Da war ich gerade am Briefkasten und mir fällt meine Kreditkartenabrechnung in die Hände."

Mir schwant, worauf er hinauswill, und ich hebe die Schultern. Verstehe ihn absichtlich falsch. „Du musst mir deine Finanzen nicht offenlegen. Ich verdiene mein eigenes Geld, Rockstar." Gelassen nehme ich einen ersten Schluck aus meiner Tasse.

„So? Du hast also dein eigenes Geld? Wie viel verdient man denn so als Orchestermusikerin, Honey?" Er zieht eine Augenbraue in die Stirn.

„Du brauchst nicht so anzugeben. Augenscheinlich genügend, um sich einen Rockstar leisten zu können." Ich lehne mich ein wenig selbstgefällig zurück, mache eine allumfassende Handbewegung durch sein Schlafzimmer, die ihn miteinschließt.

„Leni, so war das nicht abgemacht." Er runzelt unwillig die Stirn. „Ich dachte, dass Patrick vergessen hätte, meine Karte zu belasten. Mir klingeln jetzt noch die Ohren von Ellas Lachen."

„Ja, ich finde sie auch witzig." *Noch ein Schlückchen Kaffee für die bezaubernde Leni.*

Er lehnt sich vor. „Wir sprechen hier von sechstausend Euro, Leni."

„Sechstausendeinhundert", verbessere ich ihn.

Sein Blick wird drohend. „Noch schlimmer. Du wirst mir deine Bankdaten geben, damit ich es zurückzahlen kann. Immerhin hast du mich auf meinen Wunsch hin ersteigert."

„Nicht nötig." Ich schüttele den Kopf.

Er kommt mir ein wenig näher. „Hör auf, dich mit mir zu streiten."

„Ich streite gar nicht. Du hast angefangen. Und außerdem wirst du am Wochenende meine Eltern kennenlernen. Ich befürchte, ich muss sogar noch etwas drauflegen, um dich zu entschädigen."

Mir graut es schon jetzt davor.

Ich sehe sie regelrecht vor mir: Meine Mutter, wie sie ihn nicht eine Sekunde aus den Augen lässt. Ihn mit ihrem bohrenden Blick völlig fertigmachen wird. Ihm jedes Wort im Mund herumdrehen wird. Psychologische Kriegsführung nennt man das wohl. *Na ja, vielleicht wird es ja doch ganz amüsant.* Er wird sich winden wie ein Aal, der Gute.

„So schlimm wird das nicht werden. Ich kann ganz gut mit dem weiblichen Geschlecht." Jetzt ist er es, der selbstgefällig grinst.

Ich lache auf. „Von dieser Arroganz solltest du dich lösen. Du sprichst von meiner Mutter. Wart's ab, spätestens Samstagabend wirst du wissen, wovon ich spreche. Zum Glück fliegen sie am Sonntag direkt in den Urlaub. Dann habt ihr alle Zeit, euch voneinander zu erholen." Ich zwinkere ihm zu.

Er schnaubt, und ich stelle die Tasse auf den Nachttisch.

„Außerdem kann ich jetzt mit Fug und Recht behaupten, dass du mir gehörst." Ich sauge meine Unterlippe zwischen die Zähne, ziehe ihn an mich. „Mit Haut und Haaren."

Mein Zeigefinger streicht über seine Brust, umkreist seine Nippel, die sich zu kleinen Murmeln zusammenziehen. „Wenn du natürlich darauf bestehst, könntest du damit beginnen, deine Schulden bei mir abzuarbeiten."

„Das hast du dir ja fein ausgedacht, Honey." Doch er ist meinem Vorschlag nicht sonderlich abgeneigt.

„Ja, ich bin ein ziemlich schlaues Mädchen, Rockstar."

„Ja, das bist du. *Mein* schlaues Mädchen. Und da bin ich auch ziemlich besitzergreifend. Nur dass du es schon mal gehört hast."

Er küsst mich endlich und ich lasse ihn nur zu gern unter meine Decke.

Frieda sieht mich ungeduldig an. „Jetzt komm schon. Was brauchst du denn so lange?"

Ich greife nach meiner Handtasche und rolle mit den Augen. „Himmel, Frieda, sie werden noch lang genug im Studio sein. Du wirst schon nichts verpassen."

Tobias hat mich gebeten, bei den Aufnahmen dabei zu sein. Kurz entschlossen habe ich Frieda gefragt, ob sie mich begleiten möchte, ohne dabei in Betracht zu ziehen, dass sie zum nervlichen Wrack wird, wenn das Wort *Beyond* nur fällt. Die Aussicht darauf, in den Studios bei den Aufnahmen von *Crossing Borders* dabei zu sein, hat ihr wohl den Rest gegeben.

Meine beste Freundin tippelt aufgeregt von einem Fuß auf den anderen. „Du hast leicht reden. Immerhin hast du erstklassige Kontakte zur Band."

Ich sehe sie skeptisch an. „Wirklich, manchmal könnte man meinen, du wärest ein hormongesteuerter Teenager während der Gärungsphase."

Sie öffnet die Tür zu den Studios. „Ich schäme mich nicht deswegen. Du hingegen hast manchmal einen Stock im Arsch, auch wenn ich zugeben muss, dass der Rockstar einen guten Einfluss auf dich hat." Sie wirft mir eine Kusshand zu und ich atme tief ein, als ich an ihr vorbei in das Gebäude trete.

Tobias erwartet uns bereits, küsst mich zur Begrüßung. Er wirkt tatsächlich etwas nervös, was ich ausgesprochen süß finde.

Hat er etwa Lampenfieber, weil ich mit dabei bin?

„Schön, dass du gekommen bist." Er bemüht sich redlich, es sich nicht anmerken zu lassen. Mir macht er nichts vor. Sein Haar ist völlig zerzaust, wie immer, wenn ihn etwas über Gebühr beschäftigt. Ich streiche hindurch, irgendwie mache ich es damit nur noch schlimmer.

Himmel, er ist aber auch ein Sahneschnittchen.

„Ich habe Frieda mitgebracht. Ich hoffe, das ist in Ordnung." Fragend sehe ich ihn an.

Tobias lächelt in ihre Richtung. „Die Jungs stehen auf kreischende Fans."

Frieda winkt ab. „Ich werde mich benehmen. Versprochen."

Er platziert uns beim Producer, den er uns mit Steve vorstellt. „Ah, die Frau des Tages", begrüßt er mich kryptisch, was ich jedoch nicht kommentiere. Was soll man darauf auch erwidern? Ich lächle stattdessen unverbindlich und winke der Band durch die Scheibe zu, die bereits im Aufnahmeraum hinter ihren Instrumenten sitzen. Frieda ist völlig aus dem Häuschen und greift nach meiner Hand, zerquetscht mir regelrecht die Finger. Doch ich lasse sie gewähren.

„Bruckner, ich glaube, du bist dran." Steve jagt den Rockstar regelrecht hinaus und hantiert an dem ausladenden Mischpult herum, für das man wahrscheinlich ein Abitur machen muss. Ich bekomme Hochachtung, dass man sich die Funktionen all dieser Knöpfe und Regler tatsächlich merken kann.

„Bist du aufgeregt?"

Es dauert einen Moment, bis ich registriere, dass Steve mit mir gesprochen hat.

„Warum? Sollte ich?"

Hey, der Kerl liegt jede Nacht in meinem Bett. Über diesen Punkt bin ich wirklich schon hinaus.

Er grinst. „Es kommt selten vor, dass die Frauen anwesend sind, wenn ich die Songs aufnehme, die ihnen gewidmet sind. Und ich gehe schwer davon aus, dass es deiner ist, so wie Bruckner sich angestellt hat."

Heilige Scheiße, deshalb war er so nervös.

„Du hattest keine Ahnung, stimmt's?" Ohne auf meine Antwort zu warten, spricht er in ein Mikro, doch ich höre ihm schon nicht mehr zu.

Tobias nimmt meinen Song auf? Den er mir unter der Tür hindurchgeschoben hat? Dieser Song, mitsamt Text landet auf der nächsten Beyond-Scheibe?

Mir bricht der Schweiß aus und ich höre Frieda ganz leise keuchen, als ich ihre Finger regelrecht zwischen meinen zermalme.

Ich habe nur Augen für den Rockstar. Meinen Rockstar. Der den Bass gegen Gitarre getauscht hat und meinen Song einsingt. In ein riesiges Mikro. Ohne mich dabei aus den Augen zu lassen.

Mein Herz quillt über vor Liebe zu diesem Mann.

Epilog

„Hey Kumpel, sicher wunderst du dich, dass ich alleine komme." Tobias steht vor Johannes' Grab und zieht eine Schachtel Zigaretten aus seiner Jackentasche. Blumen schienen ihm für ein Gespräch unter Männern nicht das richtige Mitbringsel zu sein.

Er zündet sich eine Zigarette an, inhaliert tief und betrachtet eingehend den grau melierten Granit.

„Leni ist noch im Theater, das weißt du bestimmt. Ich bin zu früh dran, daher dachte ich, ich schau mal vorbei." Er setzt sich, lehnt sich gegen den Stein. Die *Crossing Borders*-Tour von *Beyond* war anstrengend und ein riesiger Erfolg. Niemand von ihnen hätte damit gerechnet. Selbst in seinen kühnsten Träumen hätte er nicht gewagt, darauf zu hoffen, dass direkt die ersten zwei Singles auf Platz eins der Charts klettern. Und scheiße, es ist noch immer ein merkwürdiges Gefühl *nothing lasts forever* im Radio zu hören.

„Vielleicht hältst du mich für bescheuert, doch ich wollte es dir zuerst sagen." Er tastet nach dem Kästchen in seiner Tasche. „Ich habe nicht vor, sie dir wegzunehmen, aber ich hoffe auf deinen Segen. Ich war lange weg. Wir waren auf Tour, musst du wissen. Das war verdammt hart, die ganze Zeit ohne sie zu sein." Er fährt sich durchs Haar. „Mir ist klar geworden, dass ich nicht ohne sie leben kann. Du wirst mich verstehen. Dir ging es genauso, oder? Immerhin hast du sie zuerst gefragt." Er nimmt einen weiteren tiefen Zug, schnippt die Asche auf den Boden.

„Meinst du, sie wird deinen Namen gegen meinen tauschen wollen?" Tobias spürt das gleiche aufgeregte Kribbeln in seinen Eingeweiden, wie in dem kleinen Geschäft in Paris, in dem er den Ring gekauft hat. Sein Lampenfieber vor dem Konzert dort war ein Scheißdreck dagegen.

„Ich bin ziemlich nervös, wie du dir vorstellen kannst." Er drückt die Kippe aus, schiebt sie in die Erde, so wie Leni es schon hunderte, tausende Male getan hat.

„Leni hat mir mal von euren Plänen erzählt. Dass ihr eine Familie gründen wolltet. Damals hatte ich jedoch keine Ahnung, wohin das mit ihr und mir führen würde." Er schließt die Augen.

„Wohin was führen würde, Rockstar?"

Erschrocken steht er auf und Leni jauchzt vor lauter Glück, ihn wiederzusehen. Erwartet gar keine Antwort auf ihre Frage, sondern springt ihm unvermittelt in die Arme. „Ich wusste nicht, dass du schon wieder da bist." Sie bedeckt sein Gesicht mit Küssen und er presst sie gegen sich, schiebt seine Nase in ihr Haar.

Oh Gott, wie hat er sie vermisst.

„Ich habe mich direkt am Friedhof aus dem Nightliner schmeißen lassen." Noch eine Minute länger im Bandbus und er hätte für nichts mehr garantieren können. Christian und diese Fotografin, die sie auf der Tour begleitet hat, gingen ihm mit ihren ewigen Streitereien mächtig auf die

Eier. Es ist hoffentlich nur eine Frage der Zeit, bis die beiden sich endlich ein Zimmer nehmen und wieder Ruhe einkehrt.

Jetzt ist er zum Glück wieder zu Hause. Bei seinem Mädchen.

Leni umfasst sein Gesicht, streicht über seinen Bart. Seit ihrem letzten Konzertbesuch in England vor drei Wochen hat er ihn einfach wachsen lassen.

„Diese schreckliche Gesichtsbehaarung muss ab, Rockstar." Sie rümpft ihre entzückende Stupsnase und er lacht auf.

„Ich hatte die leise Hoffnung, dass du auf diese bärtigen Bad Boy-Typen stehst."

Sie spitzt die Lippen, sieht ihn missbilligend an. „Nein, eindeutig nicht", sagt sie und klettert von seinem Arm, betrachtet das Grab, ehe sie den Kopf in den Nacken legt, zu ihm aufsieht. „Was machst du überhaupt hier?"

„Ich hatte etwas mit Johannes zu besprechen. Ich wusste, du bist noch im Theater."

„Paolo hat die Probe früher beendet und ich wollte noch schnell herkommen, ehe ich etwas Leckeres für uns zaubere."

Er reißt sie an sich. „Das hört sich verlockend an. Allerdings gibt es tausend Dinge, auf die ich mehr Lust hätte." Seine Stimme klingt mit einem Mal belegt und er spürt, wie sich allein bei dem Gedanken seiner nackten, willigen Leni das Blut unterhalb der Gürtellinie sammelt. *Es ist so verdammt lange her.*

Sie lächelt schelmisch, zieht ihre Unterlippe zwischen die Zähne, schiebt ihre Hände in seine Jackentaschen. Auch das hat sie schon unzählige Male vorher getan. Doch heute gerät ihr das kleine, mit Samt überzogene Kästchen zwischen die Finger. Sie reißt die Augen auf, tastet danach.

„Tobias?"

Letztlich kann er nicht verhindern, dass sie es herauszieht, ohne es zu öffnen.

Er fährt sich erneut durch die Haare. „Das hatte ich mit Johannes zu besprechen. Ich dachte, es wäre nur fair, wenn er es zuerst erfährt."

„Was erfährt?" Ihre Stimme klingt ein wenig atemlos und ihre grauen Augen suchen die seinen. Er sieht die Aufregung darin und fasst den Mut, sie endlich zu fragen.

„Leni Eggers, das waren verdammt harte Wochen ohne dich und ich …" Plötzlich klebt ihm die Zunge unterm Gaumen fest. Verdammt, er hat keine Ahnung, wie man eine Frau fragt, ob sie ihn heiraten möchte. *Jetzt wäre wirklich ein guter Zeitpunkt für ein hilfreiches Zeichen, Johannes Eggers.* Tobias massiert sich hilflos den Nacken. „Eigentlich wollte ich dich erst heute Abend …, wie mir scheint, nimmst du die Dinge gern selbst in die Hand, Honey."

Mit einem leisen *Plopp* öffnet sich das Schmuckkästchen und Leni schnappt nach Luft.

Okay, er gefällt ihr also schon mal.

Ihre kleine Hand krallt sich in den Kragen seiner Jacke, ohne dass sie den Blick von dem schmalen diamantbesetzten Platinring nimmt. Ihn blendet der eingefasste Stein in der Mitte plötzlich selbst und er fragt sich, ob er womöglich ein wenig übertrieben haben könnte.

Mit tränenfeuchten Augen sieht sie auf, zerrt an seinem Kragen. „Jetzt frag mich endlich, du Idiot."

Er lacht verlegen auf, wischt sich über den Mund. Zögert, ob er sich auf die Knie werfen soll, doch sie hampelt ungeduldig vor ihm herum. Also fasst er sich ein Herz, nimmt ihr den Ring ab, um ihn umständlich aus der Schachtel zu ziehen.

„Leni Eggers, du hast mir mal gesagt, ich müsste dir verraten, was du durch mich gewinnst. Das kannst nur du beantworten, Honey. Ich kann dir nur sagen, was ich durch dich gewonnen habe. Liebe. Leni, ich liebe dich und ich möchte, dass du endlich richtig zu mir gehörst." Er schiebt ihr den Ring über den zitternden Finger. „Würdest du …?" Weiter kommt er nicht, denn schon hat er sie wieder auf dem Arm.

„Ja, verfluchte Scheiße. Ja, und wie ich würde!" Und dann küsst sie ihn endlich.

Trotz Bart.

Keiner der beiden hat Augen für die ältere Dame, die auf dem Kiesweg steht und sie eine Zeit lang lächelnd beobachtet.

Ende

Danke,

an euch, die ihr meine Bücher lest.

Und wenn ihr Spaß hattet, dann hat es sich gleich doppelt gelohnt.

Sollte *Bad Boy Blues* euch gefallen haben, freue ich mich über eine positive Rezension, denn damit helft ihr auch den Unentschlossenen, sich für mein Buch zu entscheiden.

Wie immer dürft ihr mich kritisieren, gerne auch loben unter

nicoles.valentin@aol.de

Alle Mails werden selbstverständlich von mir beantwortet.

Leni ist mir sehr ans Herz gewachsen. *Bad Boy Blues* ist an manchen Stellen sehr melancholisch. Vielleicht ist das der Grund, warum ich es eine Zeit beiseitelegen musste, um *Herzklopfen zum Frühstück* zu schreiben.

Jeder von uns hat bereits einen Menschen verloren, der uns viel – oder Alles, bedeutet hat. Mir ergeht es ebenso, ich bin keine Ausnahme.

Umso mehr hat sie ihr erneutes Glück verdient, findet ihr nicht auch? Wer konnte schon ahnen, dass ausgerechnet ein Rockstar wie Tobias es schaffen würde, ihr Herz zu erobern? Ich hatte meine Bedenken, doch im Grunde hätte ich ihm auch nicht widerstehen können.

Ein besonderer Dank gilt auch dieses Mal meinen beiden ersten Leserinnen *Sandra* und *Petra*.

Ihr seid für mich unerlässlich! Ich umarme euch und freue mich auf unsere nächsten Projekte.

Jeanine, du hast mich mit deinen Kommentaren während der Korrektur mal wieder herzhaft zum Lachen gebracht. Allein dafür lohnt sich das Überarbeiten eines Manuskripts.

Ein besonderer Dank geht an *Cassy*.

Danke für dieses wunderschöne Cover und für alle, die noch folgen werden.

Danke an euch *Blogger*, die ihr meine Bücher unermüdlich vorstellt, bewirbt, rezensiert. Was wäre ich ohne eure Hilfe? Ihr seid großartig!

In Liebe,
eure

Nicole S. Valentin

Leseprobe

Bad Boys lassen sich nicht zähmen
Prolog

~oOo~

Ihre Lippen sind bereits leicht geschwollen und willig geöffnet, ihr Blick verhangen.

Genau so mag er es.

Ihre dunklen Haare fallen in weichen Wellen über ihre Schultern und dass sie einen Rock trägt, macht die Sache um so vieles einfacher für ihn.

Er küsst ihren Hals, drängt sie gegen die Wand, fixiert sie zwischen seinen Armen.

„Können wir nicht einfach zu dir gehen?" Zittrig formuliert sie ihre Bitte.

Er nimmt niemals Frauen mit zu sich aufs Boot. So weit kommt es noch. Womöglich schlagen sie noch Zelte im Garten auf, nur weil er sich nicht gemeldet hat oder weil sie zu viel in die Süße einer heißen Nacht hineininterpretieren.

Er beißt in die Kuhle an ihrer Kehle. „Nein, Schätzchen, es tut mir leid. Bei mir ist es ebenso ungünstig wie bei dir zu Hause."

Da sie einen Babysitter zu Hause hat, musste er eben improvisieren. Er ist ein Meister der Improvisation. Das Haus ist groß, hier gibt es genügend Zimmer. Die Bässe der Musikanlage dringen nur dumpf zu ihnen nach oben, ebenso wie das Stimmengewirr der anderen Gäste.

„Aber wenn uns jemand sieht?" Das Zittern ist einer ängstlichen Vorsicht gewichen. Sie sollte lieber aufhören zu reden, ehe er die Lust verliert. „Die Tür ist abgeschlossen, Süße. Niemand wird uns stören." Er legt den notwendigen Honig in seine Stimme und registriert wohlwollend, dass sie sich entspannt. Um ihren Redefluss zu unterbinden, verschließt er ihren Mund mit seinem.

Sie seufzt ergeben, umfasst seinen Hintern. Presst ihn fester gegen ihre Mitte. Seine Hände gleiten unter ihren Rock und mit Freude nimmt er zur Kenntnis, wie feucht sie bereits ist. Er schiebt ihren Slip zur Seite, macht seinen Fingern Platz. Sie erschaudert, legt ein Bein um seine Hüfte.

Immerhin gibt es in diesem Zimmer eine Couch und genau zu dieser schiebt er sie jetzt. Zieht ihr bereits auf dem Weg dorthin das Top über den Kopf. Sie trägt keinen BH und ihre Brüste heben sich ihm auffordernd entgegen. Ihre rosa Spitzen sind hart und rund und Patrick zieht scharf die Luft durch seine Zähne bei diesem Anblick, umschließt sie, knetet. *Hervorragend.* Sie passen genau in seine Handinnenflächen.

Er nimmt eine Knospe zwischen die Zähne, knabbert daran, beißt hinein.

Sie zischt leise. Er könnte sicherlich zärtlicher sein, aber heute ist ihm nicht nach zärtlich. Sie wollte ihn, also bestimmt er die Regeln. Seine Fingerspitzen gleiten über ihre nackten Schenkel. Die Gänsehaut, die er ihr damit beschert, bestätigt ihn. Sie keucht, als er erneut einen Finger in sie schiebt, dann einen zweiten und sie streckt ihm ihren Körper regelrecht entgegen. Ihre Hüften beginnen sich zu bewegen und sein Schwanz drückt schmerzhaft gegen seine Hose. Mit dem Daumen umkreist er ihre Perle, achtet jedoch darauf, dass sie nicht zu früh kommt. *Später, Schätzchen.* Er hat Zeit.

Kurz überlegt er, ob er den Slip einfach zerreißen soll. Er ist eh ein Hauch von Nichts in seinen Händen. Doch sie schüttelt grinsend den Kopf, als hätte sie seine Gedanken gelesen. „Der war teuer. Ich ziehe ihn lieber aus." Lasziv leckt sie über ihre vollen Lippen, bietet ihm eine gekonnte Show, während sie sich ihrer überflüssigen Klamotten entledigt. Anscheinend hat sie ihre Angst vor dem Entdecktwerden überwunden, denn schon sitzt sie nackt und breitbeinig vor ihm. Nichts bleibt seiner Fantasie überlassen. Ohne ihn aus den Augen zu lassen, lässt sie ihre Fingerspitze um ihren gepiercten Bauchnabel kreisen. Einmal und noch einmal. Dann schiebt sie ihr Becken ein wenig vor, versenkt den Finger in ihrer eigenen Nässe. Legt den Kopf leicht zurück und fickt sich selbst. Die High Heels, die sie noch immer an den Füßen trägt, sind ein netter Gimmick. Patrick kann seinen Blick nicht von ihr nehmen, während er seine Hose in einer schnellen

Handbewegung öffnet und über seine Hüften schiebt. Er umfasst seinen Ständer an der Wurzel und positioniert sich zwischen ihren Beinen. „Nimm ihn in den Mund. Sofort." Grinsend greift sie in die Backen seines Hinterns, revanchiert sich mit ihren spitzen, künstlichen Nägeln für seine Bisse von gerade eben. Sie zieht ihn näher an sich, lässt ihn quälend langsam in ihren Mund gleiten. Er wird noch härter, bei dem Anblick ihrer feuchten Lippen um seinen Schwanz.

Patrick greift in ihre Haare, um ihren Kopf dirigieren zu können, sollte es nötig sein.

Oh ja, diesen Partyabend verbucht er mal als vollen Erfolg.

Kapitel 1

So, da steh ich nun. Vor einem Häuschen, das ich wohl mein Eigen nennen darf.

Noch immer völlig überwältigt erklimme ich die Stufen zur massiven Haustür, versuche jedes Detail in mich aufzunehmen.

Die hübschen Fensterläden vor den Sprossenfenstern. Die Blumenkästen, die nur darauf zu warten scheinen, dass man Geranien pflanzt. Der Rosenstrauch, der dringend beschnitten werden muss.

Was hat meine Großtante väterlicherseits nur dazu animiert, ausgerechnet mir ihren Besitz zu vermachen?

Es ist nicht das erste Mal, dass ich mir diese Frage stelle. Gut, sie hatte keine eigenen Kinder. Aber ich bin mit Sicherheit nicht die erste Person in der Erbfolge. Mein Vater hingegen hat nur milde gelächelt und mir seine Unterstützung angeboten, sollte das Haus renovierungsbedürftig sein.

„Wow, Ella, das ist einfach bezaubernd!"

Meine beste Freundin Jenny schirmt mit der Hand die Sonne ab und sieht an der Fassade entlang.

„Ich kann es immer noch nicht glauben, dass es mir gehört."_Zitternd atme ich ein, als ich die Haustür aufschließe.

Home, sweet home, Ella!

„Erwarte jetzt bitte nur nicht, dass ich dich über die Schwelle trage." Jenny tritt neben mich, ebenso neugierig wie ich, was uns innen erwarten wird.

„Das überlasse ich auch lieber Markus." Ein Lächeln schleicht sich in mein Gesicht ...

„Na, der trägt dich höchstens ins Verderben."

... und verschwindet auch direkt wieder.

„Warum kannst du dich nicht endlich damit abfinden, dass ich ihn liebe und mit ihm zusammen sein will? Deine Meinung kannst du also für dich behalten." Dass es gerade nicht so rund zwischen uns läuft, brauche ich ihr ja nicht unbedingt unter die Nase zu reiben.

Jenny hebt abwehrend die Hände in die Luft. „Schon gut, ich habe nichts gesagt."

Ich seufze tief und werfe einen Blick in mein neues Reich.

Der Flur ist im rot-weißen Schachbrettmuster gefliest. Eine Holztreppe mit Setzstufen führt in die oberste Etage, der Handlauf ist ebenfalls rot gestrichen. Bilderrahmen mit Erinnerungen der letzten Jahrzehnte schmücken den Treppenaufgang. Mit einem tiefen Seufzer nehme ich zur Kenntnis, dass sich nicht allzu viel verändert hat, seit ich das letzte Mal hier war.

Jenny nimmt die etwas stumpf getretene Treppe, während ich mich erst im unteren Bereich umsehe. Der schwere Garderobenschrank, das Highboard, der Schuhschrank. Alles liebevoll gepflegt und aufpoliert. Stuck verziert die Decken und die alten Holztüren müssten vielleicht neu gestrichen werden. Die abgetretenen

Holzdielen knarzen ein wenig, als ich durch das Wohnzimmer schreite. Eine doppelseitige Schiebetür verschwindet in der Wand, um den Blick auf das Esszimmer freizugeben. Die Küche ist noch voll eingerichtet. Ich hätte sicherlich keine Küche im hellen Landhausstil bevorzugt, doch sie passt zum Flair dieses Altbaus. Und ich verspreche ihr still, dass ich sie ein wenig aufhübsche und behalten werde. Die Schranktüren sind alle fest und die Küchengeräte sehen mir ziemlich neu aus. Es gibt sogar einen Backofen auf Arbeitshöhe. Und einen Gasherd. Das wird vielleicht etwas gewöhnungsbedürftig, aber ich habe mal irgendwo gelesen, dass es ein ganz besonderes Gefühl des Kochens ist.

„Himmel, Ella, das Bad ist der Wahnsinn. Deine Tante wusste, was gut ist." Ich höre Jennys Begeisterung und nehme ebenfalls die Treppe, um mich auf die Suche nach dem *Wahnsinnsbad* zu machen.

Und mir stockt der Atem. Das Bad ist allerdings neu und hat nichts mehr gemein mit den blassgrünen Wandfliesen, an die ich mich noch erinnern kann. Eine Badewanne, stilecht auf Löwenfüßen und mit goldenen Hähnen, steht in der Mitte des Raumes. Eine Regenwasserdusche auf Eck – ebenerdig. Ein doppeltes Waschbecken, die Hälfte der Wand verspiegelt, wunderschöne übergroße weiße Fliesen mit schlichten Ornamenten hier und da.

„Um Himmels willen, Ella, versprich mir, dass ich dieses Badevergnügen wenigstens einmal am eigenen Körper ausprobieren darf." Meine beste Freundin hält sich eine

Hand vor den Brustkorb und kann ihre Augen gar nicht von dem Anblick lösen, der sich uns bietet.

„Scheiße, Jenny, und das gehört jetzt mir." Ich beginne zu jauchzen und ich danke meiner Großtante für ihr wundervolles Geschenk an mich.

Es gibt drei weitere Zimmer in der oberen Etage. Sie sind großzügig geschnitten und sonnendurchflutet. *Es wäre sogar Platz für ein bis zwei Kinderzimmer.* Ich spüre den kleinen Stich in meinem Herzen, gebe mir allerdings Mühe, es mir Jenny gegenüber nicht anmerken zu lassen. Es wäre ein gefundenes Fressen, sich erneut über Markus herzumachen.

Markus und ich sind seit fast sieben Jahren ein Paar und Jenny weiß, wie sehr ich darauf hoffe, dass er mir endlich die Fragen aller Fragen stellt. Auch wenn ich davon ausgehe, dass sie äußerst froh darüber ist, dass er mir eben diese Frage noch nicht gestellt hat. Die Frage, ob ich endlich seine Frau werden möchte. Denn sie weiß, dass ich *Jaaaaa* schreien würde und damit wäre ich in ihren Augen hoffnungslos verloren. Ihre Worte, nicht meine.

Dabei ist er genau der Mann, den ich mir immer gewünscht habe. Er ist strukturiert, hat einen verlässlichen Job in einer deutschen Großbank, er sieht zudem gut aus und er kann charmant sein, wenn er möchte. Gut, wenn er nicht ausgerechnet auf meine beste Freundin trifft. Die beiden sind wie Feuer und Wasser, was mein Leben manchmal schwierig gestaltet. Aber mit den Jahren habe ich eine Basis geschaffen, in der beide einfach nebeneinander existieren und ich von beiden profitieren kann.

Jennys Meinung über meinen zukünftigen Mann macht mich manchmal rasend, also verbiete ich ihr, ihn in meiner Gegenwart schlecht zu machen. Meistens hält sie sich daran.

Doch schon allein die Tatsache, dass er sich heute nicht die Zeit genommen hat, um mit mir auf Hausbesichtigung zu gehen, war für sie schlichtweg ein Vergehen an mir.

„Es freut mich sehr, dass du mich mitnehmen möchtest, aber wäre es nicht die Aufgabe deines *Freundes*?", wobei sie das Wort *Freundes* einer besonders ätzenden Betonung unterzogen hat. Ganz so, als hätte sie es noch immer nicht aufgegeben, mir irgendwie die Augen über ihn zu öffnen. Auch das sind ihre Worte.

Ich liebe meine beste Freundin, aber manchmal geht sie eindeutig zu weit. Vor allen Dingen, wenn sie mich wie ein Kind behandelt.

Markus hat heute einen wichtigen Termin. Und dann müssen solche Dinge wie Hausbesichtigungen eben warten. Schließlich hätte ich auch einen anderen Zeitpunkt bestimmen können, oder nicht? An einem Tag, an dem er ebenfalls Zeit und Lust hat, mit mir dieses Haus anzusehen.

Mein Herz macht einen unkontrollierten Hüpfer bei der Vorfreude darauf, mit ihm durch diese wunderhübschen Zimmer zu schlendern. Gemeinsam mit ihm planen zu können, wie wir sie einrichten werden.

„Ella, meine Güte, auf dem Grundstück hinter dem Haus könnte ein Zirkus überwintern. Und … ist das etwa ein See?" Jenny wirft das Giebelfenster wieder zu und rennt förmlich die Treppe hinunter. Mit krauser Stirn trete ich ans Fenster und lasse meinen Blick über den riesigen Garten schweifen, der erstaunlich gut in Schuss zu sein scheint. Jenny erscheint auf dem Rasen und winkt zu mir hoch. „Los, komm schon." Ergeben mache ich mich auf den Weg in meinen neuen Garten. Und ein Markus, der den Rasenmäher über die Wiese jagt, lässt mich unwillkürlich lächeln. Wer weiß, vielleicht entdecke ja auch ich meinen grünen Daumen.

*

„Ella, du hast einen See im Garten. Da brat mir doch einer 'nen Storch." Jenny scheint tatsächlich fassungslos über diese Tatsache zu sein. Gut, ich kenne das Gewässer bereits.

„Jenny, das ist kein See. Das ist die Bille", kläre ich fachmännisch auf. Sie winkt ab. „Das ist doch völlig egal. Hauptsache du kannst deine Füße ins Wasser halten, wenn dir warm ist."

Ich muss schmunzeln. „Sicher."

Dann sehe ich es. Ein Boot auf dem Kanal. Unmittelbar an meinem Grundstück.

„Komisch. Von einem Boot stand nichts im Testament und der Notar hat es ebenfalls nicht erwähnt." Es liegt ein wenig versteckt hinter riesigen Rhododendren und einer Zypressenhecke an einem schmalen Bootssteg, der direkt vom Garten abgeht.

„Ella, das ist ein Hausboot. Sieh mal, es hat Vorhänge an den Fenstern." Und ehe ich noch etwas erwidern kann, ist Jenny bereits über den Steg und auf dem Hausboot.

„Jennifer Benning, du weißt doch gar nicht, wem es gehört. Komm sofort da weg."

„Na hör mal, es hängt an deinem Garten. Im Zweifel ist es deines." Und schon ist sie aus meinem Blickfeld verschwunden, um der Angelegenheit auf den Grund zu gehen. Ich hadere mit mir, ob ich ihr folgen soll. Mit einem tiefen Atemzug ergebe ich mich und erklimme den Steg. Nicht ohne vorher ein Stoßgebet in den Himmel zu senden, dass er bitte weder morsch noch unbefestigt ist.

„Ella, das Ding ist komplett eingerichtet. Die Tür ist zu. Leider. Aber von diesem Fenster aus kannst du alles super erkennen." Jenny schiebt sich ein Stück zur Seite, um mir Platz zu machen. Zögerlich tue ich es ihr gleich und spähe kurz in die Dunkelheit. „Was willst du denn gesehen haben? Es ist stockduster. Komm, Jenny. Lass uns hier verschwinden." Nervös stelle ich mich aufrecht, sehe mich um.

„Warum bist du nur immer so spießig? Wir machen doch gar nichts." Sie sieht mich kurz an, ehe ihr Gesicht wieder zwischen ihren Händen verschwindet, die sie gegen die Fensterluke gelegt hat, um die Dunkelheit vom Bootsinneren auszugleichen.

„Doch. Wir stehen auf einem Schiff, von dem wir nicht wissen, wem es gehört, und spionieren herum."

„Ich spioniere nicht, ich befriedige lediglich meine Neugier. Außerdem ist hier doch niemand."

„Neugier ist der Katze Tod." Damit drehe ich mich weg, um das Boot auf dem schnellsten Weg wieder zu verlassen.

„Wenigstens ist sie dann eine schlaue tote Katze." Aber sie folgt mir dennoch zurück aufs Festland.